Riku
Onda

恩田陸

잿빛 극장

灰の劇場

잿빛 극장

온다 리쿠 지음   김은하 옮김

익명의 존재를 기리는 진혼곡

온다 리쿠.

미스터리, SF 판타지, 호러, 청춘물 등 여러 장르를 넘나들며 작품을 써낼 뿐 아니라 일본 사상 최초로 나오키상과 서점대상을 동시 수상한 작가! 아련한 향수를 불러일으키면서도 등줄기가 오싹해지는 작풍으로 독자를 사로잡아 '노스탤지어의 마술사'로 불리기도 하는 소설가. 명실공히 일본 대표 작가의 한 사람으로 꼽히는 온다 리쿠는 2021년 등단 30주년을 맞이하여 일흔 번째 소설 《잿빛 극장》을 선보였다. 문예잡지 〈분케이(文藝)〉에 2014년부터 2020년까지 장장 7년간 연재한 이야기를 묶었다. 그녀의 장편 소설 중 최초로 '실화'를 바탕으로 한 작품으로, 구성부터 내용까지 이전 소설과는 확연히 구별되는 문제작이다.

먼저 구성을 살펴보면 크게 0, (1), 1과 같이 세 부분으로 나뉜다. 0은 오래전 신문에서 읽은 기사가 목에 걸린 가시처럼 내내 마음을 불편하게 만든 끝에 《잿빛 극장》을 집필하는 '나'의 일상을 그린다. (1)은 《잿빛 극장》을 연극으로 만들어 '무대'에 올리는 과정을 다룬다. 배우 오디션부터 공연 당일까지 '나'는 익명의 존재를 실물로 드러내는 문제로 속앓이 한다. 1은 '실존 인물'이자 작중 두 주인공인 'T'와 'M'이 대학에서 처음 만나 사회에 나오고 각자의 삶을 살다가 재회하여 중년에 이른 어느 날, 다리 위에서 함께 투신자살하기까지의 상황을 차근차근 묘사한다. 즉 현실과 허구가 연동되면서 전개되는 작품인데, 읽다 보면 어디까지가 현실이고 어디까지가 허구인지 점점 경계가 흐려진다. 현실 의식이 강해질수록 허구 세계가 견고해진다. 이를테면 0과 (1)에 나오는 '나'는 온다 리쿠를 연상케 하지만, 과연 그녀가 자신의 모습을 가감 없이 있는 그대로 그렸는지는 미지수다. 1에 나오는 'T'와 'M'은 실존 인물이지만, '나'는 그들의 신상을 전혀 모른다. 20여 년 전 신문 한 귀퉁이에서 본 '대학 동기였던 익명의 두 중년 여성이 투신자살했다'라는 기사 외에는 정보가 전혀 없기 때문이다. '나'는 이 짧은 기사에 살을 붙여 허구의 세계를 그려나가지만, 두 여성이 자살한 이유는 끝내 알지 못한다. 작품 전체가 사실 같은 허구이자 허구 같은 사실인 셈이다.

그렇다면 이 작품은 과연 어떤 내용을 다룬 것일까? 온다 리쿠는 산케이 신문(産経新聞)과의 인터뷰에서 이렇게 밝혔다. "처음에는 동반 자살한 두 사람이 어떤 관계였고, 왜 함께 죽음을 선택했을까에 흥미가 갔지만, 작품을 써 가면서 왜 이 기사가 이렇게 마음에 걸렸을까, 하는 게 소설의 초점이 되겠구나, 라고 느꼈습니다." 실제로 《잿빛 극장》은 작품 속에서 'T'와 'M'이 동반 자살한 이유를 여러 가지로 추정하지만, 함부로 속단하지 않는다. 오히려 '나'가 동반 자살한 두 사람을 어떻게 그려야 할지 고뇌하는 과정을 실황 중계한다. 따라서 0, (1), 1이 차례로 전개되는 것이 아니라 '나' 그리고 'T'와 'M'의 심리에 따라 0과 1이 교차하고 간간이 《잿빛 극장》을 무대화하는 (1)이 삽입된다.

이러한 중층 구조 속에 '나'는 끊임없이 허구와 사실의 관계를 되물으며 그 물음 속에 떠오른 여러 작품을 소환한다. 예를 들면 《잿빛 극장》을 연극으로 각색한 첫 공연일에 '나'는 존 카사베티즈 감독의 1977년 작인 심리영화 〈오프닝 나이트(Opening Night)〉를 떠올린다. 소설에서는 영화 제목을 밝히지 않은 채, 원작자로서 안절부절못하는 '나'의 심리를 영화 속 주인공에 빗대어 실감 나게 서술한다. 그런데 이 영화 〈오프닝 나이트〉는 현실과 허구의 경계를 오가며 참된 자아가 무엇인지 묻는 걸작으로 꼽힌다. 다시 말해 《잿빛 극장》에 나오는 다양한 작품은 허구가 무엇인지, 허구 세계와 현실 세계는 어떠한 관계인지, 함께 생각해보자고 온다 리쿠가 독자에게 소개하는 참고 목록이기도 하다. 동시에 그녀는 0, (1), 1이 무작위로 펼쳐지는 이야기 속에 다른 작품들을 불러와 잿빛 이미지를 켜켜이 쌓아 올라간다.

온다 리쿠는 언제나 제목부터 정하고 나서 그 제목을 염두에 두면서 작품을 그려나간다고 한다. 그러니 소설 《잿빛 극장》에서 가장 뚜렷한 실체는 잿빛이라는 그 색감, 그 이미지다. 표준국어대사전에서 잿빛을 찾으면 '재의 빛깔과 같이 흰 빛을 띤 검은빛'이라고 나온다. 한마디로 경계가 모호한 회색이다. 'T'와 'M'이 왜 죽음을 선택했는지는 알지 못한다고 하더라도 'T'와 'M'이 삶과 죽음의 경계에서 번민했다는 사실만큼은 충분히 짐작이 간다. 실제로 우리의 일상도 그렇지 않은가. 밥을 먹고 잠을 자고 일을 하고 날마다 아무렇지도 않은 듯 살아가지만, 마음속에서는 밝음과 어둠 사이를 하루에도 몇 번씩 오가지 않는가. 다리 위에서 스스로 몸을 던진 'T'와 'M'이 우리와 다른 사람이 아니라 우리와 같은 사람이라는 의미다. 그런 만큼 '나'는 소설의 재미를 위해 실존 인물인 'T'와 'M'의 죽음을 소비하지 않으려고 고민을 거듭한다. 그러다 보니 이야기가 빠르게 전개되지 않고 다소 한자리에서 맴도는 느낌이 들기도 한다. 그러나 이 지점이 《잿빛 극장》

의 미덕이기도 하다. 머무는 시간만큼 '나'가 '공감'으로 자살을 대하는 자세를 보여주기 때문이다. 가령 'T'와 'M'이 살아가던 1990년대는 보편적인 가족 이데올로기가 지금보다 훨씬 더 공고했을 것이다. 이러한 시대에 여자 둘이 살아가면서 받아야 했던 주변의 눈초리를 '나'는 모른 척하지 않는다. 가부장제의 그늘에서 하루빨리 벗어나고 싶어서 공부를 열심히 했으나 사회에서 여성이 설 자리가 보장되지 않은 탓에 서둘러 결혼이라는 시스템으로 걸어 들어간 'T'의 가슴 절절한 후회를 '나'는 예리하게 묘사한다. 똑똑하고 건강한 30대 여성인 'M'이 단지 세 살 많다는 이유로 남자 친구의 부모님께 흠 있는 신붓감으로 홀대당한 이야기를 '나'는 솔직하게 그려낸다. 실재와 왜곡의 간극을 최소화하려는 '나'의 시선은 여성 문제뿐 아니라 성 소수자에게도 미친다. 2008년 미국 캘리포니아주 대법원이 동성 결혼의 합법 판결을 내리기까지 온갖 수모를 겪으며 투쟁해온 동성 커플의 다큐멘터리를 보며 '나'는 눈물짓는다. 그리고 화려한 도시 생활의 이면에 가려진 현대인의 소외감도 짚어낸다. '나'가 미술관에서 본 작품을 묘사하는 장면은 현실과 이상 간의 괴리가 점점 커지면서 정체성을 잃어버리고 익명의 존재로 표류하는 개인을 표현한 것으로 읽힌다. 물론 이러한 이유로 죽음을 정당화할 수는 없다고 여길지도 모른다. 그러나 낙타가 쓰러지는 것은 깃털같이 가벼운 마지막 짐 때문이다. 일상이 쌓여서 인생이 되는

것이니, 일상의 무게가 쌓이면 결국 인생의 무게에 짓눌리게
된다.

　이처럼 '나'는 'T'와 'M'의 죽음을 단 한 순간도 가벼이 대
하지 않지만, 잠든 'T'와 'M'을 기어코 불러내서 소설로 썼다
는 그 자체에 죄책감을 느낀다. 'T'와 'M'의 죽음이 '이야기'
가 되어 세상에 알려지면 '스캔들'로 전락할 우려가 있기 때
문이다. 그러한 압박감 탓이었을까. '나'는 일본 전통 가무극
인 노(能) 전용 극장에 갔을 때 혼령이 되어 '나' 앞에 나타난
'T'와 'M'의 원망에 찬 목소리를 듣는다. 환영인지 환청인지
알 수 없으나 '나'는 분명히 보고 듣는다. 이 일로 '나'는 소설
가로서 깊은 고민에 빠지지만, 얼마 지나지 않아 사실은 'T'와
'M'이 자신들을 불러주기를 바라지 않았을까, 하고 생각이
바뀐다. 20여 년 전 세상을 떠난 'T'와 'M'은 무관심과 망각
으로 잊힌 존재들이었다. 그러한 'T'와 'M'을 기억하고 기록
한다는 것은 삶의 갖가지 슬픔을 존중하는 마음의 표현이라
는 확신이 선 까닭이다. 허구의 힘을 빌려 'T'와 'M'을 불러오
는 목적은 사실의 완전한 복원이 아니라 슬픔의 연대에 있는
것이다.

　온다 리쿠는 《잿빛 극장》을 다 쓰고 나서 추리 소설가 기리
노 나쓰오와 나눈 대담에서 그 몇 줄 되지도 않는 기사가 왜

그토록 마음에 걸렸는지 여전히 모르겠다고 했다. 역자로서 조심스럽게 그 이유를 짐작해보자면, 이름 없이 세상을 떠나간 수많은 이들에게 뒤늦게나마 소설의 형태로 진혼곡을 불러주고 싶었기 때문 아닐까? 아울러 잿빛의 일상을 보내는 이름 모를 독자에게 절망을 다룬 이야기를 들려주고 싶었기 때문 아닐까? 희망보다 절망이 익숙한 시대. 'T'와 'M'이 세상에 있었고, 이들을 기억하는 독자가 조금 더 늘어난다면 그 조금이 모여 더 나은 세상이 되리라 믿는다. 그러한 소망을 담아《잿빛 극장》을 세상에 내보낸다.

1

초침 소리가 머릿속에 울려 퍼진다.

여자는 어둠 속에서 눈을 뜬 채 그 소리를 듣고 있다.

잠 못 드는 밤이야 진작 익숙해졌지만, 한번 초침 소리가 신경 쓰이기 시작하면 머릿속이 온통 그 소리로 가득 차 못내 불안해진다.

머리맡에 놓아둔 여행용 소형 탁상시계.

문자판은 야광 염료를 칠해 연둣빛이다. 한밤중 선잠에서 깨어 이 문자판을 얼마나 여러 번 봤던가.

시계 따위 더는 필요 없는 생활을 한 지 제법 되었지만, 또 다른 의미에서 시간에 쫓기다니 얄궂기 그지없다.

회사 다닐 때는 눈길 닿는 곳마다 시계를 두어 시야에 늘

시계가 있는 것은 물론, 손목시계까지 찼다. 이제 집에서는 손목시계를 차지 않는 데다 낮에 텔레비전이나 라디오를 켜 두는 버릇도 없으니, 집에 있다 보면 어느새 시간이 훌쩍 지나 지금이 몇 시인지도 몰랐다. 처음에는 모처럼 누리는 혼자만의 오롯한 시간이 정말 좋았지만, 그 즐거움은 얼마 못 가 막연한 불안으로 바뀌었다. 회사에 다니지 않는다는 사실, 조직에 속해있지 않는다는 이유만으로 죄책감에 시달리며 적지 않은 날들을 괴로워하다니, 전혀 뜻밖이었다. 내가 여자라서 다행이라고 여긴 적도 은근히 있었다. 같은 또래 남자들이 평일 낮에 상점가나 주택가를 어슬렁댔다간 보나 마나 수상한 사람 취급받을 게 뻔하다.

그래도 도쿄는 그나마 낫다. 남녀노소 북적이는 번화가로 나가면, 뭐 하는 사람이냐고 캐묻지도 않고, 적당히 놀며 시간을 때울 만한 것 역시 얼마든지 있다. 이름도 얼굴도 모르는 천만 시민 중 한 사람일 뿐이다. 지방 출신이 도쿄로 가려고 기를 쓰는 데는 뭐니 뭐니 해도 익명이 보장되는 곳에서 지내고 싶다는 이유가 가장 크지 않을까. "누구네 딸이 어제 거기 있던데." 하고 입방아에 오를 일도 없고 말이다.

그 바람대로 떳떳한 익명의 존재가 되었건만 인간이란 동물은 참 모순덩어리다. 나이 들수록 이름 없는 자신이 못마땅해지는 것이다. 유명해지고 싶달까, 존재감을 과시하고 싶달까, 알만한 사람은 다 아는 사람이 되고 싶어 한다. 자신이 바닷가 모래 한 알에 불과한 존재라는 사실을 자각할 때마다 조바심에 속이 바싹 타들어 간다. 나만의 것을 갖고 싶다. 유일무이한 존재가 되고 싶다. 그런 소리 없는 아우성이 우편함에도 들어앉아 있고, 부엌 주전자의 뜨거운 김에도 들어 있어 숨이 턱 막혀 버릴 것만 같던 지난날.

마침내 그런 시기도 지나갔다.

여자는 어둠 속에서 가만히 생각에 잠긴다.

결심이란 게 참 신기하다.

실은 뭔가 대단한 게 있을 줄 알았다. 자신의 장래를 결정한다. 무엇을 할지 결정한다. 무엇을 하지 않을지 결정한다. 고심에 고심을 거듭한 끝에, 숱한 고뇌의 시간을 보낸 뒤에야 가까스로 그 순간이 찾아올 줄 알았다.

그런데 이렇게 간단히 끝날 줄이야.

여자는 깜박 속은 기분이 들었다.

나만의 것을 손에 넣는다는 게 이토록 하찮을 줄이야. 어쨌든 이거야말로 더할 나위 없는 '나만의 것'이다.

여자는 킁킁 가볍게 콧소리를 내본다.

윗입술에 희미하게 와닿는 콧김이 새삼 실감 난다.

M도 같은 심정일까?

여자는 어둠 속에서 귀 기울인다.

물론 옆방에서 잠든 M의 숨소리까지 들리지는 않는다. 한때 내리 야근하던 무렵에는 코를 드르렁드르렁 골기도 했지만, 요즘에는 그런 적이 거의 없다.

M은 드러눕기 무섭게 잠든다. 지금, 이 순간에도 꿈도 꾸지 않고 잠들어있겠지. 이럴 때마저.

여자는 쓴웃음을 지었다.

오히려 M은 후련한 마음으로 자고 있을지도 모른다.

그래, M은 한 번 결단을 내리면 더는 망설이지 않는다. 고민하지 않는다. 후회하지 않는다.

이번만큼은 M을 본받자. 어쨌든 이미 결정했으니 더는 번민하지 않아도 된다. 더는 번복하지 않아도 된다.

안식을 얻는 길은 그뿐이다.

이럴까 저럴까 갈등할 필요 없다. 그 자체만으로 얼마나 마음이 놓일까.

여자는 눈을 감았다.

눈꺼풀 안쪽에 연둣빛 문자판이 잔상으로 떠올랐지만, 눈동자가 풀리면서 어슴푸레 사라져간다. 아마도 이제는 잠들 것 같다.

0

날이 밝아오면서 세찬 바람에 눈을 떴다.

산자락에 둘러싸인 온천장은 산꼭대기에서 휘몰아치는 칼

바람을 견디게 지었지만, 워낙 바람이 거센 탓인지 창문이 자꾸 덜컹덜컹 흔들렸다.

흩날리는 눈을 맞으며 아침 첫차에 몸을 실었다.

노선버스이긴 해도 도중에 고속도로에 진입하기 때문에 차 내는 장거리 버스와 같은 모습이다.

통근 시간대라 그럴까. 정거장에 멈춰 설 때마다 승객들이 올라타서 어느새 빈자리가 거의 보이지 않았다.

버스 안은 조용한 데다 난방을 틀어놔서 다들 꾸벅꾸벅 졸고 있다.

나도 살짝 졸렸지만, 차창 밖 풍경에서 눈을 뗄 수 없었다.

논밭 한복판에 난 일자 도로를 내달리는 버스의 운전석 차창 너머로 펼쳐진 풍경이 묘하게 마음을 끌어당겼기 때문이다.

내가 어릴 때만 해도 영화관, 하면 '유흥가에 자리한 건물'이라는 인식에서 아직 벗어나지 못한 탓에 보고 싶은 영화가 있어도 좀처럼 가지 못했다. 나는 아동용 애니메이션 영화에는 좀처럼 흥미를 느끼지 못하고, 어른들처럼 첩보물이나 스릴러물을 보고 싶어 했으니 지금 생각해보면 무리도 아니다. 중학생이 되고부터 친구와 같이 영화관에 들락날락했는데, 특히 강렬한 인상을 심어준 영화가 스티븐 스필버그 감독의 〈미지와의 조우〉다.

잘 알려진 것처럼 이 영화의 원래 제목은 'Close Encounters

of the Third Kind(제3종 근접 조우)'로, 지구 외 생명체를 가까운 거리에서 목격한 경우를 가리키는 용어다. 포스터도 예고편도 전혀 보지 않은 채 들어가서 봤던 영화다. 한밤중 시골길을 가르며 쭉 뻗은 도로 끝에 산등성이가 보이고 그 너머로 불빛이 반짝인다. 무척 의미심장한 장면으로, 당시 영화관에 하나둘 도입되기 시작한 돌비 시스템의 생동감 넘치는 음악까지 어우러져 산 너머에서 번득이는 찬란한 빛이 뇌리에 강렬하게 박혀버렸다.

그 장면은 30년이 넘도록 기억에 생생히 남아, 방금 본 풍경도 〈미지와의 조우〉 같다는 생각이 들자 가슴이 설레어 졸린 눈을 붙이기가 아까웠다.

버스 전방에는 간선도로가 곧게 뻗어있다. 내리는 눈에 젖어버린 아스팔트는 새까맣기만 하다. 저 길 끝에 정면으로 산이 보인다.

하늘은 어두컴컴하다. 눈구름이 어느새 저 멀리 산마루까지 드리웠는데, 산 너머만 반짝이다니 참 신기하다. 마치 산 저편에 광원이라도 있는 듯 신비로운 아름다움을 자아내는 하얀 빛무리가 보고 또 봐도 질리지 않는다. 저 너머에는 대체 무엇이 있을까. 한 번도 본 적 없는 세계가 있을까. 이 나이가 되어서도 엉뚱한 상상에 빠지고 만다.

오랜 친구와 도쿄 북쪽에 인접한 기타간토(北関東)의 온천장에 왔지만, 일 때문에 혼자서 먼저 돌아오는 길이다. 아침부터 부랴부랴 정신이 없었는데, 이런 풍경을 느긋하게 감상하다니 수지맞은 기분이다.

산 너머 불빛을 바라보다가 스르륵 눈이 감기기도 했지만, 차창 밖 경치에 졸음이 멀리 달아났다.

어느 틈엔가 눈앞에 닥친 현안이 떠올라 소설 구상에 들어갔다.

0

소설가뿐 아니라 사람은 저마다 평생에 걸쳐 꼭 해야만 하는 숙제랄까, 중요한 과업이 있다. 아니, 그렇게까지 거창하게 말하지 않더라도 어딘가 찔린 채 내버려 둔 잔가시처럼 마음에 걸리는 구석이 있기 마련이다.

평소 방치해둔 채 지내면서도 문득 뽑는 시늉이라도 해봐야 않나, 하고 의식의 저 아래에서 신경을 건드리는 것.

내게도 그런 가시가 몇 개 있는데, 그중 하나가 슬슬 그 이야기를 써야 하지 않을까 하는 거였다.

그렇다고 해서 그야말로 위대한 작품이 될 만한 테마는 결코 아니다.

이야기의 발단은 소설가로 막 등단했던 무렵으로 거슬러 올라간다.

당시 나는 직장을 다니면서 겸업하던 처지라 주중에는 풀타임으로 근무하고 주말에 원고를 썼다.

아직 어떤 작품을 쓰면 좋을지 스스로 갈피를 잡지 못할 때라, 테마와 장르를 한창 모색하는 중이었다. 이런저런 아이디어를 시도해봐도 어느 방향으로 가야 할지 감조차 오지 않으니, 어둠이 깔린 호수에서 홀로 노 젓는 듯한 불안감에 휩싸이기도 했다.

지금껏 이런 질문을 자주 받는다. "대체 어디서 소설의 영감을 얻는 거죠?"

솔직히 말하면 내 쪽에서 묻고픈 질문이다. 실은 나도 어떻게 이야기를 지어내는지 여전히 모르겠다.

한 가지 확실한 점은 작품 하나하나 글감이 모두 달라서 매번 같은 방법으로 쓰지는 못한다는 것이다.

때로는 영화 속 마지막 장면을 납득할 수 없어서 '나라면 이렇게 했을 텐데' 하며 쓴 이야기도 있고, 오래전 읽은 책 중 마음에 든 작품의 분위기를 재현해보려고 쓴 이야기도 있는가 하면, 길모퉁이에서 얼핏 들은 대화에 살을 붙여나간 이야기도 있다.

내가 존경하는 미스터리 작가 가운데 몇몇은 현실에서 일어난 불가사의한 사건을 바탕으로 소설을 집필한다고 하던데, 나는 현실을 토대로 작품을 쓴 적은 거의 없다.

그러다 보니 구태여 스크랩을 하지 않는 데다 어쩌다 보관

한 자료조차 나중에 다시 볼 때면 "도대체 뭘 하려고 이 자료를 오려두었지?" 하고 고개를 갸웃한 적도 종종 있다.

다만 그 기사를 본 순간만큼은 결코 잊지 못한다.

그때의 기억은 선연한 감각으로 지금까지도 몸 한구석에 남아 있다.

0

그 기사는 채 몇 줄 되지도 않는 단신 기사였다.

신문에 실린 위치도 소위 삼면기사. 그러니까 신문이 사면으로 발행되었을 때 게재된 사회기사였다.

같은 나이 또래의 두 여자가 다리 위에서 뛰어내려 동반 자살했다는 내용이었다.

그 둘은 피 한 방울 섞이지 않은 남남이지만, 대학 시절 친구로 같이 살았다고 한다. 이름은 적혀 있지 않았다.

어쩌다 그 기사에 시선이 닿았는지, 지금도 잘 모르겠다. 오히려 기사가 내 눈에 확 들어온 느낌이랄까. 충격이 컸다는 사실만큼은 또렷이 기억난다.

우선 두 사람이 꽤 나이 든 여성이라는 사실이 놀라웠다.

내가 기억하기로, 아이돌 가수 오카다 유키코(岡田有希子)가 소속사 건물 옥상에서 뛰어내린 사건의 영향으로 한때 모방 자살이 잇따른 터라, 여자들이 동반 자살했다고 하면 사춘기 소녀의 이미지가 강했기 때문이다.

게다가 두 사람은 혈연관계가 아닌데도 한집에 살았다는 점 또한 놀라웠다.

최근에야 룸 셰어가 그리 낯설지 않지만, 당시의 내게는 젊은 층이면 모르거니와 제법 나이도 먹은 데다 법적으로는 남남인 두 여자가 같이 살았다는 사실이 기묘하게 다가왔다.

의문은 꼬리에 꼬리를 물고 이어졌다.

두 사람은 결혼 전력이 있을까? 무슨 일을 했을까? 어떤 사연으로 한집에 살게 되었을까? 얼마나 같이 살았을까? 출신지는 어디일까? 가족은 없었을까?

도대체 무엇 때문에 동반 자살이라는 선택을 했을까?

충격의 여파가 크다 보니 기사를 오려둘걸, 하고 뒤늦게 후회했지만 바로 그러한 이유로 이 사건은 내게 '가시'로 남았다.

그 뒤로 한동안 신문을 샅샅이 살펴봤지만, 후속 기사는 실리지 않았고 그 기사가 처음이자 마지막이었다.

0

그로부터 여러 해가 지난 뒤 나는 회사를 그만두고 전업 작가가 되었다.

남아 있던 다른 '숙제' 중 일부는 풀었지만, 그 '가시'만큼 은 손도 대지 못했다.

이따금 어딘가 콕콕 쑤시는 느낌을 받으면서도 모르는 척 내버려두었다.

솔직히 말하면 글로 쓰자니 선뜻 마음이 내키지 않기도 했다.

더구나 장르를 가리지 않고 다양한 소설을 써왔지만, 이 이 야기는 어떤 장르가 될지 짐작조차 가지 않은 탓도 있다.

'가시'는 여전히 '가시'인 채로 남았다.

드문드문 두 사람의 뒷모습이 떠오르기도 했다.

어느 날 현관문을 걸어 잠그고 집을 나선 뒤 그 길로 세상 을 떠난 두 사람. 다시는 돌아오지 않겠다고 결심하고 집을 나설 때의 심정을 가히 어떤 말로 설명할 수 있을까?

옷차림은 대체 어땠을까. 그런 상황에서도 외모를 꾸며야 할까. 아니면 겉모습은 더는 상관없었을까. 화장은 했을까. 액 세서리는 했을까.

집 안은 잘 정돈되어 있었을까.

유서는 남겼을까. 남겼다면 누구에게 썼을까. 어떤 내용이 담겨 있을까.

이따금 그런 물음이 무겁게 가슴을 짓눌렀다. 그러나 거기 서 더 앞으로 나아가지는 못했고, 그런 결단도 내리지 못했다.

1

누구나 어릴 적 목욕을 마치고 선풍기 앞에서 "아~" 하고 소리를 내본 적이 있을 것이다. 상쾌한 바람결에 떨리는 목소리가 어찌나 재밌던지, 동생들과 지치지도 않고 수없이 되풀이했다.

선풍기에는 회전과 정지의 모드가 있었는데, 으레 회전 모드로 설정해두었지만 푹푹 찌는 더위를 참다못해 정지 모드로 바꿔서 한참 바람을 쐬다가 엄마한테 호되게 꾸지람을 듣곤 했다.

여느 때와 달리 불벼락이 떨어져서 왜 그렇게 무섭게 혼내는지 의아해하자 "선풍기는 위험하잖아."라는 핀잔이 뒤따라와 어안이 벙벙했던 적이 있다.

'위험하다'니, 무슨 뜻일까. 그야 물론 선풍기 철망 사이로 손가락이 끼면 다치니까 하는 말이겠지만, 엄마 말에 담긴 속뜻은 그런 의미가 아닌 것 같았다.

엄마가 말한 '위험하다'가 어떤 의미인지는 오랜 시간이 지난 뒤에야 알았다.

어른이 되어 이런저런 자료를 조사하다가 선풍기를 이용한 살인으로 추정되는 사건을 발견한 것이다.

선풍기 바람을 내내 쐬면 체온과 혈압이 뚝 떨어져서 심장마비를 일으킬 확률이 높아진다고 한다. 한마디로 저체온증으로 얼어 죽는 상황과 같다.

사고사가 아니라 살인사건으로 의심받은 이유는 술에 곯아떨어진 남편에게 정지 모드로 설정한 선풍기 바람을 밤새 쐬도록 한 데 있었다. 평소 심장 질환을 앓던 남편의 직접적인 사인은 심부전으로 밝혀졌다.

아내에게 살해 의도가 있었는지가 쟁점이 되었으나, 아내는 남편이 더워서 깼는데 술에 취한 탓에 남편 스스로 정지 모드를 눌렀다고 주장했다.

결국, 증거 불충분으로 기소되지 않았다.

이 아내, 보란 듯이 해냈구나, 싶었다. 보험금은 두둑이 챙겼을까? 이토록 손쉽게 살인을 저지르다니, 무심코 놓쳐버린 허점은 없었을까.

그렇다고 해도 선풍기 바람을 쐬기만 했을 뿐인데 숨이 멎어버리다니.

이제야 수긍이 간다, 엄마 얼굴이 붉으락푸르락 달아오를 만도 했다고. 몸집이 작은 어린이가 선풍기 바람을 마냥 쐬다간 바로 체온을 빼앗기고 말 것이다. 그런데 엄마는 어떻게 그 사실을 알았을까. 주변 사람 중에 누군가 같은 일을 겪은 사람이라도 있었을까.

T에게 물어보기도 했다.

선풍기가 위험하다는 거, 알아?

T는 어린 시절의 M처럼 어리둥절한 표정이었다.

위험하다는 게 무슨 말이야?

나, 엄마한테 무지 혼났잖아. 선풍기는 회전 모드로 하지 않으면 위험하대. 설명을 덧붙이자 T는 "어머, 몰랐어." 하고 깜짝 놀랐다.

어쩌면 심심찮게 일어난 사고였을지도 모른다. 공터에 버려진 냉장고에 들어갔다가 숨진 아이들만큼.

냉장고에 들어가면 안 된다는 말도 귀에 못이 박히도록 들은 주의 사항이다. 초등학교에도 '헌 냉장고에 들어가면 안 됩니다'라고 적힌 포스터가 붙어 있었는데, 투명한 냉장고 안에서 아이가 숨이 막혀 버둥대는 장면이 눈앞에서 보듯 실감나게 묘사되어 등골이 오싹할 정도였다.

왜 들어가면 안 될까? 떠도는 설에 의하면 냉장고 안에서는 문이 열리지 않는다고 한다. 과연 그럴까? 안에서 밀면 바로 열릴 것 같은데. 산소야 당연히 부족할 테니 숨이 막히겠지만, 문이 열리지 않는다니 믿기지 않는다.

세상은 온통 위험투성이다.

가만있어도 도처에 깔린 위험이 여차하면 목숨을 앗아가는 판국에 스스로 죽겠다고 결심한 사람을 어떻게 구할까.

그러고 보니 일본에는 예로부터 '신주(心中)'라고 불리는 자살 형태가 있다. 연인이 함께 목숨을 끊는 행위를 뜻한다.

어릴 때는 영문을 알 수 없었다. '신주'라는 단어 자체를 모르기도 했고, 하물며 같이 죽는다는 의미를 알고 나니 더욱 혼란스러웠다.

왜 스스로 세상을 등진 남녀를 입이 닳도록 찬양하는 것일까? 게다가 실제로 일어난 사건이 여러 편 연극으로 각색되었을 뿐 아니라 수백 년이 넘도록 그 무대를 기꺼이 보러 오는 관객이 끊이지 않는다.

이승에서 허락받지 못한 사랑을 저승에서나마 이뤘기 때문일까? 아무리 그래도 목숨을 헌신짝처럼 버려도 될까. 신주를 소재로 한 전통 인형극 분라쿠(文楽)를 보면서 이런 상념에 젖었다.

익히 듣던 대로 인형은 처연하리만큼 아름다웠고 그 아름다움에 절로 탄성이 나왔지만, 역시 썩 납득가지는 않았다.

납득가지 않기로 말하자면 살해 후 자살하는 '무리신주(無理心中)'도 마찬가지다. 남겨질 아이가 가엽다며 부모가 아이를 데리고 저세상으로 가는 경우가 있는데, 이는 우리나라 특유의 정서라고도 한다. 죽으려면 혼자 죽지, 아이가 무슨 죄라고.

사실 지인 중에 어느 날 집에 돌아와서 부모님이 목매 숨진 광경을 목격한 이가 있다. 재력이 상당했지만, 연대보증을 섰다가 채무자가 도망가는 바람에 고스란히 빚을 떠안고 말았다. 부모님 시신을 발견할 당시 여고생이었던 지인의 심경이 어땠을지 차마 입이 떨어지지 않지만, 그 지인이 "나까지 죽이지 않아서 고마울 따름"이라고 털어놓기까지 오랜 세월이 걸렸다고 한다.

사람 잡는 연대보증인 제도, 제발 어떻게 좀 할 수 없나. 구시대의 연좌제보다 더 지독하지 않은가. 연대보증인이 치러야할 대가가 너무 가혹하다.

세상은 온통 위험투성이다. 부조리한 죽음이 넘쳐난다.

그렇다고 해도, 그렇다고 해도, T가 삶을 마감하도록 자신이 나서야 할까?

M은 속내를 헤아려본다.

T가 그러길 바란다면 바라는 대로 해줘야 할까. 주저하면서도 결국 해줄 수밖에 없지 않을까.

자, 선풍기를 정지 모드로 해줘.

T라면 한 치의 망설임도 없이 그렇게 말할지도 모른다.

예의 그 소녀같이 해맑은 얼굴로.

T는 꼼꼼하고 까다로운 면도 있지만, 막상 예기치 못한 상황이 닥치면 M보다 훨씬 두둑한 배짱을 보이지 않았던가.

잠이 쉽게 들지 않아 애먹다 보니 눕자마자 잠드는 M을 무척이나 부러워했지만, 마지막의 마지막에는 오히려 T가 먼저 깊은 잠에 빠져들지도 모른다.

M은 머릿속으로 그려본다.

가슴께 두 손을 깍지 끼고 잠든 T. 흡사 백설 공주 같다.

M은 잠자는 T에게 선풍기 바람이 향하도록 조정한다. 스포트라이트를 비추는 카메라맨처럼. 마지못해 들어준다는

듯, 떨떠름한 표정으로.

0

놀랍게도 이 세상은 '실제로 일어났던 이야기'로 넘쳐난다.

훈훈한 감동 실화, 정말로 일어난 무서운 이야기, 직접 체험한 도시 전설.

"XXXX년 ○○에서 실제로 일어난 사건을 취재하고 있습니다."

신문이나 전단지를 살펴보면 흔히 만나는 문구다. 광고 카피며, 줄거리 소개며, 하루가 멀다 하고 눈에 띈다.

미국 영화를 보러 갔을 때도 별반 다르지 않다. 캄캄한 영화관에서 좌석을 찾고, 도무지 끝날 기미가 보이지 않는 예고편을 20분 남짓 보는 동안 알게 모르게 세뇌라도 하듯 두 편에 한 편꼴로 오프닝이 늘 같다.

'실화를 바탕으로 한 이야기'

물론 이때의 실화란 최대한 너른 의미에서 그렇다는 말이다.

역대 최고액의 복권이 당첨된 웨이트리스. 이것은 '사실'이다. 그러나 스크린에 등장한 웨이트리스가 8등신 미녀에 때묻지 않은 스무 살 아가씨라면 '실화를 바탕으로 한 이야기'

에 해당하는 사항은 직업뿐일 테고, 심지어 그 아가씨가 자 못 거창한 꿈을 좇는 순수한 청년과 사랑에 빠진다면 최대 한 '실화'를 확대해석했다고 봐야 하지 않을까. 현실에서는 미 국 역대 최고액 복권에 당첨된 사람이 불과 몇 년 만에 재산 을 탕진하고 빚까지 지기도 한다니, 실제 복권에 당첨된 웨이 트리스의 '현실'도 해피엔딩으로 끝나길 바란다면, 하늘에 비 는 수밖에 없다.

한편 오바마 대통령과 그의 측근이 빈 라덴 사살 작전을 생중계로 시청하는 영상을 보고는 눈이 휘둥그레졌다. 아무 렇지도 않은 표정으로 지켜보길래 재연 드라마인 줄 알았더 니, 오바마는 물론 측근들도 실제 본인이고, 현장에서 촬영과 동시에 실시간으로 방영한 영상이란다.

사살 작전의 진행 과정을 시시각각 실황으로 중계하다니, 눈으로 보면서도 믿기지 않는 광경이었다.

놀라운 사실은 다큐멘터리인데도 영락없이 대역 배우가 나오는 픽션 같다는 점이다. 화면 바깥에서 전속 카메라맨이 줄곧 촬영하는 장면을 상상하니 기분이 이상했다.

방송 끄트머리에 예의 봐왔던 그 문구를 자연스레 찾는 자 신을 발견한다.

'실화를 바탕으로 한 이야기'

0

요즘에는 계약서를 교환하고 방영 전에 대본도 보여주니까 불미스러운 일을 예방할 수 있지만, 예전에는 소설을 드라마로 만들 때 특히 두 시간짜리 미스터리물은 대체 어딜 봐서 원작을 토대로 한 드라마냐고 되묻고 싶을 만큼 원작과 무늬만 비슷하게 바꿔버려서, 자칫 잘못하면 웃음거리가 되기 일쑤였다.

이처럼 '원작을 토대로 한 드라마'라는 광고가 무색할 만큼 싹 바꿔버릴 바에야 왜 원작을 토대로 만들었다고 나팔을 불었는지, 왜 원작을 끌어다 대본을 썼는지 이해하기 어려울 때가 많았다.

요컨대 설정만 탐났을 뿐이다. 나중에 '그 설정과 트릭은 이 책에서 베끼지 않았느냐'고 여론의 도마 위에 오를까 봐 미리 원작자 허락을 구해서 선수 치려는 속셈 아니었을까.

최근에는 영화를 제작할 때도 예산을 통과하는 데 필요한 조건이 원작 있는 작품이라는 말을 자주 듣는다. 원작이든 실화든 '토대'가 될 만한 뭔가가 없으면 속 빈 강정 취급받기는 이 나라나 미국이나 매한가지인가 보다.

이는 요즘 젊은 독자의 (혹은 그들에게 인기 있는 책이나 영화를 만들려는 측의) 성향 때문이기도 하다.

소설을 읽지 않는다. 영화를 보지 않는다. 왜 그런지 물어보니 SNS를 하느라 바쁘기도 하지만 입을 모아 이렇게 답했단다.

그거 다 지어낸 얘기잖아요.

결국, 그럴듯하게 꾸며낸 이야기에 시간 낭비하고 싶지 않다, 누군가 머릿속으로 그려낸 거짓말 따위가 무슨 의미가 있겠느냐, 그런 말이다. 거꾸로 말하면 실제로 일어난 일, 이것은 사실이니 굉장하다는 반응을 보인다. 즉 '리얼'한 이야기에는 엄지를 치켜세운다.

'실화를 바탕으로 한 이야기'

그러니 두 시간짜리 영화에서 사실이라고는 여주인공의 직업뿐이라고 해도 그 한 가지가 리얼리티를 제대로 갖췄다면 영화를 보러 갈 이유가 충분한 셈이다.

이러한 현상의 이면을 살펴보면 젊은이들이 차마 말하지 못한 두려움의 실체가 수면 위로 윤곽을 드러낸다.

그들은 그렇게 해서라도 책이나 영화를 마주할 이유가 짚이기를 바라는 것이다. 책이나 영화에 일정한 시간을 쓴다는 것은 그 시간만큼 고독을 견뎌내야 한다는 말이기도 하다. 이것은 24시간 '리얼한 감각'으로 연결된 세상, 이를테면 SNS와 같은 온라인 공동체에서 잠깐이라도 벗어나야 한다는 의미다. 그 이탈을 감행할 만한 확실한 동기 부여를 원하는 것이다. 설령 '리얼한 감각'으로 연결된 세상에서 이탈한 시간이 잠시뿐일지라도 실패의 기억으로 남아 후회하는 것만큼은 피하고 싶기 때문이다.

0

　사정이 이렇다 보니 "또 실화를 바탕으로 한 이야기냐"고 머리를 절레절레 흔들며 지겨워할 때도 있으면서, 나 역시 그 문구에 끌려서 책을 들거나 영화를 봤다는 점을 솔직히 시인해야겠다.

　확실히 '실제로 일어난 이야기'라고 하면 귀가 절로 솔깃해진다.

　왜 그럴까.

　사실은 소설보다 더 기이하다는 말마따나 현실감이 더해지기 때문일까? 실화라고 하면 친근감과 공감대가 형성되기 때문일까?

　특히 범죄 사건은 빛으로 벌레를 유인하는 포충기처럼 소설가를 끌어들인다. 화제를 모은 처참한 범죄, 대체 왜 이런 범죄를 저질렀는지 의문이 드는 범죄는 동서고금을 막론하고 소설의 소재로 쓰였고, 실제로 걸작이라고 할 만한 작품도 많다.

　우리 동네에서 발생한 범죄. 또는 자신이 저질렀을지도 모르는 범죄. 이런 점이 공감과 전율을 불러일으키기 때문일까.

그 책도 과거에 실제로 일어난 사건을 바탕으로 쓴 작품이라고 해서 밤에 잠들기 전 무심코 들춰보았다.

지은이는 내가 존경하는 영국의 추리소설 작가인데, 독자에게 날것의 감정을 불러일으키는 탁월한 심리 묘사로 정평이 난 실력파다.

오래전 삼면기사에 본 사건이 마음에 걸려서 언젠가 이 사건을 소재로 소설을 써야겠다고 마음먹은 터라, 무의식중에 다른 작가는 현실 속 사건을 어떻게 소설화했는지 알고 싶었던 모양이다.

존경하는 작가인 만큼 어떤 사건을 소재로 썼는지도 궁금했다.

그 작품은 200쪽가량 되는 중편 소설로, 첫머리에 1924년 12월 영국 남부의 양계장에서 일어난 살인사건을 바탕으로 썼다는 설명이 적혀 있었다.

페이지를 넘겨보니 비극으로 치닫는 과정이 촘촘하게 그려져 색다른 긴장감을 자아냈다. 덕분에 명불허전 필력에 감탄하며 단숨에 다 읽었다.

독자로서 서스펜스를 만끽하고 나니, 작가로서도 다양한 감상이 떠올랐다.

먼저 작가로서 든 생각은 이랬다. 이 사건은 이 정도 길이 작품에 딱 좋겠구나.

소재는 솔직히 말해 '흔하디흔한' 살인사건이다. 소위 '치정에 얽힌 범행'으로, 복잡한 장치는 하나도 없다. 등장인물 역시 많지 않아서 사건 규모 면에서도 이만한 분량이 알맞지 싶다.

더는 젊음을 뽐내기 민망한 나이건만 여전히 소유욕을 버리지 못한 여자가 연하의 애인에게 집요하게 결혼을 요구한다. 어린 여자친구가 생긴 남자는 여자를 점점 멀리하는데, 여자가 자신의 집까지 쳐들어오자 생명의 위협을 느낀 나머지 여자를 살해하고 만다. 큰 얼개는 이렇다. 다만 남자는 여자가 자신의 집 기둥에 목매달아 자살했다고 주장하는데, 한 가지 이 사건을 유별나게 만든 것은 남자가 여자의 시신을 토막 내서 양계장 바닥에 묻었다는 사실이다.

그 점이 수사관과 배심원에게 극히 나쁜 인상을 주어서, 자살이라는 주장은 거짓말이고 남자가 살해했다는 판결이 난다. 결국, 남자는 교수형에 처해진다.

다음으로 저자가 왜 이 사건을 골랐는지, 고개가 끄덕여졌다. 저자는 첫머리에서 묻는다. 사건에서 피해자도 일말의 책임이 있다면, 가해자는 어디까지 유죄고, 피해자는 어디까지 무혐의로 봐야 할까?

그 이유는 소설을 읽어보면 알리라.

숨진 여성은 고집불통에다 기분파이다 보니, 직장에서도 가정에서도 소외되는 정서가 불안한 인물로 그려진다. 끝내 일자리마저 잃고 어디에도 발붙일 곳 없는 신세가 되자 결혼에 매달리며 한때 애인이었던 남자를 차츰 궁지로 몰아넣는다.

가족이나 작은 공동체에 숨겨진 악의를 주제로 한 작품을 여러 편 선보인 저자가, 얼핏 평범해 보이는 남녀 주인공을 내세워 숨 막히는 갈등 끝에 벌어지는 살인사건을 소재로 쓴 이야기에는, '허구인 듯 사실 같은' 느낌이 흠씬 묻어 나왔다.

저자는 작품 끝자락에 사건과 관련하여 자신의 의견을 적었는데, 남자의 주장대로 여자가 자살했다고 믿는 것 같았다.

내가 보기에는 어느 부분이 사실인지 미심쩍었다.

작가의 메모에 따르면 남자의 진술서라든지 두 사람을 아는 주변인의 증언 등은 그대로 쓰고, 두 사람의 성격이나 관련 사건은 사실에 기초해서 묘사했다고 한다.

단 이 작품의 노른자위는 두 사람이 주고받은 편지다.

우리는 서로 사랑하는 사이라는 착각에 빠져 상대에게 집착하는 여자, 심지어 관계한 적도 없는데 임신했다는 망상에 사로잡혀 쓴 여자의 편지. 반면 에둘러 헤어지고 싶다는 의사를 밝히는 남자의 편지. 이 어긋난 관계에서 빚어지는 서스펜스가 절정을 향해 가는데, 과연 이 편지는 실물을 바탕으로 쓴 내용일까? 물론 실제 편지를 바탕으로 썼다고 해도 어느 정도 표현을 다듬고 문장을 매만졌을 것이다.

마지막 장면에서는 전보도 나온다. 지명도 인명도 실제로 있다고 하니, 이 전보는 사실인 것처럼 보인다. 그럼 편지는?

점점 도를 더해가는 여자의 광기 어린 행동을 독자에게 차근차근 들려주는 편지 속 내용이 이 소설의 압권이라는 점은 틀림없다. 그런 만큼 실제 편지를 그대로 소설에 옮겨 적은 것인지 아닌지 알 수 없다면, 작품 속에서 작가가 한껏 역량을 발휘하여 기교를 구사한 대목이 어느 부분인지도 아리송해진다. 이 점이 다 읽고 나서도 영 꺼림칙했다.

동시에 어디까지 사실을 반영하면 좋을까, 하는 것도 생각해볼 문제다.

사건에 연루된 사람이 남긴 편지나 일기 등 실물 자료가 있다면 그 내용을 고려해야 한다. 좀 더 정확히 말하면 그 내용에 이끌리기 마련이다. 자료가 많은 쪽과 적은 쪽, 어느 쪽이 좋을까. 이것 역시 실화를 바탕으로 한 작품을 쓸 때 분명 고민되는 점이다.

1

중학교 다닐 땐 애거서 크리스티의 작품을 탐독했다.

에르퀼 푸아로[1]보다는 미스 마플[2]을 좋아해서 어느 한쪽을 고른다면, 《오리엔트 특급 살인》이나 《애크로이드 살인사건》처럼 트릭이 유명하고 결말을 한마디로 요약할 수 있는 작품보다는, 작가의 저술 활동 후기에 나온 다소 심심한 작품이

내 취향이었다.

그도 그럴 것이 전자는 먼저 책을 읽은 오빠가 내용을 미리 말해버리기도 하고, 친구가 가져온 《미스터리 대사전》 같은 책을 보다가 내막을 눈치채서 읽기도 전부터 결말을 알아버린 탓도 있다. 요즘 같으면 "지금부터는 스포일러입니다."라고 미리 밝혀서 건너뛸 수 있도록 해주는 것이 매너지만, 어릴 때 읽은 잡지에서는 요약판이라는 구실 아래 추리소설의 줄거리를 죄다 알려주기도 했다.

애거서 크리스티의 후기 작품을 선호한다고는 했지만, 그렇다고 해서 줄거리를 제대로 기억하느냐고 묻는다면 전혀 자신이 없다. 똑 부러지게 트릭을 설명하지 못하는 작품은 전체 줄거리도 가물가물하기 마련이다.

시간 나는 대로 한 번 더 천천히 후기 작품들을 읽어봐야겠다고 늘 생각하면서도 언제나 생각뿐, 결국 흐지부지되어버리기 일쑤다.

그보다 여자가 지금 어렴풋이 떠올린 책은 《0시를 향하여》라는 작품이다.

---

1   Hercule Poirot: 벨기에 경찰 출신으로, 땅딸막한 체구에 완벽한 대칭을 자랑하는 콧수염이 특징. 남겨진 단서와 증언만으로 회색 뇌세포를 작동시켜 사건을 해결한다_옮긴이

2   Miss Marple: 가상의 인물. 호기심 많은 할머니 탐정. 뜨개질하며 이웃이 들려준 이야기만으로 사건을 해결하여 안락의자형 탐정의 전형으로 불린다_옮긴이

사실 이 작품도 어떤 내용인지는 기억이 흐릿하지만, 다시 확인해봐야겠다는 생각은 굳이 하지 않는다. 고민스러운 점은 '0시'가 무엇을 가리키느냐다.

0시란 범행이 발생한 순간을 말하는 것일까? 살인사건이 발생한 그 순간을 기점 삼아 0시라고 했을까.

또는 살인에 이르는 과정에서 살해하겠다고 결심한 순간을 '0시'라고 했을까. "생각해보니 사건은 이미 그때 시작된 것이다." 이렇게 소설의 첫 문장 같은 순간을 가리키는 말일까?

무슨 말인지 알 수가 없으니 답답하기만 하다.

책장 어딘가 지금도 책이 있을 테니 일어나서 책장에 손을 뻗으면 될 텐데, 그렇게 하려는 생각은 추호도 없는 자신을 발견한다.

어느 쪽이든 딱히 상관은 없다. 크리스티가 어떤 의미로 썼는지도 전혀 상관없다.

다만 여자가 '0시'를 언제로 할지 고민하면서 꼽아본 여러 가능성 중의 하나가 M을 처음 만난 날이라는 점은 틀림없는 사실이다.

여자는 기억을 더듬어본다.

봄날의 대학 기숙사. 아니지, 복도였나. 아니면 아지트였던 휴게실이었나.

친해지고 나서도 첫 만남이 뚜렷이 기억나는 사람과 그렇지 않은 사람이 있다.

기묘하게도 M은 둘 다였다. M은 당시 통통 튀는 패션을 즐겨서 첫인상이 강렬했다. 나중에 M이 화제에 오르자, M과 아는 사이가 아닌데도 대학 교정에서 봤던 모습을 떠올리며 "아, 걔" 하고 기억해내는 사람들이 많았다.

그런데 M이 서 있는 모습은 기억나도 언제 처음 만났는지는 뿌옇게 흐려진 기억 속으로 사라져 도무지 생각나지 않았다.

M과는 어느덧 대학 생활의 대부분을 함께할 만큼 가까워졌는데, 첫 만남이 기억나지 않는다니, 신기했다.

사람이 친해지는 과정도 가지각색이다. 만나서 대화를 나눠보니 마음이 잘 맞아서 대번에 특별한 존재가 될 때도 있고, 썩 잘 맞지 않는다고 느꼈는데 웬일인지 종종 어울릴 기회가 생겨서 조금씩 가까워지고, 그러다 보면 어느새 중요한 존재로 자리 잡을 때도 있다.

역시나 M은 기묘하게도 둘 다였다.

모순처럼 들리겠지만, 처음부터 잘 맞았다는 인상과 더불어 일정한 거리를 두고 조금씩 가까워졌다는 기억도 떠오른다.

애거서 크리스티의 《0시를 향하여》는 사건이 시작되는 시점부터인지, 살인을 저지른 순간부터인지, 아무튼 시간을 거슬러 올라가는 구성이었던 것으로 기억한다.

그러나 사회인이 되고 중년에 접어들면, 시계열, 즉 시간과 더불어 변화하는 현상을 순서대로 기억하는 감각이 둔해진다. 기억이란 하나의 얼룩이고, 이 얼룩은 모양과 빛깔이 제각각인 데다 어지간히 제멋대로다.

사람에 따라서는 전후 관계를 유독 따지기도 한다.

여자가 전에 이런 일이 있었는데, 라고 말하면, 아냐, 그건 그보다 훨씬 전이야, 하고 하나하나 따진다.

아 그랬나, 하고 적당히 얼버무렸지만, 여자는 속으로 생각한다. '그게 뭐 대수라고.'

사흘 전 먹은 저녁 메뉴는 기억하지 못하면서, 학창 시절 합숙할 때 먹은 점심 메뉴는 기억나기도 하고, "이야, 오랜만이다!" 하고 말하면서도 마지막으로 만난 때가 3년 전인지, 8년 전인지는 도통 기억이 안 날 때도 있다. 중년을 훌쩍 넘기면 3년 전이나 8년 전이나 거리감이 비슷해진다.

시간은 결코 직선으로 흐르지 않을뿐더러 물 흘러가듯 지나가지도 않는다. 찌그러진 원을 그리기도 하고 늘어났다가 줄어들기도 하고 겹치기도 했다가 끊어지기도 한다. 나이가 들수록 이런 사실을 뼈저리게 실감한다.

그러니 'M과의 0시'라고 소리 내어 말해봐도 첫 만남의 순간 그 자체가 끊임없이 흔들리고 움직인다는 사실을 확인할 뿐이다.

M의 당찬 목소리와 웃음소리가 귓가에 맴돌고 M의 화려

한 옷차림이 눈에 선하지만, '처음 만난 M'이라는 존재는 겹겹이 쌓이다가 아스라이 사라질 뿐 망막에 또렷한 상이 맺히지는 않는다.

호리호리한 키다리 M. 언제나 화려한 원색 옷을 입고 있던 M.

문득 책상에 놓아둔 콘드 비프 통조림이 눈앞에 어른거린다. 짙은 녹색 바탕에 소가 그려진 캔.

뭐지, 이거?

통조림은 책상 위에 펼쳐둔 노트 위에 놓여 있다. 연필로 쓴 숱한 이름들. 갖가지 필체. 흘려 쓴 글자가 있는가 하면 있는 힘껏 꾹 눌러 쓴 글자도 있다.

노트 낱장이 바람에 펄럭인다.

"이거, 여기 올려두자."

M의 목소리가 들렸다.

노트를 놓아둔 책상은 다리 길이가 달라서 체중이 실리면 덜컹거린다. 표면엔 칼로 찍힌 자국과 낙서가 한가득.

아, 그래, 이때구나.

여자는 고개를 끄덕였다.

대학 2학년 때 신입생 유치 활동.

살랑살랑 불어오던 봄바람.

여자와 M은 대학 교정에 길쭉한 책상을 옮겨두고 가입 신청을 받았다. 가입 희망자는 명부로 쓰이는 노트에다 이름과 연락처를 기재하면 되었다.

몰려드는 사람들로 북새통을 이루던 시간이 지나가고 어쩌다 둘만 덩그러니 남았다. 이상하게도 주위에 아무도 없었다. 선배도 같은 학년 동기도 다 어디로 가고, 딱히 할 일도 없어서 따분해진 두 사람은 책상 앞에 앉았다.

울타리가 없는 교정은 바람이 거셌다. 펼쳐진 노트 낱장이 마구 젖혀지며 노트가 책상 밑으로 떨어지기 일보 직전인데도 여자가 구경만 하고 있자, M이 부스럭부스럭 가방에서 콘드 비프 통조림을 꺼내더니 노트 위에 올려놓았다.

"왜 이걸 가지고 다녀?"

여자는 쓴웃음을 지었다.

M이 콘드 비프를 좋아한다는 건 잘 알고 있었다. 이따금 M의 하숙방에서 양파와 간장을 넣고 볶은 콘드 비프를 식빵에 얹어서 맛있게 먹었기 때문이다.

"생협에서 잔뜩 사놨거든."

콘드 비프 통조림은 학생이 사 먹기에는 결코 싼 가격이 아니라서, M은 생협에서 가끔 하는 할인 판매를 놓치지 않았다.

"아무도 안 오네."

"이제, 그만 정리해도 될 것 같은데."

둘이 아무렇게나 다리를 뻗고 턱을 괸 채 통조림 캔 아래서 펄럭이는 노트를 내려다봤던 장면이 기억에 남아 있다.

그래, 이것이 M과의 0시구나.

여자는 그때 볼에 스치던 봄바람이 떠오른다.

옆자리에 앉은 M이 옷깃에 꽂은 배지 핀이 걸리적거리는지 손으로 매만졌다. 그때의 옆얼굴이 떠오른다.

물론 그날이 첫 만남은 아니다. 만난 지 1년이 지났으니 엄밀히 말하면 결코 '0시'라고 할 수는 없을 것이다.

그러나 이때가 M과의 기점이라고 여자는 생각했다. 고개를 끄덕였다. 가슴이 뻥 뚫린 듯 후련해졌다.

우리는 그 순간부터 시작된 것이다. 수십 년에 걸친 길고도 짧은 세월이 바로 그때부터.

0

올해는 제1차 세계대전이 발발한 지 정확히 100년 되는 해인지라, 세계 각지에서 다양한 행사가 열리는 모양새다. 어디나 세계대전이라는 말이 붙는다. 근대 전쟁이 전 세계로 확장된 총력전을 치렀고, 인류가 실현한 세계화의 의미를 되돌아보게 했다는 점에서 마땅히 기념할 만한 첫 대전이다.

그런데 최근 역사학자의 인터뷰를 읽고 깜짝 놀라고 말았다.

사실은 왜 제1차 세계대전이 시작됐는지, 어쩌다 세계대전이 되었는지, 여전히 수수께끼라고 말하는 게 아닌가.

그러나 그 말은 이상하기 짝이 없다. 수험생 시절 공부한 세계사는 깡그리 잊어버렸지만, 그래도 오스트리아 황태자 부부가 사라예보에서 암살되고, 1914년 7월 오스트리아가 세르비아에 대해 선전포고를 하면서 전쟁이 공식 발발했다는 점은 기억난다.

확인할 겸 국어사전을 찾아보니 사전에도 그렇게 나와 있다. 배후에 삼국동맹(독일, 오스트리아, 이탈리아)과 삼국협상(영국, 프랑스, 러시아)의 대립이 있었다고 한다.

수업 시간에도 제국주의가 팽배하면서 무력 대립이 표면화되었다고 배웠던 것 같다.

그러나 사실 그 이유만으로는 설명이 충분치 않고, 애당초 왜 전쟁을 일으켰는지조차 명확히 밝혀지지 않은 상태라고 한다.

역사와 전통에 자부심을 보이는 유럽인들이니, 빈틈없이 조사하여 전모를 파악한 줄 알았는데 실상은 딴판인가 보다.

물론 현재 현실에서 일어난 일을 살펴본다고 해도 실제로 '무슨 일이 일어났는지'를 파악하는 것은 불가능하다. 결과로서 '일어난 일'과 '있었던 일'을 기록할 수는 있을지언정, 그 이유나 인과관계까지 아는 사람은 아무도 없다. 인간은 자신이 몸담은 세상 너머의 일은 잘 모르니, 결국 자신이 이해하는 범위 안의 세상밖에 보지 못한다. 게다가 인간에게는 감정이 있어서 반드시 합리적으로 행동한다는 보장도 없고 타인의 생각도 결코 이해하지 못한다. 게다가 기록이 있어도 그 기록을 남긴 사람은 승자일 수밖에 없으니, 어떤 사건이 일어났다고 해도 '왜 그랬는지' 알기는 어렵지 않을까. 달랑 몇 줄로 정리된 사전의 설명만으로는 역사의 윤곽조차 잡히지 않는다. 수많은 기록이 있는 제1차 세계대전의 발발과 관련해서 어렴풋하게나마 알게 된 사실은 이 전쟁이 전 세계로 확대되고 장기화하면서 수많은 희생자를 낼 줄은 그 누구도 몰랐다는 점이다.

국가라는 조직이 성립하고 정치가가 권력을 유지하려면 민중의 지지가 필요하다. 국내 정세가 불안하고 사회의 불안이 커지면 권력자는 민중의 시선을 밖으로 돌리기 위해서 잽싸게 외부의 적을 만든다. 그 방법이 가장 간단할뿐더러 가상의 적을 만들면 일치단결하기도 쉽다. 그 구도는 오늘날에도 꼭 마찬가지다. 위정자를 향한 국민의 불만이 쌓이고, 그 사실을 조금이나마 자각하게 되면, 국가 원수는 여차하면 이웃 나라에 시비를 건다.

식민지 쟁탈전이 치열해지고, 민중의 목소리가 높아질수록 위정자는 인기를 얻고 불만을 해소하기 위해 다른 나라를 공격한다. 이것이 사실 아닌가?

근대 이전의 전쟁은 전혀 그렇지 않았다. 전장에 나가 칼을 휘두를지언정 도중에 휴식도 취하고 밤에는 퇴각하고 크리스마스에는 귀환한다. 어디까지나 우리는 잘 싸우고 왔다, 흠씬 두들겨 패주고 왔다, 본때를 보여주고 돌아왔다, 하고 자랑하는 것이 중요했다. 다소 과장이 섞여 있다고 해도 실제로 전쟁 현장을 목격한 사람이 거의 없으니, 그런 말들이 민생의 숨통을 틔워주지 않았을까.

설마하니 수많은 사람이 목숨을 잃고 삶의 터전을 송두리째 빼앗길 줄은 몰랐을 것이며, 온갖 과학기술을 총동원한 '효율 높은' 전쟁을 치를 줄은 꿈에도 몰랐을 것이다.

그런 것을 생각하면 절망적인 기분이 들 수밖에 없다.

세계의 영재들이 100년 동안 연구를 이어왔는데도 윤곽조차 드러나지 않은 제1차 세계대전.

그렇다면 누군가가 죽음을 선택한 이유를, 세월의 간극으로 아무런 인연도 연고도 없는 사람이 과연 이해할 수 있을까?

(1)

흰옷을 입고 줄줄이 늘어선 여자들을 앞에 두고 나는 어쩔 줄 몰랐다.

아니, 고맙게도 내 앞줄에는 연출가와 프로듀서가 나란히 앉아 있어서 내가 직접 이래라저래라할 필요는 없었지만, 그래도 캐스팅 자리에 참석해야 하는 상황 자체가 곤혹스러웠다.

나는 지시하거나 통제하는 일에 영 서투르다.

그러다 보니 업무를 지시하고 현장을 통제하는 일이 직업인 연출가나 프로듀서 같은 부류의 사람에게는 존경심과 함께 두려움을 느낀다.

"오디션 합니다." 하고 연락 온 것은 며칠 전이었다.

꼭 보고 싶다고 말한 사람은 나였지만, "그럼 캐스팅을 같이하시죠."라는 제안을 받은 순간 후회가 밀려왔다.

"의견을 주십시오."라고 거듭 다짐을 받았을 땐, 전화기를 손에 들고는 있어도 도망치고 싶어 한다는 사실을 스스로 깨달았다.

정말로 내 의견을 듣고 싶은지 어떤지는 확실치 않다. 나중에 불만을 제기할까 봐 같이 결정하자는 언질을 준 것뿐일지도 모른다.

어쨌든 오디션에는 흥미가 있어서, (일부러 그랬던 건 아니지만) 눈에 띄지 않은 수수한 차림에다 평소 일할 때와 같은 모습으로 집을 나섰다.

약속 장소는 사무실이 즐비한 번화가와는 동떨어진 하천 근처의 오래된 건물이었다.

이제 막 시작된 장마철 오후.

비는 내리지 않았지만, 금세라도 비가 올 것처럼 부옇다.

터미널 역을 빠져나오자 역 주변에 전구 장식처럼 다닥다 닥 들어선 작은 점포들은 곧 멀어지고 달리는 차들만 보이는 빌딩 거리였다.

오가는 사람은 거의 없고, 창고로 쓰이는 건물인지 안에서 도 인기척이 들리지 않는다.

공장처럼 보이는 건물과 울타리 사이에 핀 칸나가 울타리 에 기댄 채 시들어간다.

웅덩이에서 풍기는 악취가 도로를 따라 발끝을 타고 올라 와, 근처에 하천이 있다는 사실을 알아챘다. 장마가 걷히고 좀 더 더워지면 악취가 진동하겠지.

대충 그린 약도라서 점점 불안해졌다. 이런 데서 정말 오디 션을 한단 말인가.

나는 금 간 아스팔트 틈새로 피어난 풀잎과 블록 담장에 붙은 낡은 포스터를 봤다. 주소가 적혀 있는지 찾아봤지만, 이 주변은 지하에 전선이 묻혀있는지 전신주가 보이지 않 는다.

도쿄 한복판에 이렇게 한적한 동네가 있다니.

프로듀서 K에게 전화를 해봐야겠다고 마음먹은 순간, 희 끄무레한 건물 입구에 서 있는 K가 눈에 들어왔다.

후유, 안도의 숨을 내쉬는 동시에 위화감이 들었다.

그곳은 기묘한 장소였다.

오디션은 당연히 극장이나 스튜디오 같은 데서 할 줄 알았는데, 말 그대로 건물일 뿐이었다. 창고를 개조해서 아틀리에나 스튜디오로 꾸민 것도 아니다. 장식이라고는 전혀 없는 8층짜리 건물. 입구에 문조차 없어 스산하기 짝이 없다. 입구 위쪽에 듬성듬성 지워지긴 했지만, '개구리 빌딩'이라고 적힌 옛 글씨체가 보였다.

아, 옛날에는 개구리 울음소리가 들렸나 보네.

입구에 서 있던 K는 어쩐지 유령처럼 보였다. 아니, 유령이라기보다는 실물 크기의 광고용 종이 모형처럼 존재감이 희박하다.

괜한 오해를 살까 봐 미리 말해두는데, K는 결코 존재감이 없는 사람은 아니다. 붙임성이 좋고 주변 사람도 잘 챙기는 타입이라서 늘 그림자처럼 살며시 곁에 머문다. 함께 있으면 서서히 주위에 스며드는 일종의 독특한 박력이 있는 인물이다.

K가 흰 셔츠에 흰 바지를 입은 탓인지도 모른다.

"새하얗네요." 하고 말을 건네자 K가 그제야 알았다는 듯 자신의 옷을 내려다본다.

그러게요, 오늘 흰옷을 입고 오라고 해서요.

K는 앞장서서 건물 안으로 직진하더니, 정면 창문 옆 지하로 내려갔다.

역시나 낡은 나무 문을 열자 의외로 너른 공간이 펼쳐졌다.

아무것도 없이 휑한 데다 벽도 천장도 여기저기 벗겨지고 금이 쩍쩍 가 있다.

층수로 따지면 지하로 봐야겠지만, 하천을 따라서 들어선 건물이라 그쪽을 향한 벽면으로는 뿌연 유리창이 나 있고 그 창문으로 희미한 빛이 들어왔다.

좁고 긴 책상 두 개를 두 줄로 놓고 접는 의자를 나란히 두었다.

앞줄에는 연출가 N이 얼굴 앞에 두 손을 깍지 끼고 앉아 있다.

아, 고생 많으셨습니다.

N은 나를 보자 억양 없는 목소리로 인사했다.

여기, 찾아오기 힘드셨죠. 오디션에 온 지원자들도 헤맸다고 하네요. 아직 오직 않은 사람도 있지만 먼저 시작해야겠어요.

여기, 무슨 건물이죠?

나는 N의 뒷자리 책상에 놓인 의자를 당겨 앉고는 높다란 천장을 쳐다봤다. 지하 같은 느낌은 없었다.

염료 회사였답니다. 문 닫은 지 오래됐지만.

오던 길과 마찬가지로 메마른 폐허 같은 분위기가 감돌았지만, 살벌하지는 않다.

문득 이곳을 아름답게 여기는 나 자신을 발견한다.

고즈넉하고 무미건조하고 텅 비어 있지만, 지독하게 아름답다. 세월이 차곡차곡 쌓여 연륜을 드러낸다. 그저 그뿐이지만 그 사실이 아름답다.

벽 높이 나란히 낸 창문으로 쏟아져 들어오는 빛줄기도 한 몫했다. 어릴 때 읽은 이야기책에 나온 다락방 같다.

하지만 나의 이런 몽상은 여자들이 잇따라 들어오는 기척에 눈 깜짝할 새 사라졌다.

아니, 어디 대기실이라도 있었는지, 끝없이 입장 행렬이 이어지더니 순식간에 여자들의 정원을 이루는 게 아닌가.

신기하게도 여성이란 존재는 언제나 '현재'다. 지금껏 젖어 있던 세월의 향수는 싹 가시고 '지금'과 '미래'만 가득해졌다.

아무도 말은 안 했지만, 실내를 두리번거리는 지원자들의 뜻밖이라는 표정이 말해주듯 떠들썩한 노랫소리가 들리는 느낌이었다.

어라.

여성들을 둘러보다가 나는 자신도 모르게 중얼거렸다.

그 말을 놓치지 않은 N이 "왜 그래요, 뭔데요?" 하고 앞쪽을 바라본 채 물었다.

연령대가 다양하네요. 설정은 같은 학년의 여자 둘인데.

뭘 지적하려고 한 말은 아니고, 그냥 궁금해서 한 질문이었다.

그곳에는 폭넓은 연령대의 여자들이 있었다. 스무 살 안팎의 앳된 소녀부터 관록이 깃든 일흔 남짓한 시니어까지. 한창 능력을 발휘하며 몸값을 높이는 직장인부터, 아쉬울 것 하나 없다는 듯 가녀리고 우아한 자태를 뽐내는 사모님까지.

현직 배우로 활동하는 이들도 많았지만, 아마추어티가 역력한 지원자도 적잖아 보였다.

그리고 이들은 모두 머리끝부터 발끝까지 하얗게 차려입고 왔다.

그 모습이 그야말로 장관이었다. 흰 원피스, 흰 셔츠, 흰 블라우스, 흰 티셔츠. 같은 흰색이라도 질감과 밝기가 다르다. 때 타기 쉽다거나 뚱뚱해 보인다는 이유로 평소 꺼리던 흰색으로 치장한 여자들은 어딘지 들떠 보였다.

일부러 그렇게 했어요.

N은 아주 살짝 고개를 돌리면서 다소 도전적인 말투로 답했다.

그 찰나의 옆얼굴에 가슴 한구석이 서늘해졌다.

0

'데드엔드(dead-end)'란 단어를 외운 것은 아주 오래전이다.

초등학교 저학년 때였나, 어쩌면 그보다 훨씬 옛날이었을지도.

그 뉘앙스는 '해피 엔드'의 반대말 같은 느낌이었다. 요즘에는 '배드 엔드(Bad end)'라고 하던가.

원래 '데드엔드'란 '막다른 길, 막바지'를 뜻하는데, 점차 관용구로 쓰이면서 막다른 지경에 이른 상황을 가리키는 말이 되었다. 시드니 킹즐리가 1935년 발표한 희곡 제목이기도 하다. 그 작품의 내용에서 유래되어 빈민가를 뜻할 때도 있다고 한다.

다만 최근에는 게임 용어로만 쓰이는데, 플레이하다가 죽어서 끝나버린 경우를 데드엔드라고 하는 모양이다.

그러나 내 마음속으로는 비참한 결말을 맞이하는 이야기를 '데드엔드'라고 쭉 여겨왔다.

대개 어릴 적 읽은 동화책은 '그 후로도 오래오래 행복하게 살았습니다'라는 문장으로 끝나니까, 이야기란 원래 그런 줄로만 알았다.

그러던 중에 그게 어떤 내용이었더라.

막 읽기 시작한 만화였던 것 같기도 하고 어쩌면 TV에서 본 서스펜스 영화의 결말이었을지도 모르겠다.

아무튼, 구원의 손길이라고는 전혀 없는 충격적인 이야기를 연달아 여러 편 체험한 것이다. 그 일이 내게는 엄청난 쇼크였다. 해피 엔드가 당연한 줄로만 알았는데, 세상에는 이런 결말도 존재하다니!

그중에서도 특히 놀라웠던 작품은 보는 내내 감정이입 하며 빠져든 주인공이 마지막에 죽어버린 이야기였다.

지금 와서 생각해보면 이 작품이야말로 문자 그대로 '데드엔드'였지만, 나는 좀 더 너른 의미에서 비참한 결말로 끝나는 이야기를 데드엔드라 불렀고, 지금도 마찬가지다.

돌이켜보면 이제껏 나는 마지막에 주인공이 죽어버리는 작품은 써본 적이 거의 없다. 비중 있는 조연이 죽은 적은 있지만, 굳이 말하자면 나는 등장인물을 엔간해서는 '죽이지 않는' 쪽이다.

그러나 지금 쓰는 소설은 마지막에 여주인공 둘이 모두 죽는다고 처음부터 정해져 있다. 두 사람의 죽음이 집필 동기이니, 당연한 결말 아닌가.

다만 이렇게 작품을 쓰면서도 솔직히 주인공을 죽게 한다는 점에 스스로 저항감을 느끼는 것은 사실이다. 그것도 아주 심한 저항감 말이다.

왜 그럴까? 이미 결말은 정해졌는데 어째서 두 사람이 죽는다고 생각하면 우울해질까?

당연한 말이지만, 소설 쓸 때 죽음은 피해갈 수 없다.

개인적인 의견이지만, 공포 영화 중에서도 스크린을 피로 물들이는 '스플래터 무비(Splatter Movie)'는 고도성장기를 거치면서 죽음을 접할 기회가 드물어지자, 이러한 사회에 불안을 느낀 이들이 죽음에 대한 공포를 극복하고자 죽음을 소비하는 방식으로 만든 영화라고 생각한다. 죽음과는 거리가 먼 젊은이들이 주로 본다는 점도 상징적이다. 겉으로 드러나지 않는 데다 누구에게나 미지의 대상인 죽음을 기호화하여 친숙해지게 하려는 의도가 담겨 있는 것이다.

그러나 실제로는 소설이라고 해도 죽음은 좀처럼 소비하기 어렵다. 기호화하지도 못하고 정면으로 다루기도 두려움이 앞선다. 이토록 강한 저항감을 어떻게 하면 한마음으로 녹여 낼 수 있을까?

(1)

확실히 N의 의도는 이해했다.

내가 쓴 이야기에 나오는 두 주인공은 대학 시절 동기로 더는 젊지 않은 여성 2인조다. 기본 설정은 그렇다.

다만 연기할 때 꼭 그 나이대 여성이 아니라도 괜찮고, 그렇게 하는 편이 우화 같은 분위기를 풍겨서 재미있을지도 모른다.

언젠가 읽은 만화에서 실제로는 할머니인 등장인물을 유아로 묘사해서, 있는 그대로 그렸을 때보다 한층 진한 여운이 남아 감탄한 적이 있다.

특히 학창 시절부터 오랫동안 만나온 두 사람이니, 마음만큼은 함께한 대학 시절에 머물러 있다는 점을 상징하는 장치로 젊은 여성 두 사람이 연기해도 괜찮지 않을까.

그러나 나이가 어리더라도 그 나름대로 작품을 소화해내는 연기력은 필요할 것이다.

연출가는 앞을 바라본 채 낮은 목소리로 말했다.

네 사람이 해도 괜찮을 것 같아요.

나는 N이 하는 말을 바로 이해했다.

젊은 세대와 중년 세대, 둘씩 짝짓는단 말이죠?

맞아요. 근데 그렇게 하면 단순히 어린 배역과 늙은 배역이 되어버리니까 반대로 해보면 어떨까 하는데.

반대로요?

나는 흥미가 일어 허리를 곧추세웠다.

중년이 된 두 사람을 젊은 세대가, 젊은 시절의 에피소드를 중년 배우가 연기하는 거죠.

아, 그렇군요.

나는 그 장면을 머릿속에 그려봤다.

오만하게도 한 치의 의심도 없이 장밋빛 미래가 열릴 줄로 믿는 순진한 젊은이를 노련한 배우가 연기하고, 씁쓸한 비애에 젖어 자신의 인생을 물끄러미 관조하는 중년 여성을 신인 배우가 연기한다!

시간이라는 것, 나이라는 것, 인생이라는 것의 잔인함이 떠올라 잘만 만들면 효과가 높을 듯했다.

동시에 네 사람을 무대에 세우면 세월의 흐름을 표현할 수 있다. 스토리가 씨줄과 날줄처럼 엮이면서 인생을 여러 층위에서 보여주지 않을까.

다양한 연출 아이디어가 샘솟을 것만 같았다.

그러나 이내 나는 연출가 등 뒤에서 떨어져 의자 깊숙이 몸을 파묻었다.

연기할 사람은 둘뿐일 텐데.

그런 예감이 들었기 때문이다.

무대에 올라가는 배우는 오직 두 사람.

실제로 두 여자는 인생에서도 그랬다. 둘이 먹고살고, 둘이 지내왔고, 둘이 인생에서 퇴장했다.

거기에 누군가 끼어들 여지 따위는 없다. 그것이 설사 무대 위라고 해도, 연출상의 효과라고 해도.

내가 몸을 뒤로 빼고 썩 내켜 하지 않는 걸 눈치챘는지, 연출가는 뜻밖이라는 듯 슬쩍 뒤돌아봤다.

그 찰나의 옆얼굴에 아까와는 달리 불안한 기색이 엿보였다.

그러나 그야말로 한순간일 뿐, N은 다시 앞을 바라보더니 손뼉을 크게 탁탁 쳤다.

여기저기 흩어진 여성들의 주의가 N에게로 쏠렸다.

안녕하세요, 여러분! 오늘 하루 잘 부탁드립니다. 그럼 먼저 여기 오신 분들과 담소를 나눠보기로 하죠.

연출가는 큰 목소리로 말했다.

다들 얼굴을 마주 보더니 얼떨떨한 표정으로 연출가를 바라본다.

연출가는 힘차게 고개를 끄덕였다.

그래요, 말 그대로 '담소'입니다. 서로 즐겁게 '이야기'를 나눠보시길 바랍니다. 옆자리에 계신 분과 잡담을 하거나 수다를 떨어도 됩니다. 뭐든지 좋아요. 다양한 직업에 종사하는 분들이 모인 파티에 왔다고 생각하고, 돌아다녀도 괜찮으니까 대화를 주고받아보세요. 자, 그럼 됐죠. 시작!

N은 한 번 더 "탁!" 하고 손바닥을 마주쳤다.

당황한 지원자도 있지만, 대부분 방금 들은 대로 옆자리 사람에게 말을 걸고 대화를 나누기 시작했다.

곧 방 안이 떠들썩해졌다.

이번에는 진짜 떠드는 소리다. 까르르, 화들짝, 조곤조곤. 카랑카랑한 목소리가 있는가 하면 굵직굵직한 목소리도 있다. 억양도 색깔도 저마다 다르다.

작은 새 둥지처럼. 또는 파도 소리처럼.

나는 의자 등받이에 기대어 여자들이 자아내는 수런거림이 철썩이는 바닷물처럼 다가오는 광경을 그저 무방비로 받아들였다.

앞자리에서는 연출가와 프로듀서가 지원자들의 모습을 진지하게 살핀다.

허리를 꼿꼿이 세운 자세를 보면 짐작이 가고도 남는다.

전문가인 두 사람은 어떤 면을 유의해서 볼까?

나는 엉겁결에 물어보려다가 꾹 참았다.

몸동작? 표정? 아니면 목소리?

활발하게 돌아다니면서 '원정' 가는 사람도 있고, 구석에서 잠시 서성이는 사람도 있다.

문득 오래전 교육 실습 갔을 때가 떠올랐다. 교탁 앞에 서서 교실을 바라보자 이 끝에서 저 끝까지 전원의 모습이 한눈에 다 들어왔다. 옛날 내가 고등학생이었을 때는 들키지 않고 넘어간 줄 알았는데, 딴짓이나 말뚝잠 등 오히려 보는 쪽이 민망할 정도로 훤히 내려다보였다.

그때랑 반대네.

나는 당시를 떠올리자 이상한 기분에 휩싸였다.

교단 위에 학급 전원이 올라서고, 교생선생님이 교실 뒤에 홀로 앉아 있다.

무대 위에서 객석을 내려다볼 때는 시선을 골고루 주기가 어렵지 않지만, 객석에서 무대 위를 올려다볼 때는 시선이 어딘가 한곳에 쏠리기 마련이다. 그러니 시선을 끄는 사람과 그렇지 않은 사람으로 갈릴 수밖에.

만약 내가 뽑는다면.

그런 무른 마음으로 흰옷으로 뒤덮인 지원자들의 얼굴을 멍하니 바라본다. 웅성웅성, 목소리가 한 덩어리로 뒤엉켜 말뜻은 알아듣지 못한다.

그런 광경이나마 계속 바라보다가 문득 깨달았다.

여러 얼굴이 보이는 여자가 있다.

이 사실을 발견하자 어느새 흥미가 다시 일었다.

여자에는 두 종류가 있다. 아니 어쩌면 여자만이 아닐지도 모른다.

말하자면 현재 나이의 얼굴만 보이는 여자와 과거 소녀 시절의 모습이 불현듯 서리는 여자다. 그 반대도 있다. 아직 젊은데도 속에 담긴 미래의 모습이 내비치는 사람도 있다.

왜 그럴까.

나는 이런 느낌을 주는 몇몇 여자의 표정을 뒤쫓았다.

표정이 풍부하다는 이유만은 아닌 것 같았다. 표정이 단조로운데도 언뜻 과거의 모습이 생생하게 포착되는 여자도 있으니까. 그런가 하면 아무리 생글생글 웃으며 다채롭게 표정을 바꿔보아도 마냥 똑같은 얼굴로밖에 보이지 않는 여자도 있다.

보는 사람의 마음을 움직이는 얼굴과 아무런 감흥이 없는 얼굴이 있다는 얘기다.

그 이유는 대체 뭘까?

나는 수많은 얼굴을 눈으로 쫓으며 생각에 잠겼다.

눈길을 끄는 얼굴. 과거도 미래도 담긴 얼굴. 도대체 그 느낌은 어디서 풍겨 나오는 것일까.

고갯짓의 각도. 눈동자의 반짝임. 입매의 움직임.

나는 홀리기라도 한 듯 여자들의 얼굴을 하염없이 바라보았다.

1

새하얀 테이블보 위에 놓인 꽃장식.

M은 태엽 모양의 은색 핀에 꽂아둔 카드를 바라본다. 거기에는 선명한 먹글씨로 '신부 친구'라고 적혀 있다.

정말이지, 세상 사람들 보기에는 내가 이 네 글자로 분류된다는 말이군.

이 테이블에 둘러앉은 이십 대 안팎의 또래 여자들. 그 공통점이 이 네 글자다.

M은 아무렇지도 않은 듯 같은 테이블에 앉은 여성들을 훔쳐본다. T에게 들은 말도 있고 해서 누가 누구인지 대강은 알고 있지만, 직접 아는 사람은 한 명도 없다.

이들은 하나같이 입꼬리를 올린 채 따뜻한 미소를 지으며 자못 축하한다는 분위기를 자아낸다.

한껏 차려입은 정장에 원피스. 단 한 올도 흐트러지지 않은 올림머리.

한 사람 한 사람 사이에 보이지 않는 벽이 있다.

절친의 친구들. 이들과 한자리에 있다는 사실이 왜 이토록 불편할까.

M은 하릴없이 이유를 따져본다.

친구의 친구는 친구잖아. 그렇게 여기는 사람도 있다고들 하지만, 실제로는 좀처럼 그렇게 되기 어렵다. T의 말을 빌자면 이 자리에 앉은 이들은 고등학교 동창, 소꿉친구, 신세 진 직장 선배 등, T에게는 소중하면서도 결이 다른 친분을 맺은 여자들이다.

자신의 경우를 돌아봐도 상황에 따라 미묘하게 다른 얼굴을 보였을 것이다. 각각의 얼굴이 완전히 포개질 정도로 겹친 적은 없다.

누가 T와 가장 가까운지, 이상한 경쟁의식도 느꼈다. 마치 공주의 총애를 다투는 신하들 같아서 어쩐지 거북했다.

이 자리가 동급생이나 동료처럼 공적인 성격이 짙은 면면이 모인 곳이었다면 이렇게까지 불편하지는 않았을 것이다. 그런 관계라면 T의 이미지는 공유되어 T에 대한 최대공약수가 확정된 셈일 테니까.

그러나 지금껏 T와 사적으로 친밀한 관계를 맺어온 이들의 모둠이라면 저마다 '나만의 T'를 간직한 격이다. 지금도 피로연 무대에 자리한 T를 각자의 이미지로 바라본다. 그 어긋난 이미지 조각들이 테이블 위에서 부딪치기라도 하듯 내면에 파열음을 일으켜 비위에 거슬리는 것이다.

누군가의 축사가 끝나자, 여자들은 진심을 담아 박수를 보냈다.

듣는 둥 마는 둥 흘려들은 축사, 그리고는 신랑이 신세를 져온 누군가가 마이크를 잡는다.

M은 이상한 기분에 사로잡혀 무대 위 T를 넋 놓고 바라

본다.

짝을 찾아 떠나버린 T. 듬직한 남자와 한 쌍이 되어 나란히 앉은 T. 다소곳하고 아리따운 모습으로 신랑 상사의 말에 귀 기울이는 T. 그 모습은 M이 알지 못하던 T다. 사회 구성원이자 사회의 한 단위로서의 T.

왠지 훌쩍 멀어진 느낌이다.

T는 여성스럽고 참한 데다 한눈에 봐도 사랑스럽다. 강경파에 반골 기질이 다분한 이미지로 알려진 대학이다 보니 선머슴 같은 여학생들이 가득한 중에도, T는 흔들림 없이 얌전한 아가씨 같은 분위기를 고수했다. 당연히 남학생들에게 인기 만점이었다. 그러니 일찍 결혼하리라고 예상은 했지만, 그래도 막상 결혼한다는 이야기를 처음 들었을 때는 가슴이 철렁했다.

그것은 단순하면서도 순수한 놀람이었다.

T와는 학창 시절 내내 붙어 다녔고, 각자 취직하고 나서도 한 달에 한 번은 만났다. 사내에 사귀는 사람이 있다고 듣기는 했지만, 그때도 T가 미련 없이 '새 인생을 시작해버렸다는' 사실에 깜짝 놀랐다.

M의 입장에서는 작은 무역회사에 취직해 이제 막 '인생'이라는 마라톤의 출발선에 섰을 뿐 아직 '인생'을 시작도 못 했다고 여길 때였는데, 가전제품을 생산하는 유명 대기업에 취직해 3년이 채 지나기도 전에 가정에 전념하기로 한 T를 보면

서 보통 배짱이 아니네, 하며 감탄할 따름이었다.

이런 식으로 다들 '인생'에 붙들려 매이는구나.

M은 그렇게 생각했다.

앞으로 자신은 '학창 시절의 친구'라는 위치에서 T의 인생에 관여할 터였다. '신부 친구'라는 범주에 속한 채 줄곧 이 테이블에 앉아 있겠구나, 싶었다.

그러나 그렇게 되지 않는 방법을 지금의 M은 알지 못한다.

긴 세월의 끝에 무엇이 기다리고 있을지 지금의 M은 알지 못한다.

M의 축사 순서는 아직 멀었다. '신부 친구' 가운데 끝에서 세 번째다.

더구나 신랑 측 축사는 여전히 끝날 기미가 보이지 않는다.

M은 멍하니 천장을 쳐다봤다.

도쿄에서도 1, 2위를 다투는 고급 호텔. 높은 천장에서 화려한 샹들리에가 영롱한 빛을 발한다. 신랑 측 자리는 점잖은 양복 차림 일색이다. 나이 지긋한 어르신과 높으신 분이 많고, 나이 지긋한 어르신과 높으신 분의 말은 길다.

주문이라도 외우는 양 중얼대는 목소리를 듣고 있자니 눈꺼풀이 무거워진다. 이거, 진짜 불경 읊는 것 같다는.

문득 M은 하늘하늘 나부끼는 뭔가에 시선을 빼앗겼다.

이게 뭐지?

M은 가만히 살펴봤다.

하얀 형체가 춤추듯 떨어진다.

눈송이? 설마.

아주 천천히 좌우로 흔들리면서 조명 사이로 떨어지는 형체.

그것은 하얀 깃털이었다.

새의 깃털 같았다. 그다지 크지 않은, 검지처럼 조그만 깃털.

휙 허공을 가르며 소리 없이 보라색 카펫 위로 내려앉았다.

무슨 깃털일까.

M은 몸을 숙이고 그 깃털을 살펴봤다.

순간 어떤 기척을 느낀 M은 다시 천장을 쳐다봤다.

눈부시게 하얀 천장.

흰 깃털이 수도 없이 쏟아져 내린다.

M은 놀란 나머지 눈을 크게 떴다.

이렇게 많다니, 엄청나잖아. 어디서 떨어지는 걸까. 결혼식 피로연 소품인가?

샹들리에의 빛과 한데 섞여, 반짝반짝 테두리를 밝히는 깃털이 우수수 떨어진다.

그러나 기묘하게도 아무도 이 사실을 눈치채지 못한 것 같왔다.

M은 두리번두리번 주위를 둘러봤다.

같은 테이블의 여자들은 온화한 미소를 담뿍 머금고 피로연 무대 위를 바라볼 뿐.

옆 테이블도, 다른 테이블도 다들 쏟아져 내리는 깃털을 무시하고 무대만 바라본다.

여자들의 머리를, 목걸이를, 원피스 입은 어깨를, 흰 깃털이 점점 뒤덮는다.

무슨 농담이라도 던졌는지, 와 하고 웃음을 터뜨리며 손뼉을 쳤지만, 누구도 깃털에는 시선을 주지 않는다.

어째서?

M은 머뭇머뭇 천장을 올려다봤다. 셀 수 없이 많은 깃털로 뒤덮여 이미 천장도, 무대도, 아무것도 보이지 않는다. 사회자의 모습도, T의 옆자리에 앉은 신랑도, 눈보라처럼 흩날리는 깃털에 가려 시야에서 사라지고 말았다.

테이블에도, 바닥에도 흰 깃털이 쌓여만 간다.

화병에 꽂힌 꽃잎 위에도, 스테이크 접시 위에도 소리 없이 깃털이 쌓여간다.

세상이 하얗게 바래진다 - 세상의 색채가 없어진다.

M은 머리에 떨어진 깃털을 죽을힘을 다해 털어냈지만, 털어내도 털어내도 깃털은 내려앉는다.

화이트아웃.[3]

M은 주춤주춤 자리에서 일어났다. 이대로 있다간 깃털에 파묻혀 질식해버릴 텐데.

다들 모르는 거야?

M은 무대로 시선을 돌렸다. 신랑은 보이지 않지만, T가 있는 곳만 뚝 떼어낸 듯 옆자리 신랑과 사근사근 대화를 나누는 모습이 보였다.

T는 시선을 느꼈는지 이쪽을 바라봤다.

하고픈 말이 있는지 입술을 달싹이는가 싶더니 그야말로 한순간일 뿐, 언제 그랬냐는 듯 이내 깃털에 가려 온데간데없었다.

1

T도 무대 위에서 '신부 친구' 측 좌석에 앉은 여자들을 다시 떠올렸다.

저 자리의 친한 친구들. T에게는 그 테이블만 스포트라이트를 비춘 듯 도드라져 보인다.

저마다 다른 장소에서 다른 시간을 보낸, T에게는 참으로

---

3   whiteout: 극지에서 천지가 온통 백색이 되어 방향 감각이 없어지는 상태_옮긴이

소중한 친구들이다.

그러나 그들끼리는 접점이 없다. 이런 기회가 아니면 이들이 한자리에 모일 일은 없겠다고 생각하니 기분이 이상했다. 마치 지금까지 살아온 인생의 조각들을 합쳐서 내려다보는 것 같았다.

어린 시절과 고교 시절과 대학 시절이 저기에 모여 있다.

저 친구들이 다시 모일 때는 내 장례식이겠지.

거기까지 생각이 미치자 더욱 이상했다.

M이 엉거주춤 불편해하는 기색이 역력했다.

M은 사교적인 것 같으면서도 의외로 낯을 가리는 편이다. 만약 이 자리가 업무와 관련된 행사였다면 먼저 말을 걸고 금세 자신의 세계로 끌어들였을 테지만, 사적인 만남에서는 마냥 서툴기만 하다.

결혼한다고 털어놨을 때 M의 놀란 얼굴이 눈에 아른거린다. 입 밖으로 꺼내지는 않았지만, '너무 이르잖아'라고 생각하는 것이 틀림없었다.

나는 너랑은 다르잖아. 안정을 찾고 싶었어.

T는 무대 위에서 M한테 그렇게 말했다.

애써 좋은 대학을 나와서 대기업에 들어갔는데, 이렇게 빨리 그만두면 아깝잖아. 다른 친구들도 다 그렇게 말했다.

하지만 나는 눈곱만큼도 아깝지 않았거든. 악착같이 일할 마음도 없었고, 실제로 이 회사에 취직할 수 있었던 것도 친척이 대준 연줄 덕분이다. 그러지 않고서야 4년제 대학 졸업자가 사무직에 채용되는 예는 거의 없다. 얼마 못 가 낙하산 인사라는 사실이 주변에 알려질 것이 뻔하니, 행여 눈에 띌까 봐 늘 살얼음을 걷는 기분이었다.

고졸이나 전문대 출신의 여사원들 틈바구니에서 일해야만 하는 껄끄러움을 M은 상상이나 해봤을까. 신입사원인데도 연장자 취급을 받는 것 같아서 때때로 몹시 괴로웠다. 세상은 여자를 나이로만 본다. 물론 어리면 어릴수록 가치가 있는 법. 탈의실에서 열여덟 살짜리 여자아이들과 나란히 선 채 같은 사무복으로 갈아입을 때마다 빨리 그만두고 싶어서 어쩔 줄을 몰랐다.

성적이 좋아서 선생님 추천으로 4년제 대학에 들어가긴 했지만, 모교의 대학 진학률을 높이는 데 도움이 되려고 애쓸 게 아니라, 소신대로 여대나 전문대에 갔으면 좋았을 텐데, 하고 얼마나 후회했던가.

나는 모험을 추구하는 타입은 아니다. 하루빨리 내 보금자리를 꾸미고 안정을 찾고 싶다. 평범하게 살고 싶다. 그것만이 내 소망이다.

나는 가정적이다. 어릴 때부터 그렇게 느꼈다. 집안일도 좋아하고 결혼 지향형이다. 게다가 결혼 상대로 꿈꾸는 이상형도 딱히 없다. 마음 편히 해주는 건실한 사람이 으뜸일 뿐.

신랑은 그 조건에 딱 맞는 사람이었다. 안정을 찾고 싶을 때

안정을 주는 사람이었다. 그런 사람 같았다. 앞으로 나는 어릴 때부터 늘 바라던 지극히 평범하고 당연하게 여기는 보통의 삶을 살아갈 터였다.

T는 무대 위에서 앞으로 펼쳐질 자신의 인생을 내려다보는 느낌이 들었다.

그러나 T의 예상은 빗나갔다.

평범해야 할 삶이 비범한 결말을 맞이하리라는 사실을 T는 알지 못했다.

T도 천장에서 춤추듯 내려오는 흰 깃털을 쳐다봤다.

끊임없이 내려오는 희디흰 깃털.

이건 취향에 맞지 않는데, 뭔가 깜짝 선물로 신랑 친구가 기획한 걸까?

소리 없이 쏟아지는 깃털은 아름답지만, 어딘가 불길했다.

축복? 아니면 진혼(鎭魂)일까?

T는 무표정한 얼굴로 깃털을 바라봤다.

뭐, 결혼은 인생의 무덤이라는 말도 있고, 축복과 진혼은 종이 한 장 차이니까.

기묘하게도 아무도 쏟아지는 깃털을 보지 못하는 것 같았다. 이렇게 터진 솜이불처럼 흰 깃털이 마구 쏟아지는데, 탄성이 터져 나오기는커녕 지루하기 짝이 없는 축사만 세월아 네월아 이어진다.

부장님은 알레르기 체질인데 괜찮으시려나. 이처럼 깃털이 무더기로 쏟아지면 천식 발작이 일어날지도 모르는데.

T는 그런 생각을 하면서 조명을 받아서 반짝이는 깃털을 하염없이 쳐다봤다.

진부한 표현 같지만, 이건 내가 잃어버린 깃털일까? 천진난만 시절을 상징하려는 의도일까? 원래 내게 이런 깃털이 있었는지 어쨌는지 의문이지만.

T는 가볍게 재채기를 했다.

그렇지 않으면 이건 다른 누군가의 깃털일까. 이 피로연의 자리를 메운 하객들이 잃어버린 깃털일까.

그렇다고 해도 어마어마한 양이다.

잃어버린 깃털이 이만큼이나 된다면 얼마나 많은 새가 추락해야 할까. 얼마나 많은 천사가 천국에서 추방되어야 할까.

문득 '신부 친구' 측 좌석을 바라보다가 M과 눈이 마주쳤다.

기묘하기 짝이 없다고 말하는 듯한 그 눈빛을 보고 M에게도 이 쏟아지는 깃털이 보인다는 사실을 눈치챘다.

도대체 이게 무슨 일이야?

T는 그런 뉘앙스를 담아 M에게 미소를 지어 보였지만, 그 미소도, M도, 함박눈 같은 깃털에 가려서 자취를 감추고 말았다.

0

에비스(恵比寿)에 있는 도쿄도사진미술관(東京都写真美術館)에 갔다.

지금의 전시를 끝으로 대규모 보수 공사에 들어간다고 한다. 산책 겸 한 달에 한 번 정도 찾았었는데, 한동안 전시를 보지 못한다고 해서 허둥지둥 방문했다.

관심 있던 전람회가 아주 만족스러워서 그 여운을 놓치고 싶지 않은 마음에 다른 전시도 들여다보기로 했다. 여기는 보통 여러 전시가 동시에 진행 중이다.

카메라 기업이 주최한 신인 공모전을 보러 가기로 했다.

천 명 남짓한 응모자 중에서 우수상이 다섯 명, 가작이 스무 명 뽑혔다. 전시 기간 중 한 번 더 심사가 있어서 우수상 가운데 그랑프리를 선발한다고 한다.

미술관 내에는 젊은이들이 넘쳐났다. 응모한 사람도 이 중에 있으려나.

어느 작품이나 그 나름대로 시선을 끄는 지점이 있긴 하지만, 오래지 않아 한 작품 앞에서 발이 멈춰버렸다.

그 출품작은 슬라이드 쇼처럼 수많은 사진이 연이어 영상으로 재생되는 작품이었다.

붐비는 번화가를 걷는 젊은 여성의 얼굴을 연달아 포착한 영상이다.

언뜻 사소해 보이는 작품이지만 해설을 보고 깜짝 놀랐다.

슬라이드에 나오는 여성의 얼굴은 여러 여자의 얼굴을 합성한 가공의 인물이라는 것이다.

그 여성에게 이름이 있긴 하지만 그 이름은 연대별로 가장 많이 쓰인 성과 이름을 따서 붙인 것이다.

잇따라 바뀌는 사진을 보고 있자니 분명 한 여성을 카메라로 좇은 것 같았는데, 한 쇼트마다 얼굴이 조금씩 바뀌어 간다. 머리 모양과 옷차림은 그대로인데, 얼굴은 어느새 완전히 다른 사람이 되어버린다.

아주 잠깐 눈을 돌린 사이 달라진 얼굴.

게다가 합성한 얼굴은 어딘가 부자연스럽고 미묘하게 일그러져, 보고 있으면 몹시 불안해진다.

뭔가 뒤틀린 형체를 본 듯한 —섬뜩한 장면을 목격했을 때 느끼는— 불안.

점점 무서워져서 안절부절못한다. 일상생활을 비집고 들어온 정체 모를 대상을 몰래 훔쳐보기라도 한 듯 뜨악한 느낌이 스멀스멀 올라온다. 인간으로 변신한 외계인은 이런 얼굴이지 않을까 싶다.

그러나 섬뜩한 장면이기는 해도 다른 한편으로는 묘하게 마음을 사로잡는 면도 있다.

조마조마하고 뒤숭숭하면서도 나는 그 작품에서 눈을 떼지 못했다.

젊은 여성의 최대공약수인 얼굴. 어디선가 본 적 있지만, 그럼에도 낯선 얼굴.

어느새 나는 두 여자의 얼굴을 떠올렸다.

소설로 쓰려는 두 여자.

아주 오래전 신문에서 본 '그 두 사람'.

두 사람은 어떤 얼굴이었을까?

물론 사진도 없고 이름도 모른다.

애써 기억을 되살리려고 해도 얼굴이라고 해봐야 연필로 마구 휘갈긴 검은 선이 여러 겹 포개져 한 덩어리로 보일 뿐이다.

여태까지 등장인물의 얼굴을 어떻게 묘사할지 생각해본 적이 거의 없다는 사실을 새삼 깨닫는다.

확실하게 '이런 얼굴'이라는 이미지가 떠오를 때도 있지만, 구체적인 얼굴 이미지가 손에 잡히지 않을 때가 대부분이지 않았나.

다만 이 소설에 나오는 두 사람은 현실에 존재하는 인간이다. 육체가 있고, 이름이 있고, 얼굴이 있는 두 사람이다.

불현듯 다음 장면으로 착착 바뀌는 슬라이드 사진을 보는 가운데, '그 두 여자'도 이런 얼굴일지 모르겠다는 생각이 들었다.

'그 두 여자'에게는 얼굴이 있지만, 동시에 얼굴이 없다. 장소마다 얼굴이 달라지고 보는 사람에 따라 다른 얼굴로 보인다. '그 두 여자'의 모습은 일정치 않다. 그것은 흐물흐물한 부정형의 이미지로 누군가 보지 않는 한 존재하지 않는다.

'그 두 여자'뿐 아니라 현실을 인식한다는 것 역시 마찬가지일지도 모른다. 북적대는 거리에서 스쳐 지나간 한 사람, 한 사람의 얼굴 따위를 누가 기억할까. 사람의 얼굴을 불특정 다수의 집합체로밖에 인식하지 못한다. 기억해보라고 말한들 전혀 기억나지 않을 테고, 얼굴을 봤다손 치더라도 특정 인물을 콕 집어내지 못할 것이다.

아는 사람조차 얼굴을 자세히 떠올리려고 하면 어느새 마음이 어수선해진다.

얼굴에 점이 있었던가? 쌍꺼풀은 없었나? 웃는 표정이 어땠지? 눈썹 모양은?

'그 두 여자'의 얼굴을 떠올리려고 하면 학창 시절 친하게 지낸 친구들의 얼굴이 떠오르고 만다.

한때 거의 모든 날을 함께하며 진한 우정을 나눈 친구들. 지금은 멀어졌다고 해도 그 시절을 떠올리면 으레 생각나는 얼굴. 벌써 만난 지 반년이 지났다. 연하장만 주고받는 사이가 되어버렸다.

문득 결혼식 장면이 떠올랐다.

피로연에서 '신부 친구' 측 좌석에 앉은 여자.

그때 '두 여자' 중 누군가는 결혼했던 적이 있다는 사실을 직감했다.

물론 그러한 사실이 현실로 증명되었는지 아닌지는 모른다. 그러나 누군가 결혼을 했었고, 얼마 못 가 이런저런 사유로 결혼생활이 파국에 이르지 않았나 하는 의구심이 일었다.

그리고 또 한 사람은 내내 미혼이었다. 대학을 나와서 자립 후 한결같이 일을 계속해왔다.

그렇게 살아온 이력이 머릿속에 떠올랐다.

둘 다 계속 미혼이었다 해도, 나이 먹거들랑 같이 살자는 선택지를 떠올리진 못했을 확률이 높다. 혼자 사는 생활에 너무 익숙해지면 타인과 같이 살기가 번거로울 뿐 아니라 서로 조심스러울 수밖에 없으니까. 누군가의 고유한 영역에 들어가자니 자꾸 움츠러들고 자신도 편한 대로 내버려 두길 바란다. 이미 타인이 정한 규칙에 자신을 맞추려는 발상 자체가 어려워진다. 어느 한쪽이 공동생활을 한 경험이 있었기에 같이 살자는 선택지가 떠오르지 않았을까.

결혼 전력이 있는 쪽은 다시 결혼하고 싶지는 않더라도 공동생활의 즐거움은 기억한다. 어쩌면 본가에 돌아갔지만 더는 본가에서 지낼 형편이 안 되었을지도 모르고.

미혼이었던 쪽은 상대가 공동생활의 경험이 있다는 사실에 마음이 놓인다. 공동생활의 문턱이 낮아진다.

그리고 아마도 둘 다 혼자 사는 데 지치지 않았을까.

어떤 계기였을까? 동창회나 어떤 모임에서 재회했을까? 그렇지 않으면 한쪽이 결혼생활에 종지부를 찍으면서 서로 연락하게 되었을까? 이혼한 여성은 대개 미혼인 친구에게 연락하기 마련이니까.

쓸쓸함과 그리움이 두 사람을 하나로 맺어줬다. 어쩌면 경제적인 이유가 있을지도 모른다. 셰어 하우스를 선택하는 이유는 대부분 돈 때문이다.

친한 친구였으니 결혼식에 갔을 것이다. 결혼식에 있던 두 사람은 설마 자신들이 미래에 함께 살 줄은 꿈에도 몰랐으리라.

지금까지 갔던 여러 결혼식이 눈에 아른거린다. 성대한 결혼식, 색다른 결혼식, 눈물 젖은 결혼식, 감동을 주는 결혼식. 예식 자체는 어디든 비슷하다. 관혼상제라고 함께 묶어서 이야기하는 것처럼, 축복과 진혼은 결국 다 마찬가지다. 인생이라는 여행의 한 정거장이다. 가까운 이들이 모여서 이야기를 나눈다. 과거가 한자리에 모이고 한동안 교차한다.

'두 여자'가 참석한 결혼식은 어땠을까?

나는 그 자리에 못 박힌 듯 서 있었다.

눈앞에 보이는 커다란 스크린에서 시시각각 달라져 가는 젊은 여자의 얼굴을 바라보면서.

(1)

그 장면을 재현하고 싶은 거죠.

연출가 N이 휑한 그곳에서 이쪽을 돌아보며 물었다.

나는 정신이 번쩍 들었다.

제정신을 차리고 보니 그 많던 지원자는 어느새 감쪽같이 사라지고, 마법이 풀린 듯한 공간에서 스텝이 부지런히 돌아다니고 있다.

언제 오디션이 끝난 거지? 결과는 어떻게 됐을까? 누가 남았을까?

그 장면이라면...?

나는 평정을 가장하고 되물었다.

그게, 결혼식에서 깃털이 쏟아져 내리는 부분 있잖아요. 그 장면은 무대에 올렸으면 해서.

아아, 나는 고개를 끄덕였다. 그 대목 말이군요.

진짜 깃털을 떨어뜨릴 건가요?

불쑥 끼어든 사람은 프로듀서 K였다.

음. 아니면 결혼식 장면뿐 아니라, 아예 처음부터 깃털이 계속 떨어져도 좋고. 처음에는 한두 장이 두둥실 나부끼는 느낌으로 가면서 이따금 생각날 때마다 떨어지는 거야. 그러다가 점점 깃털이 떨어지는 간격이 짧아지고 양도 늘어나고. 이어서 결혼식 장면에서는 깃털이 쏟아져 내리지.

결혼식 장면이 클라이맥스가 되는 건가요?

K는 그 장면을 상상하듯 허공에 눈을 응시하면서 묻는다.

그럴 수도 있지.

N이 모호하게 답하자, K는 팔짱을 끼고 끄덕였다.

전에도 진짜 깃털을 쓴 적이 있는데, 그거 뒤처리 엄청 힘들어요. 너무 가벼워서 회수하기가 의외로 어렵더라고요. 거기다 깃털 조각이 아주 미세한 먼지처럼 허공에 계속 떠돌아다녔죠. 알레르기 반응을 일으킨 배우가 몇 명 있었어요. 천식이 발생한 경우까지 있었다니까요. 아무래도 진짜 깃털을 쓰기는 좀...

K는 난처한 표정으로 말꼬리를 흐렸다.

인공 깃털은? 화학섬유로 만든 깃털은 괜찮을까?

N은 끈질기게 물고 늘어졌다.

종이 꽃가루는 안 될까요?

K가 되물었다.

종이 꽃가루는 안 돼. 깃털이 떨어지는 장면을 보여주려는 거니까. 원작에도 충실할 겸.

N은 '원작에도 충실할 겸'이라고 말하는 대목에서 내 쪽을 다시 돌아봤다.

아, 살짝 고개를 끄덕여 보였다.

음, 결혼식 장면을 마지막으로 가져가는 편이 낫겠어. 원작도 시간순으로 전개되니까, 여러 갈래로 이야기를 풀어나가는 게 재밌을 것 같은데.

마지막에는 작정하고 쏟아져 내려도 되지 않을까. 도중에 떨어지면 일단 정리해야 하니까.

두 사람의 대화가 이어진다.

깃털이 떨어지는 장면.

나는 그 대목을 쓸 때가 떠오르자 못내 찜찜했다.

그건 인용이었다. 아니, 동경이라고 해야 할까.

소설가이면서도 영상 작업을 동경하는 이들이 적지 않다. 내가 아는 사람 중에도 원래는 영상 매체를 다루는 일을 하고 싶었지만, 자신의 의도를 영상으로 표현하기가 어려울 것 같아서 소설가가 된 사람이 더러 있다.

그러나 '영상화할 수 없는' 이야기를 최소한의 비용으로 써 낸다고 해도, 번역이라는 높은 장벽을 넘어야만 하는 소설에 비해 세계 어디서나 바로 소통할 수 있는 음악가나 영상 전문가가 얼마나 부러운지 모르겠다.

이렇게 쓰는 나도 멋진 영화를 보면, 그것도 스토리나 대사의 재미뿐 아니라 '화면'이 모든 것을 말해주는 영화를 보면, 저런 소설을 쓰고 싶다는 생각이 든다. 그 대목의 저 화면이, 저 커트가 좋았어, 저 구도가, 저 색채가, 저 장면이 눈에 콕 박히잖아, 하고 감탄할 만한 소설을 말이다.

내가 결혼식 장면을 쓸 때 남몰래 염두에 둔 이미지는 여러 해 전 봤던 영화의 한 장면이었다. 본 줄거리와는 전혀 관계없이, 등장인물이 꿈속에서 본 장면.

골동품 가게인지 개인 수집품을 모아둔 방인지는 모르겠지만, 등장인물과 그 동성 연인은 기묘한 '도자기실' 같은 곳에 있다. 두 사람은 책장을 넘어뜨리고 도자기를 내던진다. 셀 수 없이 많은 청자와 백자가 허공에서 춤추다가 두 사람을 내리 스치며 바닥에 떨어져 산산조각이 나는 장면을 슬로모션으로 보여준다.

폭력과 파괴가 난무하는 장면이지만 이루 말할 수 없이 아름다워서 인상에 남는 장면이었다. 예고편에도 이 장면이 쓰였다. 게다가 쏟아져 내리는 도자기를 쳐다보는 두 사람의 표정에서 기이한 성취감이 넘쳐나 이 영화를 본 이들이 '명장면'으로 꼽을 만한 커트였다.

굉장하구나, 라고 생각했다.

짧은 쇼트지만, 무척 공들여서 찍은 신으로 보였다. 그만큼 큰 효과를 불러일으킨다. 수많은 도자기가 허공을 유영하다가 잇따라 떨어지면서 산산이 부서진다. 그저 그뿐인데도 관객과 함께 안도감과 흥분을 공유할 수 있다는 점이 부러웠다.

그럼 나도 떨어뜨려봐야지. 시각 효과만으로는 떨어뜨리기 어려운, 보이지 않는 형체를 소설 속에서.

이런 연유로 완성된 장면이 그 결혼식 장면이다.

무엇 때문일까, 이 찜찜한 기분은.

깃털을 어떻게 할까, 어떻게 떨어뜨릴까, 하고 상의를 거듭하는 두 사람을 보면서 나는 묵묵히 그 감정을 곱씹어봤다. 고급 레스토랑에 갈 시간과 돈이 없어서 궁여지책으로 냉장고에 있는 재료로 만든 요리가 레스토랑 메뉴에 들어간 격이라고 해야 하나.

가시화할 수 없다는 사실에 오기가 나서 보이지 않는 형체를 글로 묘사했건만, 웬걸 그 대목이 구체적인 장면으로 재현되다니.

나는 조바심이 일었다.

앞에서 대화를 나누는 두 사람 너머 펼쳐진 희고 메마른 공간이 눈에 들어온다.

아무것도 없지만, 무엇이든 되고 누구에게나 열린 장소.

그러고 보면 무대라는 것은 신기한 미디어다.

영상화가 가시화하는 작업이라면, 무대화는 표상화하는 작업이라고 해야 할까? 분명 구체적으로 드러나긴 했으나, 결코 '보인다'고 할 수는 없다.

문득 프로듀서 K가 입은 셔츠의 올 풀린 소매 솔기가 보였다.

팔짱을 끼자, 겨드랑이 부분이 당겨서 하얀 실밥이 삐져나왔다. 터진 틈으로 러닝셔츠가 엿보였다.

실밥이 다 풀어지지는 않았고 조금 헐거워진 정도다. 콩알보다도 작은 크기로 느슨한 원을 그리며 이음새가 벌어졌다.

뭔가 봐서는 안 될 것을 봐버린 느낌이었다. 흰 셔츠라서 언뜻 봐서는 알아채지 못할 것이다. 셔츠를 입은 당사자에게는 보이지 않는 위치라서 K도 모르는 모양이었다.

의식하지 못하는 사이에 옷에 얼룩이 생기거나 단추가 떨어지기도 하고 색깔이 바래기도 한다. 자주 있는 일이고 흔히 생기는 일이다.

하지만 나는 올 풀린 소매에서 눈을 떼지 못했다.

아무도 눈치 못 채고 나만 눈치챈 일그러진 잔구멍.

나는 마음이 술렁대서 앉아 있기가 영 거북했다.

연출 방향을 의논하는 두 사람 뒤에서, 혼자 잠자코 셔츠 올 풀림이 불러온 생각에 잠겼다.

0

등장인물의 실제 모델이 있습니까, 하고 물어볼 때가 있다.

내 대답은 대부분 '노'다. 가끔 아는 사람의 버릇이나 신체적 특징을 따오긴 하지만 그런 경우라도 극히 일부분일 뿐, 누군가를 고스란히 본떠서 모델로 삼은 적은 한 번도 없다. 애초에 실존하는 누군가를 그대로 묘사하는 행위 자체가 꺼림칙해서 스스로 경계한다.

자신을 투영하지도 않는다.

무엇을 쓰든 주인공은 언제나 작가의 분신이라고 여기는

타입도 있지만, 나는 그 역시 꺼림칙해서 경계한다.

가장 정확하다고 느낀 설명은 등장인물은 모두 가공의 인물이지만, 그 등장인물에도 반드시 내 일부가 녹아 있다고 보는 쪽이다.

자신이 아는 일부분에 살을 붙여서 쓴다. 주요 등장인물이 정해지면 이후부터는 등장인물과의 관계에 따라 친구나 직장 동료 등으로 설정된다. 다른 등장인물은 주인공을 묘사하는 중에 그냥 '나온다.'

그러므로 이번 작품은 최초의 모델 소설로, 실제 인물이 나오는 이야기가 되는 셈이다.

그러나 얼굴도 이름도 모르는 인물을 두고 '모델'이라고 하자니, 좀 이상하기도 하다.

지금 내 머릿속에 두 사람의 막연한 이미지가 있기는 하지만, 이름을 붙여야겠다고 생각한 적은 없다. 나는 이 두 사람을 이니셜로 부를 작정이다.

이니셜은 참 신기하다. 익명성이 높은데도 묘한 존재감을 발휘한다.

신문 기사나 주간지 등에 '(가명)'이라고 적힌 문구가 자주 나오는데, 어떻게 그 이름을 붙였는지 늘 궁금하다. 사람은 가짜 이름이나 임시 이름을 쓸 때 본명과 이니셜이 일치하도록 하는 예가 많다고 하지만, 어쩌면 이니셜은 같되 또 다른 이름이 본명이지 않을까 하는 상상의 나래를 펼치기 일쑤다.

심지어 그 가명이 특이하면, 왜 이렇게 예사롭지 않은 이름을 '(가명)'으로 썼을까, 본명과 어떤 연관이 있을까, 하면서 자꾸 이름에 매달린다.

그에 비하면 이니셜은 술술 읽힌다.

"임시로 이 사람을 K라고 부르자."

이 한 문장만 있으면, 이야기 속으로 쓰윽 빨려 들어간다.

K라는 한 글자 기호로서, 실제 본명의 이니셜이 M이든 A든 상관없이, 이 한 글자를 부여받는 시점부터 K는 머릿속에 구체적인 모습으로 자리 잡고 자연스럽게 살아 움직인다.

국민 작가 나쓰메 소세키(夏目漱石)의 《마음(こころ)》이 생생하면서도 어딘지 묘한 긴장감을 자아내는 전개로 지금까지도 널리 읽히는 이유는 등장 인물에게 이름이 아닌 이니셜과 관계성만 부여한 덕분 아닐까. 이름이 주는 이미지에 방해받지 않고 독자의 머릿속에 자신이 아는 누군가의 모습으로 떠올라, 소위 실화 괴담처럼 읽히기 때문 아닐까.

소지품에는 이니셜을 붙이지 않은 지 오래된 것 같다.

얼마 전 가방을 사러 갔을 때 서비스로 이니셜이 새겨진 태그를 붙여주었다. 그 브랜드에서는 으레 그렇게 하는 모양이지만, 막상 집에 돌아오니 그 태그가 너무 부담스러워서 결국 떼어 내버렸다.

요즘에는 이메일 주소가 각자의 태그다. 이 태그만이 각자의 존재를 증명하는 수단이다.

내가 이번 소설에서 두 사람에게 이니셜을 붙일 때 A나 B로 하면 기호 같은 느낌이 두드러진다고 생각해서 다른 걸 골랐는데, 쓰기 시작하고 한참 지나서야 그게 학창 시절 친하게 지낸 친구의 이니셜이었다는 사실을 깨달았다.

무의식의 영향은 피할 수 없음을 다시 한번 뼈저리게 느낀다.

주인공 두 여자와 관련된 현실 정보가 부족한 이상, 어쩔 도리 없이 과거 자신이 맺은 친구 관계를 근거로 상상하는 수밖에 없다.

그렇다고 해서 주인공 두 사람의 얼굴도 그 친구들을 토대로 그렸냐고 묻는다면 반드시 그렇지는 않다.

주인공들의 얼굴은 막연하다.

소리 없이 웃는다, 골똘히 생각한다, 멍하니 바라본다.

그러한 이미지는 떠오르지만, 번진 수채화 같아서 얼굴이 뚜렷하게 보이지는 않는다. 세부도 확실하지 않고 뿌연 창문 너머로 바라보는 느낌이다.

아마도 두 사람은 앞으로도 이대로 구체적인 상이 맺히지는 않으리라.

이니셜이 전부인 두 사람은 익명성을 유지한 채로 기묘한 사실성을 자아내며 소설의 마지막까지 존재할 것이 틀림없다.

(1)

이곳에서 공연하려고요.

프로듀서가 당돌하게 내게 말을 걸었다.

셔츠의 올 풀림에 정신을 빼앗긴 나는 갑자기 말을 걸자 뜨끔했다.

여기서?

예, 여기서요, 마음에 들죠?

연출가가 소리 없이 웃는다.

하지만 세타가야 S 극장에서 한다고 하지 않았나요?

그렇게 들었기에 되물었다.

아, 그랬는데 여기도 후보 중 하나였어요. 이번에 오디션을 해보니 되겠다 싶어서요.

여긴 평소에도 극장으로 쓰는 건물인가요?

아뇨, 다목적 공간이에요. 이 주변의 창고 거리를 아트 스페이스로 재개발한다는 말이 있어서요.

어, 그런가요.

나는 바로 대답했다.

이곳은 확실히 매력이 있지만, 비슷한 용도로 레너베이션한 장소가 여기저기 많아서, 재개발 후 상시 공연 여부가 관건이지 않을까요?

여기라면 내려서 쌓이는 느낌이 잘 살아날 것 같아서요.

연출가가 황홀한 시선으로 천장을 쳐다봤다.

그 말에 끌려서 나도 천장을 올려다봤다.

높은 천장에는 금이 좍좍 가 있어서 유적 같은 운치를 풍겼다.

무언가 내리 쌓이리라. 천사의 깃털일까, 시간일까. 그렇지 않으면…….

새하얀 벽과 바닥에 흰 깃털이 내리 쌓이는 장면을 보는 듯했다.

음, 깃털에 관해서는 나중에 다시 검토해보기로 하죠.

프로듀서는 그렇게 못박았다.

여기서 한다면 관객의 참여를 유도할 수도 있겠네요.

연출가는 프로듀서와 시선을 주고받고는 나를 바라봤다.

한가운데서 연기하고 주변에서 관람하는 방법도 있겠군. 관객에게 깃털이 든 바구니를 건네고 다 같이 깃털을 떨어뜨리면 어떨까.

역시 깃털인가요?

프로듀서는 쓴웃음을 지었다.

그리고 후보자 추렸습니다.

연출가가 내 쪽을 바라본 채로 이력서 뭉치를 살짝 흔들어 보였다. 낱장이 파르르 날리며 언뜻 사진이 보였다.

아, 그런가요.

나는 흔들리는 마음으로 사진에서 눈을 돌렸다.

여자들이 구체화한다. 여자들이 무대에 선다. 여자들이 형
체를 드러낸다.

이미 알고 있었는데도 실제로 그렇게 된다고 생각하니 어
쩐지 두려움이 앞서는 심정이었다.

1

사람은 대개 누구보다도 자신을 잘 안다고 여긴다.

그렇게 생각하는 것도 무리는 아니다. 어쨌든 자신이 무슨
생각을 하는지는 아무도 모르는 데다, 다른 사람이 무슨 생
각을 하는지도 알 수 없으니까.

나에 관해서 뭘 안다고.

나에 대해 아무것도 모르면서.

항간의 커플 사이에서, 아니 가족 사이에서도 그런 말이 흔
히 오간다는 것은 누구나 다 아는 사실이다.

타인을 이해한다. 그것은 뭘 어떻게 한다는 것일까. 타인
이 무슨 생각을 하는지, 텔레파시라도 통하지 않는 한 어떻게
'안다'는 걸까?

알아, 알아, 너-무-도 잘 알지.

그 사람을 이해할 수 있는 사람은 나뿐이야.

카페에서도 술집 계산대에서도 '안다'는 말은 언제나 잘 팔

린다.

짐작건대 이때 쓰이는 '안다'는 '공감한다'는 의미일 것이다.

분명 오랫동안 행동을 같이하거나 관찰하면 그 인물의 행동 패턴이나 습관이 보이기 시작한다. 기분이 나쁠 때 어떤 반응을 보이는지, 스트레스가 심한 상황에서 어떤 보상 행위를 추구하는지. 그런 점을 알고 있을 때 '이해한다'고 표현하는 것을 틀렸다고 할 수는 없다.

그런 태도는 자신에 대해서도 마찬가지다.

자신의 성격, 자신이 생각하는 자아상. 태어난 이래 늘 함께한 사람은 자신밖에 없으니, 당연히 자신이라는 사람을 충분히 파악했다고 여긴다.

T 역시 자신이 현실적인 안정 추구형이라는 점을 어릴 때부터 자각했던 터라, 남들처럼 별 탈 없이 평범한 인생을 살리라고 믿어 의심치 않았다. 지극히 평범할지라도 꽤 복 받은 삶이고 그럭저럭 순탄하게 한평생 살 줄 알았다.

깃털이 흩날리는 결혼식 피로연 무대에 앉아 있을 때, T가 무엇보다도 강렬히 느낀 감정은 깊은 안도감이었고, 결혼이라는 사회적 미션을 해냈다는 일종의 성취감이기도 했다.

그녀는 생각했다, 순조롭구나, 하고.

이렇게 나는 사회의 한 단위로서 마땅히 소속되어야 할 자리에 소속되었구나, 하고.

새 삶에 환멸을 느끼지는 않았다.

'취집'이라는 말이 있듯, 겉모습이 달라진 노동 형태에 종사할 뿐이다. 그렇게 명쾌하게 결론지은 상태였다.

나에게는 그만한 대응력이 있어.

실제로 T는 새 삶에 적응하면서 집안일을 정해진 순서에 따라 척척 해냈다.

누구누구의 아내라고 불리는 데도, 전화 받을 때 남편 성으로 응답하는 데도, 남편 양복이나 와이셔츠를 세탁소에 맡기는 데도 익숙해졌다.

저녁 찬거리에 참고할 만한 신문 기사를 오리고, 각종 공지 사항과 동네 소식이 담긴 회람판을 이웃끼리 돌려보고, 그 과정에서 주고받는 세상 사는 이야기.

"실례합니다." "신혼인데 죄송합니다." 같은 말과 함께 밀어닥치는 남편 친구나 후배에게 싫은 내색 전혀 없이 소담스러운 한 끼를 대접한다. 적당한 사탕발림. 따스한 담소. 남편의 학창 시절을 폭로하겠다고 으름장을 놓지만, 막상 들어보면 별거 아닌 비밀. 누구나 거치는 통과의례.

T는 세상의 흐름에 순응했다고 생각했다.

어김없이 계절은 돌아오고 해가 길어졌다 다시 짧아진다.

처음 느낀 위화감이 어느 정도였던가. 아니, 지금에 와서 돌이켜봐도 그 감정을 위화감이라 불러도 될지, 잘 모르겠다.

어딘가 까끌까끌한, 사포로 나무 표면을 문지르는 듯한

느낌.

그녀는 초등학교 시절 공작 시간에 했던 사포질이 영 서툴렀다. 사용한 도구는 잘 손질해서 제자리에 둔다. 그렇게 배웠는데도, 사포는 쓰면 쓸수록 닳아서 볼품없게 된다.

언제 버려야 할지도 모르겠고, 도구함에 놓일 자리조차 없이 초라한 모습을 드러낸 채 날로 바래만 간다. 딱히 둘 데도 없고 까칠한 데다 원상태로 돌아가지도 못하는 주제에, 울퉁불퉁한 표면을 사정없이 깎아내 버리는 모래색 종이.

애당초 종이라고 해야 할까, 줄칼이라고 해야 할까? 이도 저도 아닌 도구. 위험한 도구일까, 실용성 높은 도구일까? 그 모호한 경계가 거슬렸다.

사포질은 만만한 작업이다. 별로 집중하지 않고 딴생각하면서 문지르다가 어느새 뜨거워진 마찰열에 데어 화들짝 놀라고, 무심코 손등이나 손바닥을 쓸어버렸다가 두고두고 얼얼하게 아려오는 불쾌한 찰과상을 입는다.

그렇다, 그건 사포질 같은 감각이었다. 쓸모 있을까, 위험할까, 대체 어느 쪽일까?

미장원에서 펌을 할 때였던 것 같다.

여자의 무대 뒤쪽. 차마 눈 뜨고 못 봐줄 만큼 얼빠진 무방비 상태로 점점 뜨거워지는 열기를 견디며 여성지를 뒤적이고 있을 때.

이미 남편은 아내 헤어스타일이 어떻게 바뀌었는지 신경

쓰지 않은 지 오래다. 미용실에 가는 이유는 자신이 휴식을 취하고 싶어서다. 태평스럽게 잡지를 넘기면서 유행은 돌고 돈다더니 정말이네, 하고 새삼 확인하러 다니는 곳.

청순한 얼굴에 섹시한 몸매를 과시하는 그라비아 화보는 볼 만했다. 손가락에 착 달라붙을 것만 같은 차가우면서도 미지근한 페이지의 감촉.

찌릿, 날카로운 열감이 손가락을 스친다.

앗, 눈 깜짝할 새 손가락을 베이고 말았다.

그 섬뜩한 감각.

다친 데가 살짝 부어오르면서 새빨간 피가 직선으로 새어 나온다.

왜 생채기 난 곳은 매번 이렇게 찬찬히 들여다보게 되는 걸까. 왜 꾸욱 눌러서 피를 흘리지 않고는 못 배기는 걸까.

T는 빤히 손가락을 내려다봤다.

조금 부어오른 상처에서 흘러나온 선명한 피.

그 순간 T는 깨달았다, 지극히 당연한 사실을. 야무지다고 생각한 자신이, 현실적이라고 여겨온 자신이, 그때까지 미처 몰랐던 진실을.

그 성취감은 속임수였다.

일순 자신이 어디에 있는지, 방향 감각을 잃어버렸다.

이 냉엄한 진실 앞에서 망연자실하지 않고 버틸 수 있을까? 자신은 똑똑해서 성공했다는 만족감, 보란 듯이 과제를 해냈다는 자부심도 그저 착각이었을 뿐.

자그마한 성취감에다 엔드 마크를 붙인 젊은 날보다 앞으로 살아가야 할 날이 훨씬 더 길다. 옛날이야기를 담은 그림책은 새끼손가락만 한 두께에 불과하지만, 탁 표지를 덮고 나서도 인생은 내일도 계속된다.

참 잘했어요, 끝. 이렇게 말하고 나서도 인생은 계속된다.

T는 별안간 뱃속에 흙탕물 같은 덩어리가 꿈틀대는 감촉을 느꼈다.

이게 뭐지.

무엇보다 망연자실할 수밖에 없었던 이유는 그 덩어리가 '후회'라는 이름의 성분으로 만들어졌음을 깨달았기 때문이다.

어쩌다 이렇게 됐을까.

T는 펌 기구의 열기를 쐬다가 난데없이 닥친 진실 앞에서 속절없이 무너졌다.

주택가 미용실 한구석에서 진실이라는 검은 스포트라이트가 오롯이 T만을 비춘다.

다른 사람도 아닌 내가 후회라고 불리는 감정을 느끼다니.

그녀는 그 감정을 부정해보기로 했다.

후회는 결코 내 것이 아니야. 나하고는 아무런 인연이 없다고. 아무 생각 없는 경박한 여자애들이나 품는 감정일 테니까.

분명 그런 여자애들의 행태는 잘 알고 있다. 영리한 나는 꽤 오래전부터 그런 여자들을 꼼꼼히 관찰하고 반면교사로 삼아왔다. 저렇게는 되지 말아야지. 저런 식으로 하지 말아야지. 그렇게 엄한 목소리로 자신에게 늘 들려주었으니까.

이를테면 그깟 성적이 좀 좋기로서니 반골 기질의 이미지로 잘 알려진 대학에 들어가, 남자애들과 나란히 서서 담배를 피우고 술을 마셔대고 마작을 하고 밤새 토론을 벌이며, 남자나 여자나 다를 바 없다고 착각한 여자애들. 그런 작태는 캠퍼스 내에서만 통하는 환상일 뿐, 실제로는 결코 남자와 대등한 위치에 설 수 없다는 사실을 미처 모르는 애들.

어째서 모르는 걸까?

기세등등 캠퍼스를 활보하는 여자애들을 보면서 생각했다.

우리 학교 여자애들은 남녀공학의 혜택을 입고 들어왔을 뿐이다. 소위 홍일점이라고 불리는 장식품이자 검은 머리 외국인 같은 존재. 그 사실을 깨닫지 못한 채 대등하게 능력을 펼칠 수 있을 거라는 착각 속에서 사회에 진출하고 견고한 벽 앞에서 시간과 노력을 낭비하면서 나이만 먹어간다.

결국, 아무 소득도 없이 어느 날 피부에 새겨진 주름과 총기 잃은 눈동자를 보고 망연자실하며 '후회'한다.

'후회'란 이런 여자애들을 위한 것.

그렇지 않은가?

혹은 또 다른 부류의 여자애들도 있다. 그러니까 어리다는 사실에 목숨 거는 여자. 그저 젊다는 이유만으로 모든 것을 손에 넣을 수 있다고 믿는 여자. 자신의 세일즈 포인트와 유통 기한을 알지 못한 채, 가진 거라고는 젊음뿐이면서 주제 파악 못 하고 눈만 높아서 결혼 상대를 고를 때 온갖 조건을 내세우는 여자.

다들 공주처럼 떠받들어주던 한때를 잊지 못하고 자꾸 욕심을 부리면서 얄팍한 상술에 휘둘려 겉보기에만 번지르르한 조건을 좇는 중에, 어느덧 세월은 흘러가고 유일한 패였던 젊음마저 사그라든다.

그러다 어느 날 깨닫는다. 자신이 바라는 조건을 충족시키는 상대의 관심은 이미 자신보다 어린 세대로, 과거 자신이 그랬듯이 하룻강아지 범 무서운 줄 모르고 덤비는 장밋빛 홍조를 띤 여자아이들에게로, 가버렸다는 사실을.

그럴 때 거울 앞에서 품는 감정이 '후회'다.

그래, 그게 바로 '후회'다.

그런데 무엇 때문일까? 야무진 데다 현실적이고 자신의 상황뿐 아니라 자신의 가치도 속속들이 잘 아는 내가, 계획대로 인생을 착착 밟아온 내가, 왜 지금 여기서?

T는 여성지를 손에 든 채, 손가락에 착 달라붙는 듯한 그라비아 화보 페이지를 넘기다가 베어버린 손가락을 바라보면서 생각한다.

펌 기구의 열기와 위 속의 흙탕물 덩어리를 느끼면서.

후회와 절망에 휩싸였다. 똑똑한 줄 알았던 자신과 지금껏 살아온 세월과 앞으로 저 남자와 살아갈 세월을 어찌해야 할까.

그렇다, 나는 인정할 수밖에 없다.

T는 줄곧 공포를 느꼈다. 절망과 공포는 아주 비슷하다. 깊숙이 파놓은 구덩이처럼 둘 다 어느 날 갑자기 깊은 어둠 속으로 떠밀린다는 점에서.

겉보기에 그럴듯한 조건만 좇은 사람은 나였다. 자신의 상황을 이해하지 못한 사람은 나였다.

어떻게 된 걸까. 내게도 감정이라고 불리는 것이 있었다니, 허황된 꿈을 꾸고 순진하고 주저하는 어린애 같은 감정이.

그런데도 나에게는 그런 감정 따위 없다고 여겨왔다. 한사코 그걸 억누르고 못 본 척하면서 중대한 결정을 덜컥 내려버린 것이다.

결혼은 골인이 아니라 출발이라는 당연한 사실을 이해하지 못했다. 누군가와 인생을 함께한다는 것이 무엇을 의미하는지 깊이 고민해보지 않았다. 이 얼마나 어리석은가.

내가 반면교사의 대상으로 삼아온 여자들을 누군들 비웃을 수 있으랴.

적어도 그 여자들은 정직했다. 자신의 감정에 솔직했다. 이런저런 '후회'는 있다고 해도 자신이 바라는 것이 무엇인지는 잘 알았다.

아아, 어느 쪽의 '후회'가 더 나을까?

어느 쪽의 '후회'가 비참할까?

T는 급기야 웃음이 터져 나올 것만 같았다.

바보 같기는. 어차피 '후회'는 '후회'. 지금에 와서 비교해 본들 무슨 소용이 있을까.

그럼에도 나는 비교하지 않고는 못 배기겠다. 알량한 자존심을 지키기 위해, 자신의 선택을 위로하고 정당화하기 위해, 자신의 마음을 지키기 위해, 고작 그런 이유일지라도.

드라이어 소리가 울려 퍼지고, 무심한 수다가 계속되는 미장원 한구석에서.

나는 후회하고 있다, 절망하고 있다. 조건이 괜찮고 그런대로 무난하다는 이유만으로 진짜 인생의 막이 오르려는 때에 좋아하지도 않는 남자와 결혼해버렸다니.

0

"있더라고요."

쓱 내미는 복사물에 일순 어안이 벙벙해졌다.

신주쿠의 어느 카페.

어쩐지 쇼와 시대의 향수를 불러일으키는 오래된 찻집이다. 신주쿠 역 동쪽 출구의 이름난 건물인 스튜디오 알타 뒤편에 있다. 좁은 골목길을 둘러싼 건물 1층에 자리한 가게. 검게 칠한 목재를 로프트 스타일로 마감했는데, 자리는 고급 식당의 개별룸처럼 깔끔하게 나누어져 있다.

처음에 나는 그 복사물이 뭔지 알지 못했다.

투명한 클리어 파일에 들어 있는 A4 사이즈의 종이 몇 장.

테이블 맞은편에 앉은 편집자 O를 물끄러미 바라본다.

그러자 편집자 O는 설명을 기다린다고 생각했는지, 다시 입을 열었다.

"찾았습니다."

뭘요, 하고 물어보려다가 첫 페이지의 표제에 시선을 빼앗겼다.

자세히 보니, 유력 신문사의 아카이브에서 찾은 기사 한 페이지를 복사한 것이었다.

고딕체로 적힌 표제 1행에 시선이 머물렀다.

"투신? 도쿄 오쿠타마 마을의 다리에서 뛰어내린 두 여성, 1명 숨지고 1명 크게 다쳐"

읽는 순간 그 문구가 무엇을 의미하는지, 바로 깨달았다.

나는 찬찬히 눈앞의 O를 바라봤다.

"드디어 찾았습니다."

O 편집자는 되풀이해서 말했다.

"이게, 그 자료."

나는 주뼛거리며 클리어 파일을 집어 들었다.

실제 눈앞에 두고도 아직 실감이 나지 않았다.

집필 계기가 된 그 기사.

오래전 소설가로 막 등단했을 때 본 기사이자 어딘가 찔린 채 내버려 둔 그 가시.

담당 편집자 O에게 이 소설을 구상하기 시작했을 때부터 예전에 내가 본 기사를 찾아달라고 부탁은 했지만, 좀처럼 찾기 어렵다고 해서 별로 기대하지 않은 터였다.

"...정말요?"

나는 여전히 머뭇거렸다.

오랫동안 찾던 자료가 막상 눈앞에 나타나자, 복잡한 심경이었다.

찾아주길 바라면서도 찾지 못하길 바라고.

보고 싶기도 하지만, 보고 싶지 않기도 하고.

손대지 않고 머무적거리다가 첫 페이지를 읽어본다.

그것은 축쇄판을 복사한 것이 아니라, 어디까지나 화면상의 데이터를 그대로 출력한 것이었다.

1994년 4월 30일 조간, 도쿄 섹션에 기재.

제목 아래에는 이렇게 적혀 있었다. 글자 수 238자.

29일 오후 5시 30분경, 니시타마군(西多摩郡) 오쿠타마 마을(奧多摩町)의 히카와(氷川)에 있는 기타히카와 다리(北 氷川橋, 높이 26미터)에서 닛파라가와강(日原川)으로 두 여성 이 잇달아 뛰어내리는 장면을 근처 행인이 목격하여 오메 (靑梅) 경찰서에 신고했다. 두 사람 중 한 사람은 얼굴을 세 게 부딪쳐 그 자리에서 숨지고, 다른 한 사람은 중태에 빠 져 의식 불명 상태다.

조사에 따르면 두 사람 모두 서른 전후로, 다리 위에 두 사람의 소지품으로 보이는 가방이 두 개 남아 있었다. 주 변에 관광객이 있었으나, 두 사람이 말다툼을 벌인 낌새도 없어서 오메 경찰서에서는 투신자살했을 확률이 높다고 발표했다.

현장은 JR 오메 라인 오쿠타마 역에서 북쪽으로 도보 2 분 거리에 있다.

스윽 한 번 읽고 처음 떠오른 생각은 이랬다. 이게 아닌데.

O는 다른 기사를 찾아왔다는 사실을 직감하고, 아차 싶은 표정이었다.

아니야. 이건 아니야.

두 여성이 다리에서 뛰어내렸다는 점은 같지만, 나이가 서 른 전후로 너무 젊고 무엇보다 오쿠타마라는 장소가 기억 속 인상과는 전혀 달랐다.

나는 망설였다.

애써 찾아줬는데 어떻게 해야 할까.

다른 기사다, 이건 아니야, 라고 말하려면 용기가 필요했다. 틀림없이 찾느라 오랜 시간이 걸렸을 테니까.

뭐라고 말하면 좋을지 생각하다가 나는 무심코 클리어 파일에서 복사 용지를 꺼냈다.

그 안에 종이 한 장이 더 들어있었다.

접어놓은 A3 용지.

펼쳐보니, 그 용지는 신문의 좌우 페이지를 복사한 종이였다.

1994년 9월 25일 조간신문이다.

왼쪽의 도쿄 섹션 페이지 중 작가 미즈카미 쓰토무(水上勉) 가 쓴 연재 기사 '나의 도쿄 문학 기행'이 눈에 들어왔다.

무의식중에 내 눈은 지면의 좌측 아래쪽을 훑고 있었다.

기억 속 바로 그 위치.

두 손으로 신문을 펼치고 그 기사를 발견했던 자리.

거기에 그 기사가 있었다.

투신한 두 여성의 신원 확보

올 4월 29일 니시타마군(西多摩郡) 오쿠타마 마을(奥多摩町)의 히카와(氷川)에 있는 기타히카와 다리(北氷川橋, 높

이 26미터)에서 닛파라가와강(日原川)으로 투신한 두 여성의
신원을 오메(靑梅) 경찰서에서 24일까지 조사한 결과, 오타
구(大田区)의 맨션에 동거한 A 씨(45), B 씨(44)로 밝혀졌다.
두 사람은 도내 사립대학 동기였다.

목구멍 안쪽에서 한숨 같은 신음이 새어 나왔다.

그 짧은 기사를 읽고 또 읽는다.

O는 테이블 건너편에서 내 모습을 가만히 지켜봤다.

"그거군요."

"예."

한 박자 늦게 답했다. 고개를 끄덕이고 다시 한번 기사를
읽는다.

분명 이거다. 이 기사다.

나는 머릿속에 기사를 다시 떠올려봤다.

의혹과 감격 그리고 기억의 불가사의함을 되새겨본다.

"마흔다섯 살. 이렇게 젊었나."

가장 놀란 점은 나이였다.

내 기억 속에서는 예순 남짓한 여성이라는 인상이 강했던
데다, 무엇보다 당시에는 나이에 민감하게 반응했던 것 같아
서다.

마흔다섯 살과 마흔네 살.

지금의 나보다 훨씬 젊지 않은가. 그럼 그때는 왜 그렇게 나

이가 들었다고 느꼈을까.

1994년 9월. 나는 서른이 코앞이었다. 그해 10월 생일을 맞이하면 딱 서른이 될 참이었다. 20대의 나에게는 마흔다섯 살이 상당히 많은 나이로 받아들여진 걸까.

하기야 어릴 때는 마흔 살이 된 자신을 상상조차 하지 못하니, 20대에게 40대 이상은 미지의 영역일 뿐. 마흔너댓 살이면 제법 나이 든 연배로 느꼈다고 해도 이상할 일은 아니다. 지금이야 40대라면 아직 한창때고, '연배'라는 표현조차 별로 어울리지 않는다고 보지만.

한 가지 뜻밖이었던 점은 이 기사가 후속 기사였다는 사실이다.

앞서 '이게 아닌데'라고 생각한 글이 애초에 나간 기사였고, 내가 본 기사는 후속 기사였다는 점이 퍽 의외였다. 나는 신문을 볼 때면 일단 전체를 훑어보는데, 처음 실린 기사에는 전혀 반응을 보이지 않았던 모양이다.

또 그때 받은 인상과 다르다고 느낀 점은 사건 현장이 대자연에 둘러싸인 오쿠타마였다는 사실이다.

나는 왠지 사건 현장은 오쿠타마처럼 푸른 숲이 우거진 관광지가 아니라 도심에서 멀지 않은 교외 지역이고, 여자들은 그 일대의 다리 위에서 뛰어내렸으리라고 멋대로 추측해버렸다. 두 사람은 평상복 차림으로 산보하듯이 나왔다가 일상생활의 틈새로 뛰어내린 거라고 짐작했다.

그러나 오쿠타마는 산책 삼아 갈 만한 장소는 아니다. 날 잡아서 다녀오는 나들이 장소 아닌가.

두 사람은 굳게 결의를 다지고 최적의 장소로서 오쿠타마를 고른 뒤, 마지막 외출에 나선 것이다.

이 점이 기억 속 이미지와는 차이가 있었다.

나는 어느새 골똘히 생각에 잠겼다.

시나브로 기사 내용이 스며든다. 그것은 기억 속의 이미지를 침식해가고 조금씩 녹아서 한데 뒤섞인다.

흑백 화면과 컬러 화면이 부딪치고, 색채가 점점 흐려진다.

울퉁불퉁한 표면이 차차 평평해진다.

그렇게 녹진하게 엉겨 붙은 늪 같은 곳에서 서서히 떠오른 의문은 당시 그 짧은 기사에 왜 그토록 큰 충격을 받았을까 하는 점이다.

그 밖의 여러 기사를 읽고도 충격을 받았을 것이다.

사건 사고는 끊이지 않으니까.

크고 작은 온갖 사건이 일어나고 그 사건들 역시 들어본 적이 있을 텐데, 왜 그 기사만 두고두고 내 속을 깊이 찌른 가시로 남았을까.

다시 보니 이렇게 짧고 빈약한 기사였다는 사실이 놀랍기만 하다.

그러나 이 기사를 봤을 때의 충격은 지금도 남아 있다. 이 기사의 무언가에 마음이 크게 움직였다는 사실만큼은 틀림

없다.

당시의 충격을 새삼 돌이켜본다.

그렇다면 좀 더 시간이 지난 뒤에 이 사건이 일어났다면 어땠을까.

문득 그런 생각을 해봤다.

내가 두 여자와 같은 40대일 때 그 사건이 일어났다는 기사를 봤다면, 그렇게까지 찔리지는 않았을까? 또는 최근이었다면?

그래도 마찬가지 아니었을까.

막연하게 그런 느낌이 든다.

신문의 오른쪽 페이지에 눈길이 갔다. '영화·연극 안내' 꼭지를 보니, 개봉관의 독점 상영작 중에서는 〈트루 라이즈〉와 〈히어로 인터뷰〉가 관객몰이 중이다.

단관 상영관인 이와나미 홀에서는 〈딸기와 초컬릿〉, 소규모 상영관인 유로 스페이스에서는 〈전신 소설가(全身小説家)〉, 장기 흥행작으로는 〈쉰들러 리스트〉가 눈에 띄었다.

1994년. 연호로 따지면 헤이세이(平成) 6년. 그다음 해에 고베 대지진이 일어나고, 도쿄 지하철에 사린 가스를 살포한 테러 사건이 터질 줄 당시엔 그 누가 알았을까.

"콕 집어서 헤이세이 6년이라고 해도 아무 기억도 안 나던데, 조사해보니까 노르웨이에서 릴레함메르 올림픽이 열린 해였어요."

내가 영화 섹션의 제목들을 확인하는 모습을 보고 O가 말을 꺼냈다.

동계 올림픽이구나.

"릴레함메르 올림픽에 어떤 선수가 나왔죠?"

"스키 단체전에서 오기와라 겐지(荻原 健司)가 2연패 했어요."

"아, 그 시절!"

"스키 점프 단체전에서는 하라다 마사히코(原田 雅彦) 선수가 실수하는 바람에 은메달에 그쳤고."

"맞아, 그랬죠."

"자동차 경주의 아일톤 세나(Ayrton Senna)가 경기 도중 가드레일 들이받고 요절했고, 또 비트 다케시가 교통사고로 중상을 입은 해였더라고요. 그전 해의 흉작으로 인해 쌀이 부족해지니까 황급히 태국에서 쌀을 수입하기도 했죠."

"남의 집 쌀 들여놓고 맛없다 한다고 빈축을 샀던 해였잖아요."

"드라마 중에서는 〈집 없는 아이〉 하고 〈29세의 크리스마스〉가 대단했죠."

"'동정하려거든 차라리 돈을 줘요'라는 대사가 생각나네요."

"오사카에서 애견가 연쇄 살인 사건이 일어난 해이기도 했어요. 훈련사가 수의사한테 개를 안락사시킬 때 쓰는 약물을 얻어서 다섯 명이나 살해한 사건이었죠."

"근육 이완제를 주사했다고 하던데요."

기억이란 시간순으로 배열되지 않는다는 점을 뼈저리게 실감한 것이 바로 이때다. 정보가 너무 많아서 주의와 흥미가 흩어지다 보니, 공유할 기억이라고 해봐야 TV 드라마 같은 하위문화밖에 없는 것 아닐까.

"흐음, 신기하네."

나는 다시 복사 용지로 시선을 돌리고, 나직이 신음을 내뱉었다.

"기억이랑 완전히 다른 부분도 있고, 기억 그대로인 부분도 있어요. 그게 구분이 잘 안 되네요."

"그렇군요."

문득 O 편집자의 얼굴을 바라본다.

"지금 나눈 대화, 소설에 써도 될까요?"

"그럼요."

찔린 가시.

이번에는 다른 의문이 불쑥 고개를 쳐들었다.

문제는 가시의 재질이 아니다. 어떤 가시에 찔렸느냐는 중요하지 않다. 왜 그 가시에 찔렸느냐, 어디서 찔렸느냐가 중요하다.

가시에 찔린 데는 그만한 이유가 있을 터.

덤불 속을 통과했다든가 낡은 목조 주택에서 작업했다든가, 하는 그런 타당한 이유. 어떤 장소에 갈 때도 의도가 있다.

꼭 가야 할 이유가 있다거나 급한 나머지 그곳을 통과할 수밖에 없다든가.

왜 가시에 찔렸을까.

나는 식어버린 커피를 마시면서 몇 번이나 읽은 기사를 흘끗 봤다.

자기 자신이 누구인지 잘 모른다.

자신이 무슨 생각을 하는지, 무엇을 하고 싶은지도 모른다.

1994년 당시의 나.

그때 뭘 하고 있었을까. 대체 어느 방향으로 가려고 했던 걸까.

지금의 나로서는 도무지 짐작조차 못 하겠다.

(1)

얼굴.

이를테면 당신은 가까운 이의 얼굴을 제대로 설명할 수 있는가?

부모나 형제, 친구나 연인처럼 오랫동안 일상을 함께해서 친숙한 이들의 얼굴을 묘사할 수 있는가?

나는 할 수 없다.

솔직히 말하거니와 나는 예전부터 인물 묘사, 특히 외모를 묘사한 문장은 읽어도 좀처럼 갈피를 잡기 어려웠다.

어디까지나 독자로서 하는 말이지만, 서구권 소설 중에 외모를 묘사하는 문장이 끊임없이 나오는 작품이 있다. 눈동자 색이나 머리카락 색으로 시작해서 의상은 물론 소지품 하나까지 빠짐없이 묘사한다.

눈동자도 머리카락도 까만색으로 정해진 아시아 소설이 외모 묘사에 그다지 공들이지 않는 것은 어떤 의미에서 당연할지도 모른다.

어릴 때 서양 소설을 읽다가 외모에 관한 묘사가 나오면, 눈으로 읽으면서도 머리로는 무슨 말인지 이해하지 못했다. 금발이나 흑발은 별개로 치더라도 《빨간 머리 앤》의 '빨간 머리'가 어느 정도 붉다는 건지 아리송했고, '브루넷(brunette)'이란 단어도 생소하기만 했다. '개암나무 색 눈동자'는 푸른 빛이 도는 갈색이라고 하는데 알 듯 말 듯 했고, '다갈색 눈동자' 역시 정확히 어떤 색인지 알지 못했다. 고백하자면 지금도 잘 모르겠다.

우리나라에서 푸른색과 초록색을 같은 색으로 다룰 때가 있듯이, '빨간 머리'도 실제로 빨갛다기보다는 다소 과장된 표현인 줄 알았다. 말 그대로 '빨간' 머리카락을 뜻한다는 사실을 알게 된 것은 대학 시절 추억의 명화를 상영하는 극장에서 리타 헤이워드를 봤을 때였다. 그녀의 머리 색깔은 부분부분 달랐을지는 몰라도 그야말로 '빨간 머리'라는 표현이 딱

들어맞는 빛깔이었다.

과거에는 비주얼을 영상으로 표현하는 데 한계가 있었다.

인터넷으로 어떤 영상이든 쉽게 찾아보는 오늘날에는 이미 먼 옛날의 일로 여겨질지 모르지만, 불과 수십 년 전만 해도 얼굴, 머리 모양, 차림새 등 외모를 선명한 색상으로 재현한 사진이나 영상은 무척 귀한 자료였다.

그런 시절이니 빨간 머리든 브루넷이든 그저 낯선 단어에 그치기 일쑤였던지라, 등장인물의 모습은 다른 대목을 읽고 떠오른 이미지로 상상할 수밖에 없었다.

그래서 나는 외모를 묘사한 문장이 나오면 건너뛰었다. 읽어봤자 머릿속에 입력되지 않으니, 결국 등장인물의 말투나 행동을 보고 외모를 연상했기 때문이다.

〈바람과 함께 사라지다〉의 그 유명한 첫 구절—

스칼릿 오하라는 미인이 아니었지만, 그녀의 매력에 사로잡힌 남자들은 아무도 그 사실을 제대로 깨닫지 못했다.

그러나 책보다 영화를 먼저 본 이상 '스칼릿 오하라' 하면 비비언 리가 아닌 다른 사람의 얼굴을 떠올리기는 어렵다. 비비언 리가 미인이 아니라면 대체 누가 미인이란 말인가. 이렇듯 괜한 불만이라도 생기면 마거릿 미첼의 묘사가 잘못되지 않았나 하는 생각마저 든다.

그런 의미에서 비주얼에는 대단한 위력이 있다.

스칼릿 오하라는 딱 한 사람, 비비언 리의 얼굴로 고정되어 버린다.

영화로 만들어지기 전까지는 독자들이 수많은 스칼릿 오하라, 각자 나름의 스칼릿 오하라를 상상했을 것이다. 그러나 영화를 먼저 봐버린 내가 소설을 읽을 땐, 스칼릿 오하라가 비비언 리의 얼굴로 바뀌어 있었다.

세월이 흘러 내가 소설을 쓰게 되었지만, 외모 묘사는 별로 하지 않는다.

예쁜 여성을 묘사할 때는 '눈에 띈다', '호감 가는 얼굴', '품에 쏙 안길 만큼 작고 귀여운' 정도로 쓰고 만다. 굳이 의도한 얼굴 이미지를 전달하려고 애쓰지 않는다. 내 경험에 따르면 작가가 어떻게 묘사하든 독자는 자신이 좋을 대로 상상하면서 읽을 거라고 확신해서다.

그뿐 아니라 무엇보다 얼굴 묘사는 무척 어렵다는 사실을 잘 알기 때문이다.

일상생활에서 대화를 나눌 때도 상대가 본 적 없는 사람을 묘사하기는 보통 어려운 일이 아니다.

날씬한 몸매를 뽐내는 미인.

이렇게 묘사해도 그 묘사에 들어맞는 예가 한둘이 아니니, 결국 "연예인 중에서 누굴 닮았어?" 혹은 "우리가 아는 사람들 가운데 닮은 사람 있어?" 하고 기존 이미지에 기대어 공통

점을 찾아내려고 한다.

그런가 하면, 호된 사랑의 열병을 앓게 한 사람의 얼굴은 기억에서 지워진다는 속설이 머릿속에 스쳤다.

그러고 보니 한때 좋아서 어쩔 줄 몰랐던 사람의 얼굴을 떠올리려고 해도 뻥 뚫린 구멍밖에 떠오르지 않았던 적이 있다. 그 이유는 무엇일까?

사람 얼굴을 기억하지 못하고, 누가 누구인지 인식하지 못하는 사람도 있다고 한다.

내가 신기했던 점은 취직할 때까지는 사람 얼굴을 잘 기억하지 못하는 편이었는데, 취직한 뒤로는 거짓말처럼 사람 얼굴을 척척 기억해냈다는 사실이다. 어떻게 된 일일까. 왜 예전에는 사람 얼굴을 좀처럼 기억하지 못했을까. 단순히 필요했기 때문에 달라졌을 뿐인가?

그런 생각이 잇따라 떠오른 것은 주인공으로 발탁된 두 사람을 보고 느낀 당혹감과 위화감이 무엇 때문인지 자신에게 설명할 말을 찾느라 어쩔 줄 모를 때였다.

'으응?' 하는 내 표정에 연출가도 프로듀서도 신경이 쓰였나 보다.

인물 설정에 따른 발탁 배경을 나중에 설명해주었지만, 그 설명은 내 귓등을 스치고 지나갈 뿐이었다.

하긴 두 사람은 내가 캐스팅 결과에 당혹스러운 표정을 숨기지 못했다고 착각할 만도 했다.

선발된 두 배우는 50대 중반과 30대 초반으로 나이 차가 많이 났다.

이미 서너 가지 계획은 들은 상태였다.

가장 현실에 밀착된 계획은 두 주인공이 삶을 마감할 무렵의 나이와 비슷한 두 사람이 연기하는 것이다.

다음으로 내가 체감한 두 주인공의 나이는 노년 연배였으니, 그 이미지에 가까운 연령대의 두 사람이 무대에 오르는 것이다.

또는 학창 시절부터 마지막 순간까지 두 주인공이 상대에게 느낀 이미지는 서로 변함없다는 해석에 따라 아예 20대 대학생 또래가 극을 이끌어가는 것이다.

그 밖에 중년 배우 두 사람과 젊은 배우 두 사람이 각각 나이를 반대로 연기할 수도 있다.

어떤 계획이든 그 나름대로 설득력이 있고 무대에서 재현할 방법도 있을 테니, 어느 쪽을 선택해도 반대할 생각은 없었다.

그러나 선발된 배우는 그중 어느 쪽에도 속하지 않았다.

그 점에 당혹감을 느꼈다는 사실을 부정하지는 않겠다.

다만 마음에 걸린 점은 다른 데 있었다.

두 사람의 얼굴을 봤을 때 불쑥 치솟은 위화감은 좀 더 근본적인 문제였다. 그야말로 스칼릿 오하라 문제라고 이름 붙일 만한 것이다.

눈앞에 선 두 배우는 살아있는 사람으로서 현실에 존재한다.

이제 분명히 인식할 수 있는 두 사람의 얼굴.

나는 이 소설을 쓸 때 두 사람의 얼굴에서 풍기는 이미지를 세부까지 자세히 묘사하지는 않았다. 어디까지나 신문 기사에 실린 익명의 두 사람을 그렸을 뿐이다.

그러나 눈앞의 두 사람은 얼굴이 있다.

모습을 드러낸다는 사실이, 실물로 재현되는 현장이 위화감을 부추긴다.

그 여파가 자못 컸다.

눈에 보이는 것은 엄청난 위력을 발휘한다는 사실을 새삼 실감했다.

이니셜이기에, 익명이기에, 생생한 리얼리티를 선사한 등장인물이 시각화되고 고정화되는 과정을 거치며, 되려 리얼리티를 잃고 허구성이 불거질까 봐 못내 꺼려진다고 할까.

생각지도 못한 반전이었다.

그것은 실화였다. 그 두 여자는 실제로 존재한 인물이고, 그 사건은 현실에서 일어났던 일이다. 틀림없는 사실이다.

하지만 내가 쓴 소설은 어디까지나 실화를 바탕으로 한 허구의 '소설'이다.

물론 허구의 힘을 빌려 쓸 수밖에 없는 리얼리티가 이 세상에는 존재하고, 나도 그러한 방식으로 허구의 이야기를 쓰기를 바랐다.

그런데 "이번에 캐스팅된 배우입니다." 하고 등장인물이 눈앞에 나타나자 "그거, 거짓말이죠."라는 말만 입속에 맴돌면서 시기와 의심이 뭉게뭉게 피어오른 것이다.

그것은 실로 기묘한 감각이었다.

동시에 "이럴 리가 없어."라는 심정이 들기도 했다.

이처럼 우화 같은 소재를 시각화하는 작업은 영상보다 연극이 낫다고 확신해온 터라, 자신이 쓴 소설이 살아 숨 쉬는 무대 위로 옮겨질 때면 으레 따르는 무안함이야 어쨌든 이만하면 됐다고 늘 자신에게 타일렀다. 이 방식은 분명 적절한 선택이었다고 긍정해왔다.

그랬건만 이번에는 단추가 하나씩 떠밀려 끼워지기라도 한 듯, 뭔가 잘못되어버리지 않았나 하는 뜨악한 당혹감이 좀처럼 가실 줄 모르는 불안감이 되어 들이닥쳤다.

뭐지, 이 감정은?

나는 연출가나 프로듀서가 하는 말은 한 귀로 듣고 한 귀로 흘려보내면서 고개만 끄덕일 뿐, 내내 그 혼란스러운 감정에 주의를 빼앗겼다.

그들은 마냥 설명을 이어갔다.

그 두 여자는 수많은 여자를 대표합니다... 한 여성의 내면에는 연령대가 다양한 여성이 있잖아요... 작가님도 오디션 때 말씀하셨죠... 그래서 일부러 연령대가 다른 두 배우를 뽑은 거예요... 실제로는 대학 동기였다는 점은 이미 잘 알고 있습니다... 일부러 그 지점을 비틀어서 보편성과 더불어 소녀 시절부터 쭉 이어온 여성의 시간을 표현하려고 해요...

연출자와 프로듀서가 하려는 말은 충분히 이해했다.

분명 오디션 때 나는 그렇게 생각했다.

여자에는 두 종류가 있어서, 젊은 시절이나 노년 시절의 얼굴이 그려지는 쪽과 전혀 그려지지 않는 쪽이 있다고. 연기하려는 나이와 상관없이 여자의 내면에는 여러 갈래의 시간이 묻혀있으니 어떤 식으로든 연출을 잘 해내리라고.

두 사람이 하는 말을 흘려들으면서 나는 위화감이 든 다른 이유도 따져보았다.

발탁된 두 사람은 내 기억에 뚜렷이 남아 있다.

무대에서 대화를 나누는 허다한 여자 가운데 자연스럽게 눈길이 가는 두 사람이었다. 얼굴도 표정도 풍부해서 인상에 남은 두 사람이었다.

그것은 무대라는 성격상 당연한 일이다.

뭇시선이 쏠린다. 관객을 무대로 끌어당긴다. 마지막까지 관객의 시선을 사로잡는 두 사람.

관객의 주의를 끌지 못하거나 막이 내릴 때까지 관객을 휘

어잡지 못하는 배우를 무대에 세우지는 못한다. 그랬다가는 공연하는 의미도 없고 관객 마음에도 남지 않을 테니까.

그래도 역시 나는 그 점이 불만이었다.

이토록 인상 깊고 멋스러운 두 배우의 얼굴로 이미지가 고정되어도 괜찮을까. '그 두 사람', 익명의 두 사람이 두 배우의 얼굴로 구체화해버려도 괜찮을까.

이런 상념에 빠져 있었다.

여러 면에서 모순된 감정인지라, 나 자신도 감당하기가 버겁고 짜증이 났다.

연극이라는 매체를 받아들이기로 했다면, 가장 큰 효과를 거두기 위한 캐스팅이란 당연한 노릇이고 그 결과도 마땅히 받아들여야 한다.

머리로는 그 점을 알겠는데, 가슴이 따라주지 않는다. 불만스러웠다. 이건 아니다, 하고 목소리를 내고 싶었다.

그럼 어떤 캐스팅이면, 대체 어떤 '얼굴'이면, 받아들인단 말인가.

나는 어느새 그 문제를 고민하기 시작했다.

연출가와 프로듀서도 이제 충분히 설득했다고 느꼈는지 다른 안건으로 넘어갔다.

어떤 얼굴이어야 할까.

나는 등장인물의 얼굴 묘사가 서투르다는 점을 스스로 인정한다. 독자에게 맡길 뿐 묘사하려는 노력 자체를 하지 않는다. 그런 내가 '그 두 여자'의 얼굴을 묘사할 수 있을까.

다만 어렴풋이 떠오르는 상은 있다. 누구에게서도 보게 되지만 또 누구도 아닌 얼굴. 그런 얼굴이라면.

문득 기묘한 기억이 떠올랐다.

어둠 속에서 불현듯 한 얼굴이 스치듯 떠오른 것이다.

아주 오래전 회사 다닐 때 봤던 한 얼굴.

아니, 정확히 말해서 그 얼굴은 기억나지 않는다.

왜냐하면, 얼굴이 없었기 때문이다.

나 자신에게조차 횡설수설하는 이야기로 들리니 차근차근 순서대로 설명해보자.

벌써 20년도 더 된 일이다.

신주쿠 서쪽 출구의 한 사무실에서 근무하던 나는 점심시간이 되어 회사 근처로 나갔다. 도시락을 사러 갔는지, 외식하러 갔는지는 가물가물하다.

어쨌든 한낮의 밝은 햇살이 내리쬐는 따스한 계절이었지 싶다.

거리는 밥 먹으러 나온 직장인들과 젊은 여사원들로 북적였다.

어느 교차로에서 신호가 바뀌기를 기다리던 때.

웬일인지 예사롭지 않은 기운을 느꼈다.

교차로에 모여선 이들이 왁자지껄 잡담을 나누는 소리가

들렸다. 평범하기 이를 데 없는 일상의 평온한 시간이었다.

그러나 나는 무언가를 느끼고 그쪽을 돌아봤다.

처음에는 무엇에 반응했는지, 미처 몰랐다.

자신이 무엇을 찾는지도 모른 채 무작정 두리번거렸다.

곧 10미터 정도 떨어진 곳에 쭈그려 앉은 한 남자를 발견했다.

쭈그리고 앉아 있어서 키가 큰지 어떤지 알 길이 없었지만, 땅딸막한 몸집 같았다. 흰 와이셔츠에 잿빛 양복바지 차림. 왠지 허름하고 꾀죄죄한 느낌이었다. 새까만 머리는 곱슬머리인지 파마머리인지 아무튼 뽀글뽀글했다.

보긴 했는데 무엇을 봤는지, 아리송했다. 예사롭지 않다고 느낀 이유가 그 남자 때문인지 아닌지조차 헷갈렸다.

그 남자의 모습은 어른어른 비칠 뿐, 결코 확실히 드러나지 않았기 때문이다.

공교롭게도 내 옆에 있던 두 회사원도 거의 나와 동시에 그 남자에게 시선을 빼앗겼다. 어쩌면 나와 마찬가지로 예사롭지 않은 기운을 느껴서 주목했는지도 모른다.

돌연 우리 세 사람을 무엇을 봤는지 깨달았다.

남자에게는 얼굴이 없었다.

말 그대로 없었다.

코도 없고, 입술도 없다. 눈이 있을 자리에도 열린 단추 구멍 같은 흔적이 어렴풋이 보이긴 했지만, 눈동자는 보이지 않았다.

얼굴 없는 귀신이 떠올랐다.

내 눈이 나빠서 남자 모습이 어른거리나 싶었지만, 알고 보니 눈코입이라고 할 만한 기관 자체가 없기 때문이었다.

우리 세 사람은 동요했다.

어느 한 사람 입 밖으로 꺼내지는 않았으나 보고도 믿기지 않는 광경에 눈을 떼지 못했다.

어쩌다 심각한 교통사고를 당했는지 아니면 끔찍한 폭력을 겪은 상흔인지 짐작조차 가지 않았다.

어쨌든 판판하기만 한 얼굴에 숱한 연분홍 흉터가 가로세로 방향으로 곳곳에 나 있었다.

마치 지우개로 마구 문질러댄 도화지 같았다. 너무 박박 닦아낸 나머지 보풀이 일어 표면이 오돌토돌한 도화지.

그런 얼굴을 한 남자가 보도 구석에 하염없이 쭈그리고 앉아 있다.

어떻게 반응해야 할지 몰라 우리 세 사람은 말문이 막혀버렸다.

시선을 돌리고 싶은데 자꾸 시선이 간다.

더 기묘한 사실은 그 남자를 본 사람이 우리 셋뿐인 것 같다는 점이다.

주위에서 신호를 기다리거나 남자 곁을 스치는 이들은 그 남자에게 조금도 관심을 보이지 않았다.

그 남자 쪽으로 걸어가는 사람도 수두룩한데, 그 얼굴이 아무한테도 보이지 않는다는 듯 대수롭지 않게 수다를 떨면서 지나갔다.

왜 못 볼까?

그쪽을 의식할수록 점점 섬뜩해졌다.

우리 셋은 어쩔 줄 몰라 하는 기색이었을 것이다, 아마.

분명 남자는 저기 앉아 있다.

두 팔로 무릎을 감싼 채 멍하니 쭈그려 앉아 있다.

저기 얼굴 없는 남자가.

그런데 웬일인지 그 남자가 있는 자리에만 옅은 빛이 감도는 듯했다. 주변 사람보다 윤곽이 흐릿해서인지 존재감이 없다.

신호가 바뀌었다. 주변 사람들이 발걸음을 떼자 비로소 나도 눈길을 거두었다.

옆에 있던 두 사람도 걸음을 옮겼다.

마치 주술이 풀리기라도 한 듯 두 사람은 소곤거렸다.

"저게 어떻게 된 걸까요?"

"보이긴 하려나?"

"아예 얼굴이 없는데요."

"안 보이면 저기 앉아 있기는커녕 밖에 나오지도 못할 텐데."

가볍게 주고받은 말이긴 했지만, 역시나 그 목소리에 심리적인 동요가 묻어나왔다.

정말 그 남자가 거기 있긴 있었던가?

나는 뒤돌아보고 싶은 충동이 일었지만 차마 뒤돌아보지는 못했다.

뒤돌아봤는데 사라져버리고 없을까 봐.

그러나 본 사람이 나뿐만이 아니라는 점은 확실하다. 옆에 있던 두 사람이 나눈 대화는 그들도 그 남자를 봤다는 사실을 보여주니까.

그때 느낀 심리적 동요가 되살아나는 듯했다.

도무지 믿기지 않았던 장면을 목격했을 때의 충격이 지금도 생생하다.

마침 그 얼굴을 떠올리자 닮은꼴이 머릿속에 스친다. TV에 나오는 소위 '모자이크' 처리한 얼굴.

'모자이크'

체포되어 연행되는 용의자의 수갑을 언제부터 모자이크 처리했을까? 얼굴은 화면에 그대로 비치는데, 수갑만 모자이크 처리한들 무슨 소용이 있다고?

아른거리며 좌우로 움직이는 자잘한 네모 덩어리. 조악한 게임 영상 같은 무기질의 허구.

이제 그 남자 얼굴은 모자이크 처리된 얼굴로 바뀌어버렸다. 아른아른 흔들리며 익명성을 표방하는 존재.

왜 그 얼굴이 떠올랐을까.

나는 눈앞의 프로듀서와 연출가 얼굴이 모자이크 처리되었다고 상상해봤다.

아니, 지금의 나에게는 두 사람이 모자이크 처리된 얼굴로 보인다.

기호가 돼버린 두 사람. 무기질의 허구. 아마도 연출 방향을 상의하는 듯했다.

두 주인공이 대학 동기로 같은 또래라는 점을 어떻게 관객에게 이해시킬까... 이 점을 강조해야 할까, 하지 말아야 할까... 같은 학년이라는 점은 사건의 성격상 배제해서는 안 되고... 동갑이 아니라는 점은 화장이나 의상으로 나타내면 되겠지... 깃털이 있느냐 없느냐로... 그러니까 깃털이 떨어지느냐, 떨어지지 않느냐로 결혼식 장면뿐 아니라 생애주기까지 표현하면 어떨까... 머리 모양에 변화를 주는 방법도……

내 머릿속에서는 캐스팅한 두 배우의 얼굴도 모자이크 처리되었다.

어쩌면 내가 바란 것이 이렇게 모자이크 처리된 얼굴일까.

그 점을 깨닫는 순간 소름이 쫙 끼쳤다.

누구나 되지만 누구도 아닌 얼굴. 무대 위에서 두 여자가 모자이크 처리된 얼굴로 연기한다.

목소리도 둘 다 변조했다.

화면에 불쑥 자막이 뜬다.

"사생활 보호를 위해 목소리를 변조했습니다."

언제부터인가 기묘한 이미지가 재생된다.

연극인데도 나는 화상 너머로 무대를 바라본다.

얼굴이 모자이크 처리된 배우들.

목소리 역시 변조된 채로 대사를 읊는다.

나뿐 아니라 관객들도 화상 너머로 무대를 바라본다. 관객들은 무대 아래가 아닌 별개의 장소에 모여 다른 공간에서 펼치는 연극을 재생하는 모니터로 관람 중이다.

얼굴.

얼굴이 없다.

형태가 고정되지 않고 아른아른 흔들리는 모자이크 화면에 시선을 집중한다.

문득 좌우에 있는 관객들을 살펴보니, 이들 얼굴도 모자이크 처리되었다.

어둠 속에서 모든 얼굴이 모자이크 처리되어 움직인다.

그렇다, 분명 내 얼굴도 모자이크 처리되었을 것이다.

다른 사람이 본다면 내 얼굴도 이렇다 할 형체가 없으니 누구인지 알아보기는커녕 그저 아른아른 흔들리는 덩어리에 지나지 않을 뿐이다.

0

난데없이 눈앞에 나타난 꽃다발이 시야를 분홍빛으로 꽉 채워 깜짝 놀랐다.

"축하합니다!"

순간 무슨 일인가 싶어 휘둥그레진 눈으로 주위를 둘러봤다. 다른 사람으로 착각한 건가, 싶었다.

토요일 오후, 어느 지방 도시를 거닐 때였다.

무언가를 취재하기 위해 찾아간 마을. 모처럼 왔으니 하룻밤 묵고 이튿날 이 일대를 관광하기로 했다. 바다 근처 이름난 현청 소재지인데, 막상 이곳저곳을 둘러본 적은 처음이었다.

햇볕이 따가운 오후.

여름이 저물어간다. 여름의 자취가 부쩍 엷어진 공기에는 나른한 고단함이 서려 있다.

여름 끝자락에는 다른 계절과 달리 낡고 지친 기운이 감돈다. 여름 휴가도 막바지에 이를 때쯤이면 끈적한 무더위에 열이면 열 모두 싫증을 낸다. 고작 한 달 전만 해도 쨍쨍 내리쬐던 햇볕이 어느새 한풀 꺾여 제법 누그러진 느낌이다.

항구 도시였다.

도시 한가운데를 흐르는 강물은 강어귀의 항구로 흘러간다. 하얀 준설선과 하얀 소방선. 강기슭에 조화롭게 늘어선 수많은 배.

여객선을 본떠서 지은 거대한 은빛 컨벤션 센터는 강어귀에서 일렁이는 아지랑이처럼 수면 위에 떠 있는 듯 보였다.

바람 한 점 없는 오후의 바다 물결은 사뭇 잔잔했고, 여름 바다라는 연기에 지쳐 한적하게 쉬고 있는 것 같았다.

맑은 날씨이긴 하지만, 하늘에 옅은 구름이 끼어 수평선과 하늘의 경계도 흐릿했다. 파도도 거의 없고, 비밀스러운 정적과 나른한 권태가 마을 전체를 휘감았다.

처음 거니는 동네에는 늘 신비한 설렘과 숨겨진 우울함이 깃들어 있다.

우리나라의 오래된 마을은 어디든 정겹다. 향수를 불러일으키는 옛 정취가 곳곳에 배어있어, 그 마을에서 나고 자란 토박이인 양 자꾸 거짓 기억을 불러들이려고 한다.

그다지 관광 자원은 없는 마을이구나, 하고 현지인이 듣기 거북한 감상을 품은 채 구경했지만, 고풍스러운 거리 풍경은 뜻밖에 고즈넉한 멋을 자아내어 은은한 아름다움이 돋보였다.

여행이란 얼마간 이해관계가 얽힌 상대와 업무 관계로 갈 때 가장 넉넉한 마음으로 즐길 수 있다. 바로 지금처럼 취재 틈틈이 거닐어 보는 여행이 으뜸 아닐까.

친구나 가족과 함께하는 여행은 자칫 무리하기 쉽다. 여행 그 자체가 목적이 되어버리면 외려 여행을 즐기지 못한다.

제대로 누려야 한다. 되도록 베풀어야 한다.

오랜만에 만났으니까. 몇 년 만에 함께하니까.

그런 쓸데없는 부담감 때문에 오히려 서먹해지기도 한다. 여행이 의무가 되어 하나라도 더 보려다가 그만 파김치가 되어버린다. 그러니 볼일 보러 온 김에 관광도 곁들이는 편이 느긋하게 여행의 참맛을 느끼기에 딱 좋다.

마을 지리를 익히려고 동네를 한 바퀴 빙 둘러보면서 아침부터 오래 발품을 들였다.

지방 도시에는 몇 가지 유형이 있다. 역 앞이 중심지인 곳과 역 멀리 중심지가 있는 곳.

여기는 전형적인 지방 도시로, 번화가가 역에서 좀 떨어져 있었다. 강 건너편에 전통을 자랑하는 아케이드 상점가가 빽빽이 늘어서 있고, 역과 역 주변의 소규모 번화가 사이에는 오피스 빌딩이 즐비하다.

빌딩 숲에서 조금 벗어나면 고지대에 자리한 국립대학을 주축으로 문화의 거리가 펼쳐진다. 거리 뒤편으로 대학 부속 초·중등학교가 자리하고 고급 주택가를 비롯하여 도서관과 공회당은 물론 공원도 있다.

나는 그러한 동네 풍경이 모두 낯익었다.

처음 온 동네인데도 기억 속에서 몇 번이나 이곳을 지나다 닌 느낌을 지울 수 없었다.

서양식 건물과 토속 상점 안쪽의 일본 정원도 본 적이 있다. 기억 속에서 나는 이 앞길을 지나 학교에 다녔고, 때때로 정원 둘레를 따라 달음질쳤다.

조금이나마 다른 점은 오랜만에 마주한 바다 경치 정도일까. 살짝 음울하면서도 어딘지 섬세한 빛을 띠는 바다.

을씨년스러운 모래벌판과 끝없이 이어지는 울창한 소나무 숲을 배경 삼아 밀짚모자를 쓰고 비치타월을 두른 채 걷는 아이들.

그러한 기시감에 몸을 맡긴 채 한가롭게 산책하던 중이었다.

전통 가옥을 향토 자료관으로 바꾸어 쓰는 건물에 들어선 순간, 대뜸 분홍빛 꽃다발을 들이미는 것이었다.

텔레비전 등에서 자주 본 광경이기도 했다...

"고객님이 오십만 번째 입장객입니다!"

설마하니 내가 당첨될 줄은 상상도 못 했다.
참으로 곤혹스러웠다.
이렇게 일을 벌이다니 어쩌면 좋을까.
이것이 솔직한 내 심정이었다.
게다가 꽃다발이라니. 어딜 가나 눈에 띄는 꽃다발을 내내 들고 돌아다니다가, 호텔에 맡겨둔 짐과 같이 도쿄까지 가지고 돌아가야 하나?

그러고 보니 텔레비전에서 본 고객들이 하나같이 멋쩍은 표정을 지은 데는 그만한 이유가 있었다. 울며 겨자 먹는 기분 이랄까.

한층 더 곤혹스러웠던 점은 '오십만 번째 입장객'의 사진을 홈페이지에 올려도 좋겠냐고 물어온 것이었다.

머릿속에 오만가지 생각이 오갔다.

사진이 실린다고 해서 별일이야 있을까마는 딱히 좋을 일 도 없었다.

그리 유명하지는 않지만, 아예 무명도 아닌데.

뭐랄까, 미묘한 포지션이다.

그렇다고 자의식 과잉은 아닐 것이다. 알만한 사람은 나를 알아볼 테고, 무엇보다 내가 이날 이곳에 있었다는 사실이 동 료들에게 알려지는 것만큼은 피하고 싶었다. 취재 중인 기획 도 바다와 산 중 어느 쪽으로 할지 미정인 데다가 사진에 나 온 장소를 보고 '저곳과 관련된 주제일까?' 하고 추측하거나 '사진 봤어요'와 같은 말을 듣는 것도 영 내키지 않았다.

결국, 동행한 젊은 편집자에게 '오십만 번째 입장객'의 명예 를 양보하고, 그 편집자의 사진을 홈페이지에 올리기로 했다.

따지고 보면 사진쯤이야 인터넷 여기저기서 쉽게 볼 수 있 고, 이 세상에는 자신이 직접 사진이나 사생활을 공개하는 사 람도 얼마든지 있으니, '도쿄에서 찾아주신 ○○○님이 오십만 번째로 입장하셨습니다' 정도로 그치는 정보라면 딱히 걱정할 필요가 없을지도 모른다. 그러나 강한 저항감이 든 것도 부인할 수 없는 사실이다. 과연 개인 정보란 무엇일까, 하는 새삼스러운 고민을 던져주었다.

단순히 말하면 타인의 요구로 정보를 공개할 때 느끼는 저항감이라고 해야 할까.

나 대신 사진이 올라간 편집자는 "아이고, 야릇한 흑역사가 생각나네요." 하고 쓴웃음을 지었다.

예전에 어느 고위 공무원이 횡령죄로 체포된 적이 있는데, 그 계기가 바로 이런 '몇십만 번째 입장객'으로 뽑혀서 찍힌 사진 때문이었다. 공금으로 떠난 출장 기간에 애인과 함께 온천 마을의 전통 여관인 료칸에 묵었다가 들키고 만 것이다.

알리바이가 깨진 계기치고는 재밌네요, 하고 우스개를 주고받으며 그곳을 떠났지만, 그 공무원도 '몇십만 번째 입장객'에 뽑힌 사실에 적잖이 당황했을지 내심 궁금했다.

숙박업소 측에서도 기념이니까 부디 승낙해 달라고 간청했을 테니 딱 잘라 거절하기가 어려웠을지도 모른다. 온천 료칸에서 "곤란한데요."라고 말하자니 괜히 의심받을 것 같기도 했을 테고.

어쨌든 꽃다발은 들고 다니기가 어려우니까 향토 자료관의 직원에게 돌려주기로 했다.

꽃다발은 받을 때야 무척 기쁘지만, 받는 순간부터 집에 가지고 와서 싱싱하게 유지하고 관리해야 할 의무가 생긴다. 오래 들고 다녀야 할 때는 차츰 시들어가니 여간 신경 쓰이지 않는다. 꽃다발 증정은 어려운 노릇이구나, 하고 왠지 받은 쪽에서 반성하고 말았다.

0

몇 번이나 되풀이해서 복사본을 들여다본다.

편집자 O가 건네준 복사본. 늘 기억 속에 있던 기사. 시간과 수고를 들여 찾아낸 그 기사의 복사본이다.

1994년 4월 29일, 오쿠타마의 다리에서 뛰어내려 숨진 두 여성.

설마하니 마흔네 살과 마흔다섯 살일 줄은 꿈에도 몰랐다.

내게는 둘 다 노년기에 접어든 여성이라는 인상이 강했다. 그래도 그렇지, 지금 이 원고를 쓰고 있는 나보다 젊다니.

그리고 지금 마음에 걸리는 점은 기사 속 두 사람이 익명의 존재라는 사실이다.

흔하디흔한 기호인 A 씨와 B 씨.

익명으로 할지 말지는 어떻게 또는 누가 판단할까?

최근에는 개인 정보를 보호한다는 이유로 신문에 사건 관계자의 이름이나 사진을 좀처럼 싣지 않는다. 그러나 1994년

당시에 이 두 사람의 이름을 익명으로 처리했다는 사실은 의
아할 뿐이다.

유족이 그렇게 해주길 바랐을까?

또는 자살이라서 차마 이름을 밝히지 못했을까?

이 기사 외에는 어떠한 실마리도 없다.

말이야 바른 말이지, 1994년 당시 신문 기사를 봤다는 것이
그 두 사람과 나 사이의 유일한 접점이다.

그 두 여자는 대체 누구였을까?

이름은 무엇이고 얼굴은 어땠을까?

물론 모순된 말이라는 점은 스스로 잘 안다. 기호인 만큼
상상할 여지가 많다, 익명인 만큼 리얼리티가 생생하게 살아
난다. 불과 얼마 전에 그렇게 써놓고 지금 와서 익명이라 못
미덥다고 한다면 앞뒤가 맞지 않는다.

돈을 들여 조사하는 방법이 있다는 사실 또한 잘 안다.

짭짤한 보수를 쥐여주면 두 사람의 신원쯤이야 금방 밝혀
지지 않을까. 프로의 손에 맡기면 익명성 따위는 손쉽게 허물
어지리라고 예상한다.

사람을 사서 조사하는 방법을 떠올리자 생각나는 책이 한
권 있다.

그 책은 미국의 여성 추리소설 작가가 쓴 논픽션으로, 19세
기 말 영국 런던을 공포로 몰아넣은 희대의 연쇄살인범 '잭
더 리퍼(Jack the Ripper)'의 정체를 밝힌 작품이다. 희생자 다

섯 명은 모두 매춘부였고, 하나같이 끔찍한 방법으로 살해당했다.

당시 영국에서 이름난 화가가 용의자로 지목되었는데, 이 여성 작가는 그가 범인이라는 사실을 증명하기 위해 막대한 사비를 들여 이 책을 썼다.

이 여성 작가는 베스트셀러 저자로서 경제력이 뒷받침되는 만큼 세계 곳곳을 돌아다니며 자료를 수집하는 데 아낌없이 돈을 썼다고 한다.

그동안 나는 '잭 더 리퍼'라면 닥치는 대로 찾아서 읽어온 터라 이 책 역시 출간되자마자 읽어봤는데, 읽는 내내 떨떠름했다.

가장 받아들이기 어려웠던 점은 미리 '결론을 정해놓고' 썼다는 사실이다.

작가는 용의자로 지목된 화가가 '잭 더 리퍼'라고 아예 결론부터 내린 다음, 그에 맞는 자료와 증거를 나열하는 방식으로 글을 썼다는 인상을 지우기 어려웠다.

말하자면 먼저 큰 그림을 그려놓고, 그 그림에 들어맞는 조각만 골라서 채워 넣은 것이다. 그 화가가 범인이라고 확신한 나머지, 그 외의 증거는 거들떠보지도 않은 셈이다.

다른 작품에서는 냉정하리만치 차분하고 균형 잡힌 시각으로 치밀한 구성을 보여준 작가였다. 그런데 무슨 까닭으로 이 논픽션은 이토록 좁은 시야에 갇혀 한쪽으로만 치우친 주장을 펼쳤는지, 수수께끼다.

현실과의 거리. 허구와의 낙차. 그래서 굉장히 당황스러웠던 기억이 생생하다.

들려온 뒷이야기에 따르면, 이 논픽션을 집필할 당시 이 작가는 한 개인이 감당하기에는 힘든 일을 겪고 몹시 괴로워했다고 한다. 집요하게 쫓아다니는 스토커에 시달렸다는 설도 있다.

그러한 개인 사정과 책의 내용을 결부 짓는 것은 프로페셔널 작가에게 실례되는 행동임은 잘 알지만, 작가이기에 앞서 감정이 살아있는 인간인 이상 이 책의 갈피마다 짙게 깔린 편견의 그림자가 사생활과 무관하다고 감히 말할 자신이 없다.

그럼 나는?

눈을 돌려, 나 자신과 이 사건을 돌이켜봤다.

이 사건은 내게 어떤 의미일까?

돈을 쏟아부어서라도 기어이 실상을 밝혀내고픈 사건인가?

나와 '잭 더 리퍼'처럼 아무런 인연도 관계도 없는 사건으로 여기면 그만이잖아.

그러나 이 사건은 내게 가시로 남았고, 나는 그 가시에 늘 '찔린 채' 지내왔다.

알아서 뭐 해, 하는 기분과 역시 알고 싶다는 기분이 팽팽히 줄다리기하는 느낌이다.

조사를 의뢰하면 아마 이 원고의 집필 방향이 조금 달라지지 않을까. 두 사람의 인생이 새삼스레 이름이라는 태그를 달고 생생한 현실로서 그 실체를 드러낼지도 모른다. 그만큼 논픽션의 성격이 더 강해지리라고 본다.

20년 전 대학 동급생이던 두 여자의 동반 자살, 그 내막을 파헤친다!

이런 자극적인 제목에 걸맞은 내용이 될 수도 있겠다.

그런 내용은 흥미를 불러일으키는 법이니, 단순히 재미로라도 읽고 싶을 테지.

살아 있다면 예순네 살과 예순다섯 살이 되었을 두 사람.

기묘하게도 당시 나에게 느껴진 두 사람의 나이가 바로 육십 대였다. 이게 무슨 일일까?

그때 난 그 두 사람이 예순 중반 정도일 거라고 느낀 것이다.

20년이라는 틈새.

곧 내가 느꼈던 그들의 나이와 실제 나이 사이에는 시차가 있다는 말이다. 내가 이 원고를 착수하기까지 걸린 시간이기도 했다.

이 20년은 무엇을 위한 20년이었을까. 왜 나는 이 원고를 쓰기까지 20년이나 걸렸을까.

1

일이라는 것, 참으로 얄궂다.

큰 복을 타고난 몇몇 사람을 빼고는 누구나 일해야만 먹고 산다. 그것도 살아있는 한 끝없이.

이것이 아득한 고대로부터 이어진 인간의 생존방식이자 삶의 진실이다. 이 세상에 있는 거의 모든 것이 노동자가 흘린 땀방울에서 생겨났다. 이 세상을 이루는 요소가 다름 아닌 일이다.

그런데 대개 일이란 하기 싫고 고되다. 그래도 목구멍이 포도청인 데다 남의 이목도 있고 하니 인생에서 상당한 시간을 일하는 데 바치고, 일하면서 상당한 이득을 얻기도 한다.

다만 일할 때는 어디까지나 '공적인' 자아로서 행동할 뿐이니, 흔히 일터에 맞는 가면을 썼다고 여긴다. 일에 들이는 막대한 시간에 비하면 그 외의 시간은 새 발의 피에 지나지 않는데도 오히려 사적인 자아를 자신의 '참모습'으로 여긴다.

과연 어느 쪽이 진짜 자신일까?

그녀는 종종 그런 의문이 들었다.

사적인 자아일 때의 자신이야말로 진정한 나이고, '가면'을 쓴 자신은 진정한 나를 꼭꼭 숨긴 채 카메라 앞에 선 거품 같은 존재에 불과할까.

그러나 그녀는 썩 납득이 가지 않았다.

인생이라는 한정된 시간 속에서 수많은 나날을 일터에서 보내고 엄청난 에너지를 일하는 데 쏟건만, 그러한 자신을 '가면' 쓴 자아로 여긴다면 배보다 배꼽이 더 커진 격 아닌가.

오래 입은 옷이 자신의 피부처럼 익숙해지듯, 오히려 '가면' 쓴 자신을 '참모습'이라고 보는 편이 자연스럽지 않은가.

그런 의문이 머릿속을 맴돌았다.

어쨌든 그녀는 느꼈다, 어느 쪽이든 상관없어, '가면'과 '참모습' 사이에 괴리는 별로 없으니까. 그다지 다르지 않으니 그때그때 둘 중 하나를 고르면 된다는 식이랄까. 그런 느낌이었다.

직장에서는 말 그대로 '근무 중'이니 제복을 입고 화장도 연하게 하지만, 퇴근할 때는 화려한 의상으로 싹 갈아입고 돌아가는 여사원도 적지 않다. '일할 때의 나, 즉, 공적인 자아로서의 나는 별개의 존재'라고 딱 구분해놓은 듯하다. 그러한 모습이 멋지다고 여기는 자신과 글쎄, 하고 고개를 갸웃하는 자신이 있다.

어떤 책에서 읽은 적이 있다. 미국의 직장여성은 사무실에서는 힐을 신고 일하다가 퇴근할 때는 스니커즈 같은 스포츠화로 갈아 신지만, 우리나라에서는 그 반대라고 했다. 사무실에서는 편안하고 굽이 낮은 샌들을 신고, 퇴근할 때는 멋스러운 펌프스로 갈아 신는다. 과연! 곰곰이 생각해보니, 신기하게도 정말 정반대다.

아마도 '공적이다'라는 뜻의 영어 단어 public에 담긴 속뜻
이 우리나라와는 다르기 때문일 것이다. 바다 건너 서양인들
은 자신을 아름답게 꾸미고 연출해야 하는 곳이 public이고,
'사적이다'에 해당하는 private은 굳이 꾸미지 않고 느긋하게
쉬는 곳이다. 헌데 여기서는 그 반대다. '공적인' 장소라고 하
면 조직이나 사회라고 바꿔 불러도 될 만한 곳을 의미한다.
이러한 장소에서는 묵묵히 자신의 할 일을 하면서 튀지 않고
무난하게 지낼 것을 암묵적으로 요구받는다. 그러니 살아 움
직이는 '진짜 나'로서 빛나는 존재감을 드러내는 한편 자신을
한껏 꾸미고 연출하는 곳은 어디까지나 '사적인' 장소가 되는
것이다.

그녀는 그보다도 자신이 '공적인 자아'든 '사적인 자아'든
둘 다 실감하지 못한다는 사실이 마음에 걸렸다. 공공장소에
도 아파트에도 어디에도 '진짜 나'는 없다. 어딘지 낯선 남을
대하듯 일정 거리를 두고 자신을 바라볼 뿐이다.

대학 시절.

그 시절은 눈 깜짝할 새 지나가 버렸다. 아무런 의심도, 별
다른 실감도 하지 못한 채……. 자신이 그려온 지적인 대학 생
활은 그저 머릿속 이미지일 뿐, '학문'의 실체는 손끝을 스치
기가 무섭게 멀찌감치 달아나버렸다. 대학 공부는 저 너머 펼
쳐진 거대한 '학문'의 윤곽을 더듬어본 것에 지나지 않았다.
그리고 대학 4년 동안 쌓은 지식은 학문의 세계에 들어가기

에는 턱없이 부족하고 얕은 수준이었다.

자신의 인생은 대체 언제 시작되는 것일까.

그녀는 사회인이 되어서도 자신을 돌아볼 때면 자꾸 조바심이 일었다. 대학 다닐 때도 언제쯤이면 대학생이라는 자각이 생길까, 하는 물음이 떠나지 않았는데, 그 물음에 답할 새도 없이 어느새 사회인이 되었다.

이미 인생은 시작된 것이다. 지금의 이 현실이 바로 내 인생이다. 한창 피어나는 젊음을 만끽하는 20대. 그렇게 중얼거려 봐도 거짓말 같기만 하고 자신의 인생이라는 실감이 나지 않았다.

그래서 일이 중요했다.

일자리를 구할 때 지원 분야에 따라 요구 조건이 다르다는 사실은 대학 시절부터 익히 알고 있었다. 특히 여자들에게 엄격하고 까다로운 분야가 있다는 사실도.

꽤 이름난 대학을 나오면 직장도 손꼽히는 대기업에 들어가길 원한다. 시험을 보고 면접을 치르는 등 대학 입학할 때와 마찬가지로 '합격'의 문턱을 넘어야 비로소 취업에 성공한다.

다만 직장 내 여성의 지위가 아직 확립되지 않은 것이 현실이라, 자칫 신랑감을 구하는 '신부 후보'의 기능을 하는 데 그치기도 한다. 결코, 오래 회사에 다니지 않고 의자에 가볍게 '걸터앉아' 있다가 소기의 목적을 달성하면 발 빠르게 다음 후보에게 자리를 양보해주길 은근히 바란다. 회사 핵심 인력으로서 기대하는 바는 전혀 없고, 능력도 아예 없는 것으로 치부된다. 고도성장기에 뛰어난 인재로서 밤낮없이 일하느라 집에는 얼굴도 비추기 어려운 남편. 그 빈자리를 전업주부가 메우며 아이들을 길러냈다. 이러한 사회 분위기에 따라 여성의 '일'은 임시직의 성격이 강했다.

이를테면 그녀의 절친 T처럼 말이다.

T는 그야말로 임시직의 본보기라고 할 만한 '여성의 일'을 선택했다. 그 무렵 4년제 대학을 나온 여성이 일자리를 구한다고 하면 열에 아홉은 교사였다. 일반 기업에서는 고졸이나 전문대졸보다 쓸데없이 나이만 먹어서 일 시키기 부담스럽다는 인식 탓에 취업이 불리하기도 했거니와, 공개 채용도 거의 없었다. T는 똑똑하고 실력도 있었지만, 어쨌거나 낙하산 인사였고 그 때문에 바늘방석 신세였다는 점은 알게 모르게 알려진 사실이었다. 하지만 그 시절엔 어느 기업이나 으레 '연줄' 있는 사람을 신입사원으로 뽑았다.

한편 시선을 밖으로 돌려보면 예나 지금이나 또 다른 한 축으로 꼽히는 '일'이 있다. M에게 익숙한 자영업과 여성 종사자 비율이 높은 서비스업이다. 자영업은 몇 안 되는 대기업에 비해 업체가 훨씬 많고, 그만큼 개인 사업자가 큰 비중을 차지하는 '일'이다. 특히 서비스업은 알다시피 여성 인력이 매우 중요한 역할을 한다. 고용의 기나긴 역사에서는 전업주부라는 직종 자체가 전례 없는 특이한 예이고, 앞으로 우리나라에서는 고도성장기의 특수한 산물로 여겨지지 않을까.

예로부터 자영업이나 서비스업에서는 여성이 소중한 인력이고, '일을 잘 하는가'의 여부가 신부 자격을 얻는 중요한 요소였다. 이 세계에서는 여성이 유능하다는 전제를 당연하게 받아들였고, 더 나아가 굳이 말하지 않더라도 여성이 있어야 세상이 돌아간다는 믿음이 깔려 있었다.

당연히 그녀는 이 세계의 일자리를 구했다. 원래 집안이 자영업을 해온 터라 그편이 자연스럽기도 했고, '앎'의 세계를 동경해서 대학에 들어갔지만 4년간 놀고먹는 데 질려서 하루빨리 일하고 싶었다. 마침 대학 시절 아르바이트하던 업체 중한 곳에서 연락이 왔다. 조그마한 무역회사지만 사장이 뚝심경영을 한다고 평가받는 터라, 취업이 결정됐을 때는 한숨 돌리며 어떤 의미에서는 '지금부터가 내 인생이다'라고 각오를 다지는 계기가 되기도 했다.

그러나 그것도 잠시 또 다른 위화감이 찾아왔다.

그녀가 깜짝 놀랐던 한 가지는 너나없이 '필사적으로 인생을 대하는' 태도였다.

당연한 사실에 왜 그렇게 놀라는 거지? 의아해서 자문자답해봤지만, 그녀는 여전히 당황스러웠다.

그렇구나. 이런 것이 '인생'이구나. 이것이야말로 '진짜' 인생이구나. 다들 더 나은 인생을 살려고 죽기 살기로구나.

인생은 전쟁터요, 치열한 생존경쟁이 벌어지는 약육강식의 현장. 형제자매가 줄줄이 딸린 데다 초등학교조차 반마다 바글바글했다. 멍하고 있다가는 빈털터리 신세가 된다. 그거야 상식이기도 하니까 빤히 알고 있었지만, 그래도 '역시 그렇구나' 하고 혀를 내둘렀다.

사실 그보다 더 놀라운 점이 있었다. 차마 남에게는 말하지 못했지만, 가장 놀라웠던 것은 사회가 온통 '사랑 놀음'에 빠져 있다는 사실이었다.

그녀에게는 어릴 때부터 특이한 환상이 있었다. 아니, 그 일부는 환상이 아니라 사실일지도 모른다. 아무튼, 어른이란 훌륭한 인격체로서 누구나 이상을 추구하며 열심히 일할 것이라는 환상이었다.

남들은 진심으로 그렇게 생각했냐며 코웃음 칠지도 모른다. 그러나 그녀의 감각에서 보자면 일의 최종 목적은 조금이라도 더 나은 세상을 만들기 위해서이고, 자신의 인생이 그 목적에 얼마나 다가서느냐, 즉 자신의 인생과 그 목적이 하나가 되도록 얼마나 애쓰느냐에서 살아가는 보람이 찾아온다고 어릴 때부터 막연하게 믿어왔다. (그녀가 살면서 느낀 갖가지 환멸에도 불구하고 이 신념은 끝까지 깨지지 않았다.)

그러므로 그녀는 인간 사회나 개인의 인생에서 사랑 타령이 차지하는 비율이 어림잡아 이삼십 퍼센트 정도라고 봤다.

그런데 웬걸, 그녀가 취업하고 보니 주위 사람 모두 사랑

놀음에 빠져 정신이 없었다. 물론 자신이 젊다 보니 시선이 연애에 쏠리는 이유도 있겠지만, 그녀의 관점에서는 꼭 그렇지만도 않았다. 사회 태반이 연애를 못 해 안달 난 것 같았다. 20대는 말할 것도 없고 실상은 나이가 몇 살이든 상관없는 듯했다.

아니, 훌륭한 어른인 줄 알았더니 뒤에서는 허구한 날 연애질할 궁리만 했단 말인가. 입으로는 그럴듯할 말을 지껄이지만, 한 꺼풀만 벗겨보면 그뿐이란 말인가.

마음 저 깊숙한 곳에서 환멸이 치솟았다.

이 세상은 생각보다 훨씬 '허술'했다.

그렇다면 어떤 세상이 '제대로 된 세상'인가라는 문제는 별개로 치더라도 사회인이 되고 나서 수년간 환멸만 앞섰다. 물론 사춘기 때도 '어른들은 모두 더러워'라는 환멸을 통과의례처럼 겪었지만, 이건 차원이 달랐다.

그녀는 그 사실에 생각보다 크게 절망했다.

다른 사람도 아닌 자신이 그런 일에 절망할 줄은 상상도 못한 데다, 자신에게 의외로 결벽증 같은 면이 있다는 점도 미처 몰랐다.

그러다 보니 세상이 결코 내 뜻대로 돌아가지 않는다는 사실에 어딘가 보이지는 않아도 깊은 내상을 입고 말았다.

물론 그녀라고 해서 연애에 전혀 흥미가 없는 건 아니었다. 오히려 어릴 때부터 남자 친구들이 많은 편이었다. 학창 시절 남자를 사귄 적도 있고, 사회인이 되고 나서도 동기들과 친해지면서 연애 분위기로 이어진 남자 또한 있었다. 그러나 그런 정도로는 '인생에 제대로 진지한' 여자들을 당해낼 재간이 도무지 없었다.

회사 같은 층에 그녀와 특별히 친한 남자를 좋아한 여자 선배가 있었다. 그 선배는 그녀에게 거센 공격을 감행하는 동시에 그녀를 방해자로 여긴 나머지 맹렬한 '네거티브 캠페인'을 벌였다.

그녀는 그런 네거티브 캠페인의 내용보다 '그렇게 해서라도 그 남자를 반드시 손에 넣고 말겠다는' 여자 선배의 불같은 집념에 질려서, 싸우기도 전에 '전의를 상실하고' 뒷걸음질치면서 도망가는 쪽을 택했다.

그래, 인생에선 그런 의욕 충만한 사람이 옳은 거지.

그 사실은 결코 부정할 수 없다.

여자의 젊음과 아름다움에는 유효기간이 있다. 인생은 오직 한 번뿐이니 매 순간이 일회성이다. 태어나서 죽을 때까지 한정된 시간. 다른 누구도 아닌 나 자신의 인생. 온 마음으로 사랑하고 싸우면서 살아가는 거다.

그러니 이겨서 살아남으려는 쪽이 한 생명체이자 한 인간으로서 무조건 옳다.

그 사실을 이해하면서도 그녀는 여전히 절망했다. 그리고 절망하는 자신에게도 남몰래 환멸을 느꼈다.

이제야 깨달았다. 자신이 어떤 사람인지 의외로 잘 모른다는 사실을.

갓난아기였다가 두 발로 일어서고 입이 트일 때쯤이면 기질이나 성격이 밖으로 드러나기 시작한다. 그러면 주변에서 가령 이렇게 말한다. "이 아기는 낯을 가리네, 좀 까다로운 면이 있어." 그런 아기는 자라면서 사회성도 높아지고 가족이나 친구나 지인들에게 성격이 알려진다. "참 착하구나, 공부도 잘하고 시원시원한 데다 아주 씩씩해." 그런 말을 들으며 이러한 특징을 자신의 성격으로 받아들인다.

스무 살 때쯤이면 내 성격은 이러이러하다고 스스로 규정한다. 그리고 자신의 장점을 최대한 부각해서 사회에 나오고 그 장점을 기반으로 경력을 쌓아나갈 뿐 아니라 성격의 범주 안에서 세계관을 구축해나간다.

그것은 큰 키에다 어느 편이냐 하면 근육질인 그녀의 생김새와도 어느 정도 관련이 있다. 아무래도 맏딸인 데다 말투도 또렷해서 믿음이 간다. 옷도 원색을 즐겨 입다 보니 거리를 걷기만 해도 눈에 확 띌 만큼 존재감이 뚜렷하다. 남들의 기대에 맞춰 그러한 겉모습과 같은 성격이 되려고 그녀 스스로도 애써왔다.

하지만 한 사람의 사회인으로 탄탄히 자리 잡고 어느덧 인생의 반환점에 접어든다는 예감이 들 때부터, 우연한 기회에 불쑥불쑥 의문이 생긴다.

이를테면 우편함을 열고 안 읽어도 그만인 광고지와 반갑지 않은 청구서를 가려서 쓰레기통에 버릴 때, 택시를 타려다가 잔돈이 있는지 확인할 때.

지금까지 자신은 이러이러한 성격이라고 믿어왔고, 그 이미지에 맞는 사람이 되려고 노력해왔는데, 사실은 진짜 자기 모습과 다른 것 아닐까?

불현듯 그런 의문이 든다.

가령 학교 다닐 때, 미처 몰랐던 사실을 T가 꼭 집어 말한 적이 있다.

— 넌 겉보기랑 다르게 사람 많은 걸 싫어하는구나.

— 에엥, 내가? 그런 말 처음 듣는데.

— 내가 보기엔 그래.

— 그런가. 우리 집은 식구가 많아서 한 번도 그런 생각해본 적 없는데.

— 반대로 식구가 많으니까 싫을 수도 있잖아. 실은 늘 혼자 있고 싶었던 거 아냐?

또는

— 너는 원래 낯을 가리는구나.

— 내가? 전에도 그러더니, 이번에도 너 말고는 그런 말 한

사람 아무도 없어.

— 친하지 않으니까 다들 잘 몰라서 그래. 실제로는 낯가
리잖아.

T가 자신만만하게 딱 잘라 말하던 표정이 떠오른다.

한동안 못 만난 T. 특히 결혼한 뒤로는 부쩍 멀어진 T.

하지만 생각해보면 지금까지 T만큼 오랫동안 같이 지낸 친
구는 없었으니, 그녀의 사정을 가장 잘 아는 사람은 자신이라
고 자부하던 T의 말이 맞을지도 모른다. 그에 비해 그녀는 T
와는 달리 T를 잘 안다는 말이 선뜻 나오지 않았다.

어쩌면 T가 말한 대로 혼자 있고 싶었고, 낯을 가리는 성격
일지도 몰라.

그녀는 그렇게 생각하기 시작한다.

그리고는 일상생활 속에서 서서히 실감했다.

과연, 사람은 나이 들수록 타고난 성격이 드러나는구나. 인
격이 형성될 시기에는 자신이 바라는 모습을 그리면서 스스
로 모난 구석을 깎아낸다. 후천적인 노력으로 성격을 만들어
가는 셈이다. 다시 말해 사회생활을 잘할 수 있도록 도금하듯
본래 성격에 새로운 성격을 입힌다. 그러나 세월이 흐르면서
도금이 벗겨진다. 한동안 도금이 유지되도록 열심히 노력하
지만, 시간이 지날수록 벗겨진 도금을 다시 입힐 기력이 쇠해
서 결국 본래 성품이 드러나기 마련이다. 그때가 오면 주변에

서 말했던 맨 처음의 성격이 ('이 아기는 낯을 가리네, 좀 까다로운 면이 있구나.') 나오는 법이다.

세 살 버릇 여든 간다.

그 속담이 바로 이런 뜻이었구나. 선조들은 참으로 지혜롭다. 그렇다. 자신이 어떤 사람인지도 모르는 형편이니, 세상이 내 뜻대로 돌아가지 않는 것은 너무나 당연하지 않은가.

그녀는 그렇게 생각했다.

집으로 돌아오는 길에 지하철의 어두컴컴한 창문에 비친 자신을 바라보면서 깨달았다.

일에 치여 화분에 물 주는 것조차 깜박한 사이 시들어버린 복수초를 보면서 실감했다.

자신이 어떤 성격인지 가까스로 깨달은 나이가 되어서도 그녀는 여전히 독신이었다. 형제자매들은 모두 고향에서 결혼 후 각자의 보금자리를 꾸렸다. 조카가 다섯 명이나 된다.

부모님은 그녀가 진학할 때나 취직할 때도 별말씀이 없으셨고, 결혼 문제 역시 마찬가지였다. 내심 걱정하면서도 아무런 잔소리 없이 하고 싶은 대로 하도록 믿어주셨다. 그녀에겐 이래라저래라 말해봤자 쇠귀에 경 읽기고 결국 자신이 하고 싶은 대로 하리라고 생각하신 모양이다.

그 나름 사귄 남자도 몇몇 있었고, 미래를 함께하자고 고백한 사람도 있었지만, 그녀가 답을 망설이는 동안 앞서 말한 '인생에 진심인' 여자들이 그들을 채 가버렸다.

그래도 그녀는 맞서지 않았다. 오히려 그 남자들과 '진심'을 보인 여자들이 행복하길 빌었다.

바쁘게 일하면서 하루하루 알차게 보냈고, 동료들과도 사이좋게 지냈다. 자신이 속한 업계에서는 제법 경력도 쌓였다.

그럼에도 그녀는 반신반의했다.

이것이 내 인생인가? 진짜로? '인생에 진심'인 그 여자들처럼 인생을 제대로 사는 것일까? 아직 내 인생에 진심이라고 말하기에는 부족하지 않을까? 이 나이가 되어서도 아직이란 말인가?

세상은 앞으로, 앞으로 나아간다. 그렇게 보였다.

눈이 핑핑 돌 만큼 정신없이 미래를 향해 곧게 뻗어간다. 그렇게 느꼈다.

화살처럼 지나가는 세월. 오직 한 번뿐인 일회성의 순간이 스쳐 간다. 태어나서 죽을 때까지 한정된 시간을 살아가는 바로 나 자신의 인생이다. 지하철을 타고, 복수초가 시들고, 조카에게 세뱃돈을 건네고, 우편함의 광고지를 버리는 순간에도 속절없이 인생은 흐른다.

그녀는 스산한 겨울 거리를 걷고 있다.

다들 코트 깃을 여미고 잔뜩 움츠린 채 굳은 표정으로 발걸음을 재촉한다.

신주쿠 서쪽 출구의 고층 빌딩 거리.

그녀 역시 종종걸음을 쳤다. 고객을 만나고 일터로 돌아가는 길이다.

거리는 확장 공사가 한창이다. 마른하늘을 향해 고층 빌딩이 점점 치솟는다. 도청도 곧 이 근처에 들어설 예정이다.

문득 누군가 자신을 부른 것 같은 느낌에 그녀는 발걸음을 멈췄다.

뒤돌아보고는 하늘을 쳐다봤다.

허공에서 흰 깃털이 춤추듯 나풀거린다.

어떤 새의 깃털일까.

회색의 얇고 작은 깃털. 비둘기 깃털일까.

깃털은 좀처럼 떨어지지 않았다. 그네처럼 좌우로 흔들리는가 싶더니 바람을 타고 땅 위로 사뿐히 날아올라 또다시 허공에서 춤춘다.

이 풍경, 왠지 낯이 익다.

깃털의 행방을 눈으로 좇다 보니 차디찬 공기에 몸이 덜덜 떨렸다.

조각난 모자이크 같은 푸른 하늘과 고층 빌딩 사이에서 깃털이 오래도록 춤추듯 맴돈다. 마치 나 알잖아요, 기억해낼 때까지 여기서 기다릴게요, 하고 속삭이는 듯하다.

아아, 그렇구나.

그녀는 불현듯 그날이 떠올랐다.

T의 결혼식.

그녀는 시선을 옮겼다.

시선이 닿은 곳에는 T의 결혼식이 열린 호텔이 보인다.

한 번 더 돌아보니 어느새 깃털은 어디론가 자취를 감췄다.

그래, 그날 본 깃털이다. 수없이 쏟아지던 흰 깃털. 소복이 쌓이는 흰 눈처럼 회장을 가득 메웠던 깃털.

그때 나는 무슨 생각을 했던가?

그녀는 골똘히 회상에 잠긴다.

무대 위의 T를 보면서 나는 '신부 친구' 측 테이블에 앉아 있었어.

그래, 그때도 '인생'을 고민하던 중이었지. 그토록 일찍 '인생'을 시작한 T에게 놀람과 감탄과 일종의 애처로움을 느끼며 무대 위를 쳐다봤어.

그로부터 많은 시간이 흘렀다.

T는 '진짜' 인생을 살고 있을까? 내가 여전히 실감하지 못하는 '진짜' 인생을?

그때 쏟아지던 수많은 깃털. 나와 T만 본 듯한 흰 깃털.

대체 그 깃털의 정체는 무엇이었을까? 그 후로도 오랫동안 궁금했다. 단순하게도 나는 T가 순수한 소녀 시절이자 천진난만했던 과거에 작별을 고한다는 의미로 기획한 이벤트인 줄 알았다. 지금 생각해보면 순진하기 짝이 없는 로맨틱한 공상에 지나지 않지만.

그녀는 다시 발걸음을 뗐다.

멈춰선 동안 뼛속 깊이 한기가 스며들었다. 생각보다 오래 서서 깃털을 바라봤나 보다. 그 시린 추위를 떨쳐버리려는 양 그녀는 온몸을 부르르 떨었다.

지하도에 들어서자 갑자기 인파로 붐벼서 웬일인가 했다.

두툼한 코트를 걸친 사람들로 북적대는 통로마다 겨울 내음이 가득했다. 천장에서 반사된 자동차 소리와 사람 목소리가 비에 젖은 메아리처럼 터널 안을 메웠다.

그 '위이잉...' 하고 울려 퍼지는 소리에 둘러싸인 순간 그녀는 비로소 깨달았다.

그렇구나. 이런 인생도 있구나.

하나의 상념이 떠올랐다.

'파란만장'하지도 않고 '노래에 살고 사랑에 살고' 있는 것도 아니며 '온 힘을 다해' 살지도 않지만, 다른 누구도 아닌 자신의 인생이다. 태어나서 죽는 날까지 한정된 시간을 사는 인생이다.

그 일회성만큼은 어떤 인생이든 마찬가지고 예외가 없다. 그중 하나가 바로 내 인생이다.

이제 확신이 선다.

그 흰 깃털.

그 깃털은 분명 T도 나처럼 길을 잃었다는 신호였으리라.

T 역시 그 길이 자신의 길인지 의심하지 않았을까. 누구보다도 철저히 '인생'을 계획하고 새 출발을 선언했지만 착각이

었다. 그 사실을 깨닫고 T도 당황하지 않았을까.

말하지 않아도 알 것 같았다.

아까 허공을 한참 맴돌던 깃털은 살랑살랑 좌우로 흔들리며 땅에 닿는가 싶더니 다시 날아올랐다. T가 느낀 초조함과 당혹감처럼. 저 깃털 너머 T의 어쩔 줄 모르는 표정이 보인다.

그랬구나, 정말 의외네.

그녀는 저 깃털 너머로 보이는 T에게 말을 건넸다.

우리 둘 다 어쩌면 자신을 잘 몰랐나 봐.

T가 콕 집어서 했던 말이 이제야 가슴에 와닿듯, T 역시 자신이 어떤 사람인지 모른다는 사실을 뒤늦게 마주했으리라.

그로부터 일주일쯤 지났을 때 그녀는 우편함에서 광고지도 청구서도 아닌 엽서 한 장을 발견했다.

한눈에 T의 글씨체를 알아봤다.

알 수 없는 예감에 엽서를 뒤집어봤다.

가을에 이혼했어. 오랜만에 보고 싶다.

눈 쌓인 풍경을 배경으로 한 엽서 귀퉁이에 짧은 글귀가 적혀 있었다.

1

이사란 일정 기간 내에 어떻게든 집을 싹 비워야 한다는 강력한 규제가 뒤따르기 때문인지, 소위 감상에 젖을 여유 따위를 주지 않는다. 이혼이든 전근이든 귀향이든 이유가 무엇이든 간에 집에 있는 물건을 모조리 옮겨야 한다는 점에서 이사는 누구도 예외가 없다. 이 물리적인 작업 앞에서는 아무리 딱한 사정이 있다고 해도 나 몰라라 단칼에 내쳐버린다.

사는 곳이 바뀐다 해도 어쨌든 삶은 이어진다. 육신이 존재하는 한 인간의 생활은 멈추지 않는다. 새집에 가스도 설치해야 하고, 앞으로도 먹고살아야 한다.

한편 이래저래 힘들긴 해도 이사하면 새로 시작한다는 기대와 희망이 싹튼다.

과연 어떤 기대일까? 무슨 희망일까?

T는 이런 생각을 하면서 이삿짐센터 직원에게 짐을 어디에다 둘지 일러주었다.

아, 그건 안방에 놔주세요. 벽에 기대서 쌓아두시면 됩니다. 아뇨, 거기 두세요.

이혼했지만 본가로 돌아가지는 않았다. 본가로 돌아가느니 있을 곳을 찾을 때까지 전남편과 한집에 있는 편이 차라리 낫다.

그녀는 부모와 가족을 좋아하지 않았다. '케케묵은 인습'

이라는 단어를 몸소 실천이라도 하듯 살아오신 두 분. 권위주의에 사로잡힌 외골수 아버지와 넋두리나 잔소리 말고는 삶의 낙이 없는 어머니.

아버지를 쏙 빼닮은 오빠, 엄마를 쏙 빼닮은 언니. 오빠와 언니랑 터울이 져서 그런지 어릴 때부터 자신만 이방인 같았다.

이혼은 그녀에게 뼈아픈 실패와 때늦은 자책을 안겼다. 그렇지만 늘 체면 유지에 급급한 부모님은 창피해서 바깥출입도 못 하실 거라는 생각이 들자, 솔직히 묵은 체증이 내려간 듯 후련하기도 했다. 두 분은 보나 마나 T가 부모 얼굴에 먹칠했다고 여길 것이다.

지금 돌이켜보니 T의 인생에서 독립은 중요한 목표였다. 집을 나갈 명분을 찾아 연기하듯 우등생이 되어 좋은 대학에 들어갔다. 물론 결혼도 그 연장선에 있는 미션에 지나지 않았다.

문제는 이혼하기까지 제법 시간이 걸렸다는 점이다.

자신이 결혼을 원치 않았는데도 섣불리 결혼을 해버렸다는 사실은 얼마 지나지 않아 깨달았지만, 그 결정을 되돌리려니 엄청난 에너지가 들었다.

세간의 일반적인 기준으로 보자면 남편에게 딱히 잘못이 없어서, 좀처럼 기회를 잡기 어려운 탓도 있었다. '좋아하기는 커녕 아무런 끌림도 없는 남자와 같이 살고 있다는 사실을 깨달았습니다.' 그렇게 속내를 밝힐 수도 없는 노릇이었다.

그녀는 속앓이만 하면서 세월을 보냈다.

그러나 역으로 그 세월이 계기가 되었다.

아이가 생기지 않는다는 이유였다.

이것은 그야말로 정당한 이혼 사유가 되었다.

남편은 장남이기도 해서 결혼 초부터 후손을 무척이나 기대하는 상황이었다. 10년을 같이 살아도 아이가 생기지 않았다는 점은 헤어질 이유가 되기에 충분했다.

아이 문제에 관해서는 그녀도 오랫동안 고민했다.

아이를 원하긴 했지만, 이 남자의 아이를 낳고 싶은 것일까?

그 대답은 안타깝게도 '아니오'였다. 아무래도 이 남자와 평생 함께할 자신은 없다. 이것만큼은 분명하다. 이 남자의 아이를 낳을 수는 없다. 무엇보다 아이가 태어나면 헤어지기가 더욱 어려워질 뿐 아니라, 설사 헤어진다고 해도 틀림없이 친가 쪽에서 친권을 달라고 목소리를 높일 것이다. 더구나 엄마 혼자 아이를 키우자니 경제적인 리스크도 높았다.

다만 아이가 생기지 않는다는 이유로 이혼을 하려면 그 사실을 증명해야만 했다.

30대 중반에 들어서면서부터 그녀는 임신이 되지 않도록 가슴 졸이며 어떻게든 출산 적령기를 넘기려고 애썼다.

결국, 불임이 이혼 사유로 부각 되자 이혼은 큰 걸림돌 없이 진행되었다. 남편은 아이가 생기지 않는다는 이유로 갈라서는 것을 주저하면서도 본인이 앞장서서 이혼이 성립되었다고 느끼는 눈치였다. 사실은 남편이 그렇게 생각할 수밖에 없도록 T가 이리저리 궁리해서 뒤에서 손쓴 결과였지만.

남편은 물론 시댁에서도 헤어지길 원치 않아서 오히려 그녀는 죄책감이 들었다. 동시에 불쾌하기도 했다. 남들이 보기에 나는 아이를 못 낳아서 이혼당한 신세니, 아내로서도 여자로서도 결격 사유가 있는 것으로 알려져 불쌍한 사람 취급을 받았기 때문이다.

게다가 이혼한다는 사실을 친정 부모님께 말씀드리자 두 분 얼굴에는 '굴욕감'이 스쳤고, 딸이 아이를 못 낳는다는 사실에 '수치심'으로 표정이 일그러졌다.

그런 점이 못마땅했지만, 그보다는 해방감이 훨씬 커서 사뭇 들떴다는 사실은 아무도 몰랐을 것이다. 어깨를 짓누르던 짐에서 벗어난 그녀는 속으로 기뻐서 소리를 질렀다.

그러나 이렇게 되기까지 두 손 두 발 다 들 정도로 톡톡히 대가를 치러야 했다. 헛똑똑이인 줄도 모르고 자만심에 빠져 어리석은 선택을 한 결과 이토록 많은 시간을 낭비해버린 것이다.

아이를 낳으려면 바로 재혼해야 했지만, 만나는 사람도 없고 무엇보다 지칠 대로 지쳐버려서 당분간 결혼은 생각도 하기 싫었다.

순간 어디선가 목소리가 들렸다.

"실제로는 어떨까? 아이가 생기지 않도록 애썼지만, 어쩌면 정말 아이를 낳지 못할지도 모르잖아?"

그녀는 애써 그 목소리를 무시했다.

어쨌든 족쇄에서 벗어났다. 당분간 그 해방감을 마음껏 누리자.

그녀는 답답하고 괴로운 가운데서도 자신이 앞으로 어떻게 해야 할지 여러 선택지를 두고 머릿속으로 수없이 시뮬레이션을 반복해왔다. 덕분에 그 나름대로 살아갈 방도를 마련해두었다. 본가로 돌아가지 않기로 한 이상 혼자서 먹고살 길을 찾아야 했다. 위자료를 받고 하는 이혼이 아니니까, 내 주머니는 나 스스로 챙길 수밖에 없다.

그렇다면 재택근무를 할 수 있는 일이 제격이다. 어느 조직이든 다시 들어가려면 결혼하고 이혼했다는 사실을 밝혀야 하는데, 그런 일은 결코 하고 싶지 않다. 액수가 크지는 않더라도 따박따박 수입이 나오는 일이면 된다.

그녀에게는 한 가지 대안이 있었다.

대학 시절 전공이 영문학이라, 학교 다니면서 아르바이트로 산업 관련 번역을 한 적이 있었다. 무역회사의 영문 레터를 어느 정도 공부해둔 덕에 소소한 일거리를 얻을 수 있었다.

매뉴얼이나 팸플릿, 보고서나 이력서를 주로 다루는 산업 번역은 재미없고 따분하지만, 수요가 끊이지 않는다는 점에 주목했다. 대학 시절 보수도 제법 쏠쏠했던 것으로 기억한다. 집에서 일하면서 그 나름대로 수입이 확보되니 그야말로 안성맞춤이다.

그녀는 알음알음 번역 일을 맡기 시작했다. 기술 분야나 이과 계열 영어는 차근차근 공부했다. 원래 이과 과목은 자신이 있었다. 내용을 제대로 이해하고 번역한 덕분에 실력을 인정받아 언제부터인가 꾸준히 의뢰가 들어오게 되었다. 취미로 익혀둔 재주가 언젠가 도움이 된다더니 정말 그랬다. 오늘 이사 비용만 해도 그동안 번역하면서 모아둔 돈으로 충당했다.

M에게 안부를 전한 이유는 무엇일까?

가스 설치하러 왔습니다, 하는 말을 들으며 그녀는 헤아려봤다.

네, 이쪽이에요. 잘 부탁드립니다.

입으로는 응대하면서 머릿속으로는 엽서를 쓰던 자신을 떠올렸다.

처음에는 누구에게도 알리고 싶지 않았다. 회사 전 동료들은 어차피 남편을 통해서 알려질 테니 굳이 따로 알릴 사람은 없었다.

그래도 혹시나 해서 오랜만에 엽서 뭉치를 쓱 훑어보니 M의 글씨체가 눈에 들어왔다.

독신으로 지내는 M. 대학 시절 이미지 그대로 사회생활을 척척 해내는 M. 한때 같이 자취하면서 늘 붙어 다니던 M. 인생에서 실패를 맛보기 전의 나밖에 모르는 M.

추억이 밀려들자 갑자기 자신이 초라하게 느껴졌다.

알다가도 모를 감정이었다. 동창 중에서 보란 듯이 맨 먼저 결혼했다. 내 인생은 내 뜻대로 착착 진행되고 있다는 착각에 빠져 식장에서 한껏 뽐내던 자신을 떠올리니 우스꽝스럽기 그지없었다. 쥐구멍에라도 들어가고픈 심정이랄까. 솔직히 말하면 M에게 사과하고 싶었다. 여자도 남자처럼 사회에서 '능력을 발휘할 수 있다'는 믿음은 착각일 뿐이며, 그 착각에 빠진 사람 중 하나가 M이라고 생각했었다.

지금 M을 한번 보고 싶었다. 자신의 어리석음과 부끄러움을 다 털어놓고 싶었다.

그래서 그녀는 엽서를 썼다. 드디어 M과 재회했을 때 그녀에게 같이 살면 어떻겠느냐고 제안했지만, 엽서를 쓸 때만 해도 그런 생각은 하지 못했다.

아니, 어느 정도 예상했던 것 아닐까?

친정으로 돌아가는 방법은 대안 축에 끼이지도 못했지만, 그렇다고 혼자서 살고 싶지는 않았다. 결혼이라는 굴레에서 벗어나 해방감을 만끽했지만, '친정에서 안 받아줘서 청승맞게 혼자 사나 봐' 따위의 소리를 듣는 것은 딱 질색이었다. 실제로도 혼자 사는 자신의 모습은 상상이 되지 않았다. 서른 중반이 훌쩍 넘었는데 아파트에서 혼자 산다? 너무 불쌍하잖아!

M에게 엽서를 쓸 때부터 어쩌면 내심 M과 같이 살기를 바랐는지도 모른다.

그 말을 꺼냈을 때도 그녀는 자신이 외로운지 아닌지 잘 모르겠다는 느낌이었다.

적어도 그녀는 그 기간이 길지는 않으리라고 생각했다. 지친 날개를 쉬어가듯 잠시 둘이 한집에서 지낼 뿐이다. 한동안 대학 시절 기분을 내면서 재충전하는 셈이랄까. 경제적으로도 도움이 될 테고. 그저 그뿐이라고 여겼다.

1

이사한다고 하면 어쩐지 기대에 부풀어 오른다. 아드레날린이 분비되고, 목표를 달성하기라도 한 듯 성취감이 든다. 일종의 이벤트 같은 느낌이다.

M은 새집으로 돌아가는 발걸음을 재촉했다.

이사하는 날이 평일이라서 이삿짐 운반부터 잡다한 일들을 모두 T에게 맡겼다.

사실 토요일 오후 이사를 하려고 했지만, T가 주말에는 이사비용이 비싸고, 어차피 자신은 시간을 자유롭게 쓸 수 있으니 평일로 하자고 했다.

그럼 이사 기념으로 퇴근길에 초밥 사올게. M이 제안했다.

비싼 거 사지마. 메밀국수 괜찮으면 면 삶아둘 테니까. 역시나 T는 알뜰하다.

우리, 왜 이렇게 들떴어? 꼭 신혼부부 같잖아.

속으로 그렇게 말해놓고 M은 '바보'라고 덧붙였다.

돌이켜보니 열여덟 살에 독립한 이후로 누군가와 한집에서 살아본 것은 참으로 오랜만이다. 그것도 피 한 방울 안 섞인 남과 같이 살다니. 당연히 신선할 수밖에.

정말이지, 대학 시절로 돌아간 듯했다.

집에서 기다리는 T를 생각하면 묘한 기분이 들었다.

같이 살지 않겠냐는 말을 들었을 때는 깜짝 놀랐다.

학생이라면 몰라도 이 나이가 되어서 동성 친구와 같이 살 줄은 꿈에도 생각해 본 적이 없었다.

그럼에도 T의 제안을 받아들인 이유는 오랜만에 만난 그녀가 상상했던 것보다 훨씬 파리하고 마음에 멍이 든 모습이었기 때문이다.

다만 그렇게 느낀 것은 그야말로 한순간이었다.

T는 기억 속 모습 그대로 여전히 똑 부러지고 예뻤다. 자신의 상황을 객관적으로 분석하고 담담히 받아들이는 태도 또한 예전 그대로였다.

결정적인 이유가 뭔데?

그렇게 묻자 T는 잠시나마 쓴웃음을 지었다.

좋아하지 않았으니까.

뭐라고?

자신도 모르게 되물었다.

좋아하지도 않는 남자랑 결혼해버렸어. 그걸 뒤늦게 깨달았지.

T는 입에 맞지 않은 음식이라도 먹는 듯 씁쓸한 표정으로 되뇌었다.

이럴 수가! 누구보다도 철저히 앞뒤를 재가며 결혼이라는 사업에 뛰어든 줄로만 알았던 T의 입에서 그런 말이 나오다니.

M은 불쑥 웃고 말았다. 푸하하, 어색한 웃음은 깔깔대는 폭소로 바뀌더니 도무지 멈출 줄 몰랐다.

뭐야, 왜 그렇게 웃는데.

T는 볼멘소리로 토를 달았다.

그, 그게 말이지. 아니, 네가.

M은 배를 감싸 안고 가까스로 띄엄띄엄 말을 하다가 다시 웃음을 터뜨렸다.

T도 픕, 하고 참았던 웃음을 터뜨리며 폭소 대열에 합류했다.

둘이서 "바보야." "너무해."라고 툴툴거리면서 한동안 미친 듯이 웃었다.

아, 배 아파. 마침내 웃음기가 가시자, 이 정신없는 웃음이 두 사람이 만나지 않은 세월의 간극을 단숨에 메워버렸다는 사실을 피부로 느꼈다.

끝내준다... 그 양반 참 힘드셨겠네.

M이 정색하고 말하자 T는 어안이 벙벙한 표정으로 잠시 할 말을 잃었다.

바로 이때였다. T가 자신도 모르는 사이 마음에 깊은 멍이 들었다는 사실을 M이 눈치챈 것은.

그것은 벌어진 틈 같았다.

야트막한 산을 오를 때 길가에 빈틈이 보여 문득 얼굴을 쑥 내밀고 내려다보면 뜻밖에 깎아지른 듯한 아스라한 낭떠러지가 보일 때처럼.

M은 절로 몸을 움츠렸다.

T는 자신이 어떤 표정을 지었는지 미처 모르는지 보통 때와 다름없는 목소리로 대꾸했다. "응, 아주 귀찮더라고." 그다음부터는 늘 하던 대로 말을 이어나갔다.

이제 어떻게 할 거야? 친정으로 돌아가야 하나?

M이 묻자 T는 세차게 고개를 흔들었다.

안 가.

지금은 어디서 지내?

아직 남편 집에 있어.

엣, 이혼 서류까지 내놓고?

응. 이사 갈 집 구할 때까지 있으라고 하더라.

그럼 집안일은 누가 해?

내가 계속하지. 어쨌든 재워주는 셈이니까.

뭔가 이상한 관계네.

그래도 친정으로 돌아가는 것보다는 나아.

T의 표정이 딱딱하게 굳었다.

T가 가족을 멀리한다는 사실은 M도 어렴풋이 눈치채고 있었다. 딱 한 번 얼굴을 마주한 적이 있었는데, T의 말마따나 '완고한' 집안이라는 점은 충분히 전해졌다.

저기, 당분간 같이 지내지 않을래?

T는 문득 생각난 듯 말을 꺼냈다.

뭐?

처음에 M은 무슨 말인지 못 알아들었다. 자신과 같이 살고 싶다는 뜻이라는 것은 한 박자 늦게 머리에 들어왔다.

무리야, 무리. 생활 습관이 불규칙하니까. M은 손을 내저었다.

상관없는데. 나 집에서 일하거든.

그때부터 T는 냉정하리만치 차분하게 설명했다.

놀랍게도 T는 이미 고정 수입처가 있을 뿐 아니라 차근차근 실적을 쌓아서 업계에서 탄탄히 자리 잡은 상태였다. T는 산업 번역으로 상당한 소득을 올리고 있었다.

M은 적잖이 놀랐다. 사회인으로서 제법 경력이 있다고 자부하는 자신과 비교해도 나쁘지 않은 수입이었다.

세상에, 역시 야무지네.

새삼 친구의 빈틈없는 준비성에 감탄했다.

이윽고 마음이 움직였다.

사실 할 수만 있다면 늘 이사하고 싶었다. 지금 사는 집은 비좁아서 영 불편하다. 시간에 쫓겨서 급히 살 집을 구하느라 집주인이 원하는 조건대로 계약해버렸다. 나중에 알아보니 같은 집세로 더 넓고 더 나은 조건을 제시한 집이 여러 군데였다. 그러나 일에 치여 번번이 시기를 놓치는 바람에 질질 끌려가듯 그대로 계약을 연장하고 말았다.

둘이 합치면 훨씬 더 좋은 집에서 살 수 있다. 게다가 T는 무슨 일이든 똑소리 나게 잘하니 번역하는 틈틈이 살림까지 도맡아서 해줄 것 같았다.

낮에 집에 있으니까 집안일은 내가 할게.

M의 머릿속을 꿰뚫어 보기라도 하듯 T는 망설임 없이 말했다.

집안일은 손에 익으면 별로 어렵지 않고 번역하다가 기분전환도 되니까.

으음. 그래도 좀 미안한데.

M은 머뭇거렸다.

그럼 집안일은 나중에 다시 얘기해보자. 서로 생활 습관이 어떤지 파악할 때까지 시간이 좀 걸릴 테니까. 당분간 내가 집안일을 맡고 어떻게 할지 결정하면 어때? 전기나 가스비 같은 관리비 분담도 얼마로 해야 할지 살아보지 않으면 모르고.

깔끔하게 상황을 정리하는 T의 목소리를 듣고 있자니 점점 같이 살고 싶다는 쪽으로 마음이 기울었다.

'내가 남이랑 한집에서 살 수 있을까?'

M은 자신에게 물어봤다.

대학 시절부터 지금까지 인생의 절반을 혼자 살아왔다. 혼자 사는 삶에 자연스레 익숙해져서 누군가 다른 사람과 한집에 산다는 것이 상상조차 되지 않을 정도다.

하지만 혼자 사는 삶에 지쳐버린 것도 사실이다. 누군가 말했듯 독신생활이란 장거리 열차에 탄 것과 같아서, 타인이 오르내리는 정거장이 없다. 인생에서 마디도 구두점도 없다.

'혼자 지내는 생활에 변화를 주어도 괜찮을까?'

그런데 얼마 동안이나? 저기, 혹시 재혼할 생각은 없어?

M은 대뜸 물었다.

T는 웃으며 고개를 저었다.

현재로서는 재혼 계획 같은 건 없어. 당분간이라는 전제가 붙긴 하지만.

계약 기간이 2년이던가, 한 번 갱신할 수 있고.

그럴걸.

웬일인지 둘 다 기간과 관련해서는 말을 아꼈다.

이유는 모르겠다. 서로 어떤 예감이 들었을까. 자신의 미래가 어떻게 될지.

이때만 해도 둘 다 미래에 각자의 인생을 살아갈 줄 알았을 것이다.

대학 시절의 절친.

그 시절의 인연이 모처럼 다시 찾아와 두 사람 인생이 씨줄과 날줄처럼 엮인다. 이 기간은 인생에서 숨을 고르는 시기다. 좀 지쳐서 한곳에서 잠시나마 쉬어가는 느낌이랄까.

머지않아 다시 각자의 인생으로 돌아가 스스로 미래를 일구며 살아가리라고 철석같이 믿었으리라.

마침 둘 다 경제라는 측면에서 애매한 시기이기도 했다. 집을 사야 할까, 고향에 돌아가야 할까를 당장 결정해야 할 정도로 급하지는 않은 데다, 풋내기 신입사원처럼 새삼 허리띠를 바짝 조여야 할 만큼 쪼들리지도 않았다. 고만고만한 수입은 있으나 목돈은 없는 상태였다.

도쿄의 집세는 날로 오르기만 할 뿐 떨어지는 않을 테니, 둘이 합쳐서 그럭저럭 괜찮은 집에서 지내면 어떻겠냐는 제안은 무척 솔깃했다.

어느새 두 사람은 이사 갈 집의 위치와 방 배치를 어떻게 할지로 화제가 옮겨갔다.

아직 한집에서 살기로 확실히 결정된 분위기는 아니었지만, 같이 사는 쪽으로 점점 가닥이 잡혀갔다.

기다렸다는 듯 그다음 만났을 때는 이사가 결정되고, 그다음 만났을 때는 집을 찾아보기로 했다. 석 달 뒤에는 이미 이

사 갈 집까지 구했다. 월세 보증금과 집주인에게 감사의 뜻으로 건네는 사례금은 반씩 내기로 했다. 이사 비용은 각자의 짐만큼 부담하기로 했다.

내심 누군가와 같이 살기를 간절히 바란 T와 실은 변화를 주고 싶었던 M의 이해관계가 맞아떨어진 결과다.

대강 이삿짐을 꾸린 T는 M의 집까지 와서 이사 준비를 도와주었다.

이야, 이렇게 신나는 이사는 처음이다. M은 기쁨에 찬 목소리로 말했다.

네 남편 진짜 안 됐다. 이렇게 착한 아내를 놓치다니.

T는 그저 쓴웃음만 지었다.

드디어 오늘 이사가 끝났다. 두 사람은 각자 짐을 옮기고, 가스도 설치해서 오늘 밤부터 새로운 생활이 시작된다.

M은 새집에서 가장 가까운 역이 처음 가보는 곳이기도 해서 퇴근길 걸음걸이에 설렘과 긴장이 뒤섞였다.

아까 집에 전화해보니 아니나 다를까 "메밀국수 삶아놨으니까 먹을 거 사 오지 마. 괜히 사 왔다간 처치 곤란이야."라는 답이 돌아왔다.

그래도 이사 '기념'으로 쇼트케이크를 샀다.

집에 있는 누군가를 위해 선물을 사는 것도 정말 오랜만이다.

들뜬 마음이 좀처럼 가라앉지 않는다.

민간 철도 회사가 운영하는 전철의 역에서 도보 7분 거리에 있는 아파트는 둘이서 보자마자 그 자리에서 계약을 결정했을 만큼 마음에 쏙 들었다. 역에서 가까운 것 치고는 동네가 조용했다. 지은 지 오래되긴 했어도 시원시원하게 구조가 잘 빠진 데다 관리도 잘 된 집이었다. 집주인이 같은 단지에 살아서 이웃집 사정도 훤히 꿰고 있었다. 부동산에서는 대학 동창이 한집에 산다는 점이 마음에 걸렸는지 몇 번이나 왜 같이 사느냐고 물었다. 결국, 집주인을 만나서 면접 보는 식으로 이야기를 나눠본 끝에 승낙을 받아냈다. 방 두 개에 거실과 부엌은 물론 창고도 있고, 널따란 베란다는 해가 잘 비쳤다. 이름만 앞세운 아파트보다 훨씬 속이 알찬 집이었다.

M은 가로등이 비치는 거리를 걸으며 불 켜진 자신의 집을 머릿속에 그려봤다.

환한 집에 들어가 본 적이 언제였더라. 허둥지둥 나오느라 불 끄는 것을 깜박했다가, 집에 돌아와서 새파랗게 질린 적은 있지만.

그런 일을 떠올리며 M은 멋쩍은 표정을 지었다.

변화. 내 인생에 모처럼 찾아온 변화.

'언제까지 같이 살까?'

한껏 기대에 부풀면서도 어디선가 차가운 목소리가 들려온 듯했다.

M은 퍼뜩 정신이 들면서 발걸음이 조금 무거워졌다.

무심코 손에 든 흰 상자를 내려다봤다.

핑크색 글씨로 가게 이름이 새겨진 케이크 상자.

M은 멈춰 서서 상자를 눈앞으로 들어 올렸다.

기념일. 새 출발을 기념하는 날. 둘이 함께하기로 한 오늘을 기념하는 날.

'기념. 이날은 알 수 없는 미래로 이어지겠지. 먼 훗날 소중한 날로 기억될 그때로.'

문득 그런 예감에 젖었다.

그녀는 이내 다시 발걸음을 옮겼다.

출출했다. 메밀국수와 간장 냄새가 나는 듯해서 입맛을 다셨다.

더는 아무런 생각도 하지 말자.

즐겁게 저녁 식사를 한 뒤 후식으로 사 온 케이크를 먹자.

막연하긴 해도 밝고 환한 미래가 M의 머릿속에 이미지로 떠올랐다.

지금은 한숨 쉬어가는 시기다.

대학 시절 이후로 오랜만에 다시 포개진 두 사람의 인생.

잠시 날개를 접고 함께 쉬었다 가자.

언젠가 다시 각자의 자리로 돌아가 제 갈 길을 갈 것이다.

그렇다. 이때만 해도, 분명 이때만 해도 두 사람은 그렇게 믿었다.

0

물론 그럴 가능성은 늘 염두에 두었다.

아니, 과연 그랬을까.

적어도 그 기사를 처음 봤을 때는 그 가능성을 떠올리지 못했다. 이미 앞에서 썼듯이 당시 나는 두 사람 나이가 실제보다 훨씬 많다고 착각해서 고령인 줄 알았던 탓도 있다.

하지만 그 가능성을 완전히 배제하지는 않았고 당연히 의심도 했다.

이렇게 빙빙 돌려서 말하는 나 자신이 낯설고 겸연쩍다. 지금까지 소설 속에서 자유롭게 작중 인물을 묘사해왔는데 막상 실제 인물을 묘사하려니 어렵기만 하다.

그 가능성이란 요컨대 두 사람이 레즈비언일지도 모른다는 사실이다.

얼마 전 심야 TV 프로그램에서 미국 다큐멘터리를 보다가 새삼스럽게 그런 생각이 들었다.

2008년에 있었던 일이다.

미국 캘리포니아주에서 동성 결혼이 합법화되면서 많은 커플이 결혼식을 올렸다. 그러나 6개월 뒤에 주 헌법 개정안 '제안 8호'가 주민 투표로 가결되면서 동성 결혼이 다시 금지되었다. 이에 LGBT, 그러니까 성 소수자인 두 사람이 자신들과 아이의 인권을 지키기 위해 '동성 결혼 금지는 모든 국민

이 법에 따라 평등하다는 헌법 조항에 위배된다'면서 국가를 상대로 위헌 소송을 제기했다. 결국, 동성 결혼 금지는 위헌으로 판결이 나서 다시 혼인신고서를 내기까지 겪은 일들을 그린 작품이다.

그 다큐멘터리에 나오는 인터뷰에서 네 아들을 키우는 레즈비언 커플이 이렇게 말하는 장면이 깊은 인상을 남겼다. "지금까지 있는 그대로의 나로 살려고 애써왔지만, 나라는 존재가 부정당하고 증오의 대상이 된다는 사실을 실감할 때마다 이루 말할 수 없는 고통을 느낍니다."

실제로 재판이 진행되는 내내 살해 협박에 시달렸을 뿐 아니라 욕설을 퍼붓는 전화가 시도 때도 없이 걸려왔다고도 했다.

자동 응답기에 남겨진 "XX년", "지옥에나 떨어져라.", "뒈져라." 등의 증오에 가득 찬 메시지는, 보기만 해도 질리는 기분이었다. LGBT가 자살하거나 살해당하는 사건 또한 끊이지 않는다.

때때로 동성애자에게 막말을 쏟아대는 사람들을 볼 때면, 두려움이 혐오로 표출된다는 느낌을 받았다. 분명 그들 자신에게도 그러한 경향이 있는데 그 사실을 인정하고 싶지 않아서 반작용으로 격렬히 거부하는 것 아닐까. 영상 속에서 서슴지 않고 혐오감을 드러내던 이들은 뒤틀린 분노를 주체하지 못하는 신경증 환자 같아서 한편으로는 처량해 보였다.

온갖 어려움을 이겨내고 위헌 판결을 끌어낸 뒤 마침내 혼인신고서를 제출하는 장면에서는 가슴이 벅차올랐다. 나는 한밤중 혼자서 눈물을 흘렸다.

그때 문득 그 두 사람이 떠올랐다. 왜 죽음을 택했는지 늘 궁금했던 얼굴 없는 두 여자가.

생각해보면 예나 지금이나 동반 자살은 금지된 사랑에 빠진 두 사람이 선택하는 길이었다.

그렇다면 두 여자가 동반 자살을 한 이유도 허락받지 못한 사랑 때문이라고 보는 편이 가장 자연스럽지 않을까. 이승에서 이루지 못할 사랑에 빠져버렸기에 둘이 같이 세상을 떠나버린 것 아닐까.

한 가지 생각이 퍼뜩 머리를 스쳤다. 어쩌면 세상 사람들은 그 기사를 보자마자 금단의 사랑을 떠올렸을지도 모른다.

왜 두 여자의 이름을 익명으로 처리했을까.

두 여자의 관계가 밝혀질까 봐 유족이 이름 밝히기를 꺼렸고, 신문사도 같은 이유로 유족의 뜻을 따르기로 했던 게 아닐까.

나는 입을 다물지 못했다.

다른 소설가는 어떨지 몰라도 나는 종종 혼란스러웠다.

무엇이 세상의 '보통'이고 '상식'인지, 헷갈렸다.

SF든 호러든 세상의 규율을 따르는 이야기하고는 거리가 먼 소설을 주로 써온지라 머릿속에 엉뚱한 망상이 소용돌이

친다는 점은 인정하지만, 그 나름대로 상식을 지키며 살아왔다고 생각한다. 그럼에도 가끔 '보통'이 무엇인지 이해하기 어렵다.

그 다큐멘터리를 보면서 이거야말로 '보통'이 무엇인지 아리송해지는 예라고 심야 TV 앞에서 생각했다.

사실 내가 충격을 받은 데는 복잡한 사정이 있었다.

이즈음 나는 소설가로서 세상 사람들이 말하는 '보통'에 무감각해져서 두 여자가 동성애자일지도 모른다는 가능성을 배제해버렸다는 점이 못내 마음에 걸렸다.

물론 전혀 생각지도 못한 것은 아니다. 이 《잿빛 극장》을 쓰기 시작할 무렵 두 여자의 인생이 어땠을지 상상하면서 몇 가지 케이스를 생각해봤다. 그중에 '허락받지 못한 사랑·숨겨야만 하는 관계'도 있었다.

그러나 나는 집필 초기 단계에서 그 경우를 빼버렸다. 솔직히 더 고민할 가치도 없다고 여겼다.

왜 그랬을까.

소설가로서는 진부하기 짝이 없는 이야기 같았기 때문이다.

연대적인 것과도 관련이 있을 것이다.

70·80년대 소녀 만화와 함께 성장기를 보낸 내게 동성애는 만화 속에서 즐겨 다룬 소재인 만큼 이미 익숙했다. (물론 그때부터 머리로는 알고 있었다. 급격한 신체 변화가 일어나는 소녀가, 소위

순진무구했던 어린 시절을 떠나보내지 못한 채, 생식과는 무관하게 펼쳐지는 두 소년의 사랑 이야기에 스스로 순수성을 부여하며 주인공을 이상화했다는 사실을.)

곧 동성애는 어릴 때부터 반복해서 소비된 소재라서, 어른이 된 지금 소설가의 눈에는 닳고 닳은 이야기로 비치는 것이 '보통'이다.

그러나 현실에서는, 세상에서는, 일반인들은 결코 동성애자들을 '진부'하다거나 '소비'된 존재로 보지 않는다. 오히려 동성애자 스스로 느끼는 사회 인식도, 이들을 둘러싼 환경도 미세한 변화의 조짐이 보이기 시작하는 정도다. 여전히 예사로 천대받지만, 꿋꿋이 견디며 길고 긴 재판의 여정에 올라 치열한 공방전을 펼쳐야 하는 것이 현실이다.

나는 할 말을 잃었다.

타인의 고통에 그토록 둔감하다니. 소설가의 기준만 앞세워 '보통'을 규정하다 보니, 두 사람이 목숨을 저버릴 만큼 서로 사랑했을지도 모른다는 가정은 아예 배제해버렸다. 그래놓고는 '위헌이라는 판결이 나와서 정말 다행이야. 혼인신고서 낼 수 있겠네' 하며 선량한 가면을 쓰고 눈물을 흘리다니.

그따위 눈물은 '싸구려'야. 자신의 뻔뻔한 민낯을 본 듯해서 얼굴이 화끈거렸다.

0

그러나 이튿날 나는 생각을 바꿔먹었다.

만약 세상 사람 대부분이 그 기사를 보고 '허락받지 못한 사랑'에 빠져서 동반 자살했다고 여긴다면 ― 그리고 그 소문이 가장 유력하다고 생각할수록 ― 소설가의 촉이 발동되면서 '그렇지 않다'고 반응하는 거라고 말이다.

앞서 적었듯이 나는 그 기사를 처음 봤을 때 '허락받지 못한 사랑'일지도 모른다는 생각은 전혀 하지 못했다. 그러다가 하늘의 계시라도 받았는지 이 두 사람에게서 뭔가 심상찮은 낌새가 엿보였다. 그 사실만큼은 또렷이 기억한다.

그럼 그 '심상찮은 낌새'란 무엇일까.

이 대목에서 나는 다시 소설가의 시선으로 본 '보통'으로 돌아가고 말았다.

만약 내가 5년 전이나 10년 전에 이 두 사람의 드라마를 재현하기로 했다면, 아마 지금과는 전혀 다른 방향으로 이야기가 전개되었을 것이다.

이제껏 내가 써온 작품 경향으로 본다면 조용하면서도 긴장감 넘치는 사이코 서스펜스 같은 장르가 되지 않았을까. 두 사람의 수기와 일기를 교대로 보여주는 형식이 되었을 확률이 높다.

이를테면 과거에 저지른 범죄 때문에 떼려야 뗄 수 없는 관계라든가, 상대를 철저히 길들인 지배 관계라든가, 서로를 가두는 의존 관계든가, 아니면 둘 다라든가.

벼랑 끝에 내몰리듯 점점 죽음으로 치닫는 두 사람.

'동반 자살'이라는 클라이맥스를 향해 이야기가 점점 고조되도록 흥미 가득한 요소를 작품 곳곳에 배치했을 것이다.

그러나 실제로 이 두 사람의 드라마를 재구성하는 지금, '심상찮은 낌새'란 결코 그러한 종류의 것은 아니라고 짐작한다.

사이좋게 굳이 오쿠타마까지 찾아가 다리에서 뛰어내린 두 사람.

두 사람을 죽음으로 내몬 '심상찮은 낌새'는 무심결에 잘못 끼운 단추처럼 의도치 않은 실수에서 비롯됐다. 그러나 그런 일들이 하나둘 꼬리에 꼬리를 물고 쌓인 끝에 되돌이킬 수 없는 지경에 이르자 마지막 선택을 했으리라고 추측한다.

(1)

전철이 달리는 소리가 천장 위를 비스듬히 가로지르며 귓등을 때리자, 건물 전체가 살짝 흔들렸다.

철길 가까이 자리한 가게인데, 소리만 들으면 레일 바로 아래 있는 기분이다.

무더운 초여름 해 질 녘, 철도 변에 자리한 길쭉한 선술집의 열어둔 미닫이문 너머에서 때때로 불어오는 바람이 참 시원하다.

"... 요즘 뭔가를 보거나 듣고 마음이 움직인 적 있어?"

잔을 부딪치고 생맥주를 한 모금 들이킬 때 불쑥 들어온 질문에 말문이 막혔다.

마음이 움직인다고?

몸 어딘가에서 잔물결이 이는가 싶더니 곧 잠잠해졌다.

"... 움직인 적 없는데."

"나도."

오사카 변두리.

민간 철도역 부근에 음식점이 몇 개 있는데 그중 한 가게의 카운터에 자리 잡았다. 가게 안에는 기다란 카운터와 테이블 자리가 4개쯤 있다. 하굣길 학생들과 퇴근길 직장인들이 몰려와 가게는 빈자리가 거의 없었다.

근처 극장에서 연극을 보고 돌아오는 길이다.

옆자리에 앉은 H는 오사카, 교토, 고베, 나라 등 간사이 지역을 대표하는 극작가 겸 방송작가로 일 년에 한두 번 만나서 술자리를 같이하는 친구다.

"그거 좋은 질문이면서 아픈 질문이기도 하네."

"그치."

고등어 초절임과 전골을 안주 삼아 술잔을 홀짝홀짝 들이

켰다.

그럼 요즘 뭐 재밌는 거 봤어?

글 써서 먹고사는 이야기꾼인지라, 그런 질문으로 인사를 대신할 때가 많다. '그 작품 재밌더라', '그거 좋지'와 같은 대화가 으레 이어지고, 머릿속에는 이런저런 작품이 바로 떠오른다. 그러나 '마음이 움직였다'고 할 만한 작품은 현재로서는 좀처럼 떠오르지 않는다.

"그럴 만도 해. '마음이 움직인다'는 게 이 나이쯤 되면 쉽지 않지. 무섭다든가 화가 난다든가 하는 것도 다 변명이지, 뭐."

"응."

"한마디로 희로애락에 무뎌진다는 말이지. 직업상 무슨 일이든 호기심을 가지고 흥미롭게 지켜봐야 하잖아. 그런데 흥미를 붙이려고 노력하는 중에 어느새 습관이 되어버리면 오히려 무감각해져. 정말로 '마음이 움직이는' 경험이 점점 줄어든다니까."

"그러게. '재밌다'고 느껴도 그냥 그때뿐, 돌아서면 잊어버려."

"맞아, 맞아. 아, 재밌었지, 하는 느낌만 남고 줄거리고 뭐고 다 까먹어."

나이 들면서 점점 떨어지는 기억력이 속상해서 한참 하소연했다.

문득 떠오른 장면이 있었다.

"아, 하나 생각났어. 마음이 움직인 순간. 인상 깊었거든."

"뭔데?"

"얼마 전에 영국 발레단 공연을 봤어. 가장 유명한 발레단 있잖아."

"오, 발레도 봐?"

"일 때문에 필요해서 취재 겸 봤지. 근데 재밌는 점은 역시나 '연극의 나라다운 발레'였다는 거야."

"셰익스피어의 나라는 다른가 보네."

"바로 그거야. 영국 말고 다른 나라 유명 발레단은 대개 무용수들이 무대에 일렬로 나란히 서 있다가 자기 차례가 되면 중앙으로 나와서 춤을 추잖아. 관객은 어디까지나 무용수를 보는 거고, 무용수가 추는 춤을 보는 거지. 하지만 영국은 달라."

"어떻게 다른데?"

"확실히 달라. 영국 발레는 '연극'이야. '춤추는 연극'이지."

"결국 같은 거 아냐? 발레라는 말 자체가 '춤추는 연극'이잖아."

H는 무슨 말인지 모르겠다는 표정이다.

"아냐, 달라. 다른 나라 발레는 '연극을 활용한 춤'이야. 영국은 '춤추는 연극'이고. 무대에서 등장인물이 서 있을 때도 연극 내용을 잘 알 수 있는 위치에 서 있어. 다음으로 춤추는 무용수도 춤을 보여주는 동시에 '역할'을 보여줘. 관객은 무용수를 본다기보다는 '춤추는 역할'을 보는 거야."

"흐음. 그렇군."

"이게 최근에 한 발견이야. 반짝 마음이 움직였어."

"아, 나도 생각났다."

H는 젓가락질을 멈췄다.

"대단한 이야기는 아니야."

나의 기대에 찬 시선을 느꼈는지 H는 가볍게 손을 내저었다.

"우리 집 뒤뜰에 있는 벽돌담은 고양이 통행로야. 대개 같은 시간에 같은 고양이가 지나가니까 단골 고양이는 낯이 익더라고."

"응. 우리 아파트 입구도 그래."

"그래서 자세히 관찰해봤더니 단골 고양이가 두 마리더군. 눈동자가 금빛인 녀석은 꼬리가 기다란 게, 아마 유럽 고양이일 거야. 다른 녀석은 검은 눈동자인데 털 무늬로 봐서는 오스트레일리언 미스트 같더라. 우리 집에서는 유럽냥과 호주냥이라고 불러."

"제법인걸. 해외파 멋쟁이 고양이네."

"그러게. 얼마 전에는 처음으로 우리 집 뒤뜰이 아닌 장소에서 녀석과 마주쳤어. 오, 여기서 호주냥을 보다니 하고 반가웠지. 그러다 깜짝 놀랐어."

"왜?"

"알고 보니 유럽냥과 호주냥이 같은 고양이였어."

"엥?"

순간 나는 무슨 말인가 싶었다.

"그게 가능해?"

"응. 벽돌담 위를 지나갈 때 왼쪽으로 가면 왼쪽 몸만, 오른쪽으로 가면 오른쪽 몸만 보이잖아. 그래서 다른 고양이인 줄 알았는데, 알고 보니 한쪽은 유럽냥이고 반대쪽은 호주냥이었던 거지."

"어? 그래도 눈동자 색깔이 다르잖아?"

"그치. 들어본 적은 있는데 실제로 본 건 처음이야. 양쪽 눈 색깔이 다른 고양이."

"호오... 금빛과 검은색이었구나."

"그렇더라고. 도로에서 정면으로 마주쳤을 때 '앗' 하고 소리 지를 뻔했어. 양쪽 눈 색깔을 보고 단골 고양이라는 걸 알았지. 두 마리처럼 보이는 한 마리였던 거야."

"탐정 소설에 나오는 트릭 같네."

"그니까. 이게 내 마음을 움직인 사건이야."

"그렇구나."

한동안 서로 근황을 보고하고, 나는 《잿빛 극장》을 무대화하는 작업이 결정되어서 최근 주인공으로 발탁된 두 사람을 만났는데 얼굴을 보는 순간 위화감이 들었던 이야기를 했다. 친구는 원작을 읽어주기도 했다.

"무대라는 게 추상화하는 작업인 동시에 구체화하는 작업이라는 걸 새삼 느꼈어."

나는 한숨 섞인 목소리로 푸념했다.

"《더(THE) 허구》인데, 살아있는 육체가 눈앞에 보이니까 그야말로 모순이지. 원작에서는 마지막까지 익명으로 처리하고 얼굴도 드러내지 않았는데, 무대에서는 얼굴이 있어."

H의 표정이 사뭇 진지해졌다.

"얼굴도 기호의 하나라고 보는데. 그렇게 생각해보면 어떨까."

"그렇긴 해."

또 전철이 지나간다.

덜컹덜컹, 진동이 그대로 전해진다.

어쩔 수 없이 전철이 지나갈 때까지 침묵이 흐른다.

머릿속에 두 주인공의 얼굴이 또렷이 떠오른다.

이미 무대 연출은 어느 정도 윤곽이 잡혔을 것이다. 내가 모르는 어딘가에서 그 두 사람이 현실에 '존재'하고 활동한다니 기분이 묘했다.

"... 동반 자살이라니, 기묘한 일이군."

H는 레몬 사워를 주문하고는 손가락으로 테이블 얼룩을 따라 그렸다.

"간사이가 본고향이지."

내 말에 오사카 토박이인 H가 멋쩍게 웃는다.

《소네자키 신주(曾根崎心中)》[4]와 《신주 텐노아미지마(心中天の網島)》[5]

신주, 즉, 동반 자살이라는 말을 듣자마자 떠오른 연극 제목이다.

"신주라고 하면 이승에서 못다 이룬 사랑을 저승에서 이루겠다는 의미로 받아들이잖아. 예전부터 그 발상을 알 것 같으면서도 잘 모르겠어. 같이 죽으면 사랑을 이룬 걸까?"

H는 고개를 가로저었다.

나는 잠깐 생각해보고 입을 열었다.

"뭐, 서로 목숨을 바쳤다는 점에서는 더할 나위 없는 사랑의 증명이라고 볼 수 있지 않을까?"

"정말? 작가 다자이 오사무처럼 스쳐 지나가는 인연과 동반 자살하기도 하잖아. 혼자서는 못 죽겠다면서."

"남겨질 여자가 가엾다며 같이 죽어줄게, 라는 말을 남긴 위인이지."

"애초에 같이 죽어버리면 그걸로 끝이잖아. 그럼 천천히 회

---

4   18세기 오사카 소네자키 숲에서 실제로 일어난 동반 자살 사건을 극화한 작품. 억울한 누명을 쓴 청년과 그를 사랑하는 유녀가 명예를 되찾고자 동반 자살하는 내용_옮긴이

5   18세기 오사카 아미지마(網島)에서 실제로 일어난 동반 자살 사건을 극화한 작품. 유부남과 유녀가 사랑에 빠져 동반 자살하는 내용. 텐노아미는 '하늘의 법망, 즉 죄를 지으면 언젠가 천벌을 받는다'는 뜻이다. 즉 '텐노아미지마'는 관용구와 지역명을 합친 합성어다_옮긴이

상해볼 기회조차 없는 거 아냐?”

김이 모락모락 나는 두부튀김이 나왔다. 두부 위에 얹은 가다랑어포가 살랑살랑 춤춘다.

“회상한다고?”

나는 두부튀김 위에 간장을 빙그르르 돌려가며 뿌렸다.

“사랑해요. 저도요. 이 세상에서는 이루지 못할 사랑이니, 같이 죽어요. 그래요. 이게 뭐야? 납득이 안 돼. 그게 사랑일까? 사랑이라는 감정을 돌아볼 겨를이 없잖아. 여운도 없고. 단순한 충동으로 사고가 정지된 상태일 뿐이지. 같이 죽어버리면 가슴 깊이 사랑을 되새길 기회도 완전히 사라지는 거 아냐? 대체 두 사람은 언제 ‘사랑’을 느끼는 거야?”

으음... 나는 앓는 소리를 냈다.

“에로스와 타나토스는 동전의 양면과 같으니, 죽는 순간에 느끼는 건가?”

“그건 결국 섹스의 절정이 사랑이라는 말이 되잖아? 정말 그럴까? 설사 그 순간 황홀한 쾌감을 느꼈다고 해도 그건 육체적인 반응이니까 사랑을 이뤘다고 말하기에는 저항감이 들어.”

“아하.”

나는 혼자서 고개를 끄덕였다.

“왜?”

H는 의아하다는 표정으로 나를 바라본다.

"너, 로맨티스트구나."

"내가?"

더욱 의아해하며 되묻는다.

"실제로 그렇잖아. 관념적으로 '사랑'을 느끼는 것이 이상적인 사랑이지. 혼자서 상대를 그리워하는 시간이야말로 사랑 아닐까? 섹스할 때의 육체적인 반응을 사랑이라고 할 수는 없지."

이번에는 H가 앓는 소리를 냈다.

"흐음. 듣고 보니 어쩐지 좀 부끄럽긴 해도 그 말이 맞는 것 같네."

"그렇다니까."

나는 턱을 매만졌다.

"그럼 둘 중 한 사람만 죽었다면 어떨까? 상대가 '오직 당신만을 사랑합니다.'라는 말을 남기고 세상을 떠나는 거지. 남은 사람은 평생 떠나간 님을 그리워하면서 살아. 그럼 사랑을 이룬 걸까? 만약 이뤘다고 한다면 둘 중 누가 이룬 거야?"

"글쎄. 어떤 의미에서는 두 사람 다 사랑을 이룬 동시에 이루지 못한 것 같기도 하네."

잠시 둘 다 생각에 잠겼다.

가게 밖에서 왁자지껄 떠들며 걸어가는 학생들의 목소리가 안으로 새어 들어오더니, 차츰 멀어져갔다.

"사랑을 이룬 건지 아닌지는 모르겠지만, 내가 죽으려고 할

189

때 같이 죽겠다고 말해준다면 의지가 되지 않을까. 무척 고마울 것 같아."

"그래? 난 싫어. 모르는 척 내버려두라고 하고 싶어."

"그 기분도 알 것 같아."

"난 객사하고 싶거든."

"객사?"

"여행지나 일터에서 사고를 당하거나 병에 걸려서 하루아침에 떠나고 싶어."

"아, 그렇구나."

"공연 중 갑자기 사망, 이게 가장 이상적인 죽음 같은데."

"주변 사람들은 많이 놀라겠지만."

나도 H도 인생의 반환점을 지나고 있다.

이렇게 뜻하게 않게 자신의 마지막을 그려볼 때가 있다. 흘 낏 그 순간을 엿보듯이 말이다.

"아까 얘기했지. 청춘 남녀가 동반 자살하는 건 사고 정지 상태에서 충동적으로 저지르는 행동이라고. 그 말이 맞아. 서로 인생을 동시에 끝내버리는 거니까. 후회할 틈도 반성할 새도 없이."

"로미오와 줄리엣은 어리석었어."

"하지만 나이 든 커플이 동반 자살한다면 어떨까? 오랫동안 고민에 고민을 거듭한 끝에 같이 세상을 떠나기로 했다면?"

H는 잠시 생각에 잠겼다.

"그건 그 나름대로 이해할 여지가 있겠네."

"그래. 하나둘 주변을 정리하고 모든 일을 마무리한 뒤 떠나는 게 어른의 동반 자살이겠지."

그 말이 끝나기가 무섭게 뻐근한 통증이 온몸을 훑고 지나갔다.

내가 쓴 소설에 나온 두 사람은 주변을 정리하는 중이었을까? 분명 차곡차곡 떠날 준비를 했을 것이다.

"아무래도 그런 결심을 하고 나면 감정 기복이 있을 거야."

"응. 죽음 앞에서는 마음이 왔다 갔다 할 수밖에 없겠지. 특히 자살을 고민하는 젊은 친구들은 더 그럴 테고."

"이런저런 사건이 생각나네. 자살한 아이돌 가수를 따라서 옥상에서 뛰어내린 십 대도 있었고, 인터넷 자살 카페에서 만난 사람들이 연탄불 피워 놓고 숨진 채 발견되기도 했잖아."

그렇지 않아도 일본은 자살률이 높은 나라다. 연간 만 단위에 해당하는 사람이 스스로 목숨을 끊는다니 덜컥 두려움이 앞선다.

주인공은 그렇게 세상을 등진 수많은 이들 중 두 사람이다. 내 안의 가시로 남은 두 사람. 무대 위에서 재현될 두 사람. 지금도 얼굴을 모르는 두 사람.

"같이 죽는다."

소리 내어 말해본다.

"외로워서 그랬을까."

"어차피 죽을 때는 혼자야."

H가 나지막이 읊조렸다.

"그러게. 죽을 때는 혼자지."

그 두 사람이 죽어서 이룩한 것은 무엇이었을까?

도대체 무엇이었을까?

사랑? 우정? 신뢰? 체념?

그것도 아니면 또 다른 무엇이었을까?

그 두 사람의 이야기를 쓰고 난 지금도 여전히 모르겠다.

덜커덕, 하는 진동의 조짐이 보이는가 싶더니 또다시 전철이 지나가고 우리 두 사람은 입을 다물었다.

전철뿐 아니라 눈에 보이지 않는 누군가도 천장 위를 비스듬히 가로질러 가는 듯했다.

0

죽는다는 것은 보통 일이 아니다.

우리 집 아파트 창가에 딱 붙어 있는 딱정벌레를 보고 든 생각이다. 크기는 내 엄지손톱만 하다.

며칠 전 발견한 그 딱정벌레, 언제 들어왔는지 모르겠다. 힘없이 축 처져서 가까스로 움찔대더니 결국 창가에 콕 박힌 점이 되어 옴짝달싹하지 않았다.

그로부터 이틀 뒤.

이제 숨이 끊겼는지 아니면 숨죽이고 있을 뿐인지 모르겠다.

평소 같으면 냉큼 창문 밖으로 내던졌겠지만, 이번에는 어쩐지 겁이 나서 그대로 두었다.

당연히 마법처럼 저절로 사라질 리는 없으니 계속 그 자리에 있다.

창가를 지나칠 때마다 나도 모르게 보고 만다.

아 저기 있지, 하면서 그냥 지나친다.

아마도... 이미 숨이 끊겼을 것이다.

그 증거로 날이 갈수록 표면이 윤기를 잃어가고, 기분 탓인지는 몰라도 부피가 줄면서 부쩍 말라보였다. 처음 봤을 때는 표면이 검은 광채를 띠어 존재감이 두드러졌는데, 지금은 훅 불면 날아가 버릴 듯 문자 그대로 '있으나 마나'의 상태다.

그래도 나는 그대로 두었다.

창가에 다가갈 때마다 한참 딱정벌레를 바라보고는 다시 뒤돌아서기를 반복했다.

0

아버지한테서 가나가와(神奈川)현에 사는 작은아버지가 위독하다는 연락이 왔다. 센다이에서 부랴부랴 달려온 엄마를 오빠와 함께 도쿄역에서 만나기로 했다.

아버지는 이미 먼저 가서서 며칠째 작은아버지 곁을 지켜드렸다고 한다. 앞으로는 아버지와 번갈아 작은아버지를 보살피기로 해서 우리가 작은아버지를 찾아뵙기로 했다.

도호쿠(東北) 신칸센 개찰구에서 먼저 오빠를 만난 뒤 둘이서 눈이 빠지게 엄마를 기다렸지만, 엄마는 좀처럼 모습을 드러내지 않았다.

엄마가 탄 도호쿠 신칸센 열차가 '도착'했다고 전광판에 떴다. 한바탕 인파가 우르르 쏟아져나오더니 뚝 끊겼다. 나오는 사람들이 훤히 다 보이는 터라, 엄마를 못 봤을 리가 없다.

알고 보니 나와 오빠가 북쪽 방면 환승구의 개찰구에서 엄마를 기다리는 동안 엄마는 남쪽 방면 환승구의 개찰구로 나와버렸다고 한다.

나도 오빠도 늘 북쪽 방면 환승구의 개찰구를 이용하다 보니, 당연히 엄마도 이쪽으로 나오리라고 여긴 것이다.

기다리다 못해 오빠가 남쪽 방면 환승구의 개찰구로 가보았지만, 거기에도 엄마는 없었다.

걱정되어 전화를 걸어보니, 엄마는 이미 도쿄역의 마루노

우치 중앙 출구까지 걸어간 상태였다. 결국, 우리가 모두 만난 것은 엄마가 도쿄역에 도착한 지 30분이 지나서였다.

착각이란 무서운 것이다. 다음부터는 조심하자고 오빠와 같이 반성했지만, 여행 미스터리 작품에 트릭으로 쓸 만한 소재는 아니다.

도쿄에서 가나가와로 향하는 게이힌 도호쿠센은 빈자리가 꽤 많아서 셋이 나란히 앉았다.

이즈음 태풍과 장마가 계속되어 한동안 햇살은 구경조차 할 수 없었다.

철교 아래 다마강(多摩川)은 우중충한 잿빛을 띠며 흐르다가 저 멀리서 거무칙칙한 먹구름과 뒤섞였다.

"다마강 크네."

"바로 여기가 고질라의 공격을 막기 위한 도쿄 최후의 방어선이군."

오빠와 내가 올여름 크게 인기를 끈 영화 <신 고질라>를 화제 삼아 두런두런 이야기를 나누는 가운데 어느새 열차는 목적지의 플랫폼으로 미끄러져 들어갔다.

역 앞에서 잡은 택시는 구불구불 언덕길을 올라가 꼭대기에 있는 병원에 도착했다.

현지의 택시 기사라 주변 지리에 밝았을 뿐 아니라, 공휴일에는 병원 입구가 저쪽이에요, 하고 손가락으로 가리키며 알려주었다.

작은아버지는 이미 완화의료병동에 계셨다.

간호 센터 앞 대기실까지 마중 나온 사촌을 따라 병실에 들어갔다.

시설이 잘 갖추어진 깔끔한 방이었다.

순서대로 내가 떠날 날이 온다는 사실을 알아도... 누구에게나 똑같이 죽음이 찾아온다는 사실을 알아도... 그런데도 어떻게 반응해야 좋을지 선뜻 결정을 내리지 못하는 자신의 모습이 보인다.

하물며 눈 떠서 잠들 때까지 소설 쓰면서 하루 대부분을 보내는 처지임에랴. "이건 현실이야, 현실! 진짜 일어난 일이라고." 몇 번이나 자신에게 주의를 주었다. 그렇게라도 하지 않으면 눈앞의 현실마저 소설이라고 착각해버릴 것 같았기 때문이다.

작은아버지는 아직 대화는 주고받을 수 있는 상태였다.

의식이 흐려지는 단계로 접어들어 혼동을 억제하는 약물을 투여하기 시작했다고 한다.

옆에서 대화를 나누거나 말을 걸면 알아듣는지, 종종 고개를 끄덕이거나 뭔가 중얼거리기도 했다.

이따금 통증을 호소하면 바로 간호사가 와서 진통제 성분의 수액을 투여해주었다.

병실에 막 들어섰을 때는 긴장한 데다 여러 관이 몸에 연결된 모습에 충격을 받아서 좀처럼 병상을 마주 보지 못했지만,

차츰 병실 분위기에 익숙해지면서 대기실 의자를 가져와 잡담을 나누기도 했다.

그렇게 생각해서 그런지 작은아버지는 표정이 부드러워 보였다.

아마 가족이 모두 곁에 있고 같은 방에서 이런저런 이야기를 나눈다는 사실을 알고 있으리라. 그런 분위기가 마음에 안정감을 준 모양이다. 사촌이 곁에 없을 때만 상태가 나빠지는 이유를 알 것 같았다.

막상 작은아버지 모습을 마주하니, 이전과 크게 달라지지는 않았고 안색도 그리 나쁘지는 않았다. 팔다리 근육도 떨어지지는 않았다.

눈을 감고 있는 모습은 놀랄 만큼 아버지와 닮아있었다. 핏줄이란, 유전자란, 참으로 신기한 것이다.

그리고 신기했다. 이 광경이 머지않은 장래에 나한테도 찾아올 장면이잖아.

나는 병상에 누운 작은아버지에게서 부모님 모습뿐 아니라 훗날 의식이 흐려져 영원 속으로 잠들어가는 내 모습도 봤다.

고독사란 과연 무엇일까.

죽을 때는 혼자일 수밖에 없으니, 죽는 순간은 누구나 고독하다.

누군가 내 병시중을 들어주길 바라는 마음은 추호도 없다.

코끼리는 죽을 때가 되면 스스로 무리를 이탈해서 무덤을 찾아간다는 속설이 있는데, 나도 세상 떠날 때가 되면 코끼리처럼 그냥 '페이드아웃' 하고 싶다. 요즘은 그것도 어려우니 차라리 동경하는 바는 '객사'하는 것이다. 할 수만 있다면 여행지에서 눈을 감는 것이다. '객사'한 나를 맞닥뜨린 현지인에게는 미안하지만. 부디 양해해달라고 부탁하고 싶다.

침대 위에서 정신이 깜박깜박하는 작은아버지 곁에 둘러앉아 입원 절차를 비롯한 이런저런 사정을 듣고 꽤 오랫동안 구체적인 방안을 상의했다.

사촌은 몇 번이나 말을 걸고 몸을 뒤집어주고 어디 아픈 데가 없는지 묻는다.

긴 인생을 살아가면서 자기 나름대로 사회에서 한몫하고, 마침내 생에 마침표를 찍는 것이 보통 일이 아니라는 사실을 새삼 뼛속 깊이 실감했다.

말 그대로 보통 일이 아니다. 물리적으로도 정신적으로도.

우리 집에 있는 짐만 생각해도 정신이 아득해진다. 짐 정리만으로도 힘들 텐데, 법적인 절차도 밟아야 하고 여기저기 연락도 해야 한다. 언뜻 떠오르는 일만 해도 한둘이 아닌 데다 미룰 수도 없다.

평범한 사람도 이 정도인데, 하물며 제법 이름이 알려진 사람이라면 해야 할 일이 산더미처럼 늘어나겠지. 두말하면 잔소리다. 물론 명성이 있는 만큼 가족이나 친인척을 비롯한 주변 사람들이 돌아가시기 전부터 만반의 준비를 해둘 것이다. 한마디로 거대 프로젝트라고 해도 과언이 아니다.

게다가 당사자는 몸이 쇠약해져서 투병하는 것만으로도 벅찬 상태일지 모른다. 더구나 도와주는 사람이 없으면 혼자서는 거동조차 못 하니 불편하기 짝이 없다. 그나마 스스로 판단할 수 있다면 다행인데, 소위 치매라고 걸리면 그마저도 안 된다.

... 혹시 어느 한쪽이 건강에 문제라도 있었던 걸까.

문득 그런 의문이 스쳤다.

물론 내가 쓴 소설에 나오는 두 사람 이야기다.

실은 그 가능성도 검토한 적이 있다.

처음에는 두 사람이 상당히 나이가 많은 줄 알고 고령자의 이미지를 떠올렸기 때문에, 어느 한쪽이 심각한 병이 들어서 세상을 비관한 나머지 동반 자살하지 않았을까, 하는 추측도 했다.

다만 한마디로 '세상을 비관'했다고 해도 그 안에는 여러 사정이 얽혀있을 터.

오랜 투병과 그에 따른 고통이 두렵고, 날로 불어가는 치료비가 두렵고, 타인의 도움 없이는 움직이지도 못하는 처지가 두렵고, 결국 혼자 남게 될 자신이 두려울 것이다. 이 모든 두려움을 뭉뚱그려 '세상을 비관'했다고 표현한 것이다.

그렇다면 병이 깊어져서 몸져눕기 전에 어디든 자유롭게 가고 무엇이든 할 수 있을 때 자기 자신의 의도대로 이 세상을 떠나는 편이 낫지 않을까. 두 사람은 그렇게 생각했을지도 모른다.

하지만 실제로는 두 사람 나이가 훨씬 젊었다. 한 사람의 여성으로서 자신감을 가지고 한창 일할 나이였기에 병에 걸렸을지도 모른다는 가능성을 무심코 배제해버렸다.

이것 역시 혼자만의 생각일 뿐이다.

얼마 전에 동성애자라는 가능성을 '진부'하다는 이유로 배제해버렸듯이.

도호쿠 신칸센의 개찰구에서 엄마가 당연히 북쪽 방면 환승구로 나오리라고 여겼듯이.

그러나 병은 젊은 나이라도 얼마든지 걸릴 수 있고 일하는데도 영향을 끼치기 마련이다.

오히려 생사의 기로에 선 쪽은 젊은 사람 아닐까.

40대 독신 여성 둘이 같은 방을 쓴다고 가정해보자. 그러다 어느 한쪽이 병에 걸린다. 당장 죽지는 않더라도 일하기가 어렵다면 두 사람은 얼마 못 가 경제 사정이 어려워질 수밖에 없다. 장기간 요양을 해야 한다든가 평생 약을 먹어야 한다면 어떻게 될까. 평생 의료비 부담을 떨칠 수 없고 늘 생활비 압박 속에서 살아가야 한다.

두 사람이 일해서 번 돈으로 구한 집인 만큼 어느 한쪽의 수입이 없어지면 집도 곧 비워줘야 한다. 생활에 필요한 모든 것을 남은 한 사람이 책임져야만 한다. 아픈 사람 곁을 떠나지 않고 돌봐줘야 하는 상황이 닥치면 남은 한 사람의 수입마저 위태로워진다.

40대 중반.

과연 경제 상황은 어떨까? 적금은 어느 정도 해두었을까? 건강 보험은 제대로 들었을까? 연금은?

결혼도 하지 않고 대학 시절 친구와 산다. 이렇게 살아도 공공보험의 혜택을 받을 수 있을까? 어느 한쪽을 양자로 삼지 않는 한 상대방을 생명보험의 수취인으로 하지도 못한다.

가족은 도움의 손길을 내밀까?

요즘이야 룸 셰어가 무엇인지 개념이 어느 정도 알려졌지만, 당시만 해도 여자 둘이 산다는 것이 얼마나 드물고 상식을 넘어선 파격이었는지 상상이 가고도 남는다.

두 사람이 가족과도 떨어져 고립된 채 살았다고 해도 이상하지 않을 정도다. 동창, 동료, 이웃은 있을지 모르지만, 그들은 어디까지나 '지인'일 뿐이다.

무엇보다 두 사람 스스로 가족이나 외부인과 어울리길 꺼렸다. 안정된 두 사람의 생활에 누군가 개입하거나 타인에게 도움을 구하길 망설였다.

그러나 병에 걸린 이상 찬밥 더운밥 가릴 형편이 못 된다. 병은 두 사람의 생활을 뿌리째 뒤흔들 뿐 아니라 야금야금

좀먹고 말 것이다.

두 사람은 벼랑 끝으로 내몰린 신세다...

　·

엄마가 작은아버지에게 말을 걸었다. 그의 팔을 어루만지며 사촌과 교대로 말을 붙였다.

이 연배의 여성들이 보여주는 뛰어난 말솜씨는 늘 감탄을 불러일으킨다. 혹시 여성이라면 누구나 타고나는 능력일까. 그 자리에 꼭 알맞은 화법으로 사람과 사람을 이어주고 얼어붙은 마음을 녹인다. 건전한 커뮤니케이션의 예시라고 할 만큼 자연스럽게 대화를 구사한다. 말하기에 자신 없는 나로서는 그분들이 갖춘 탁월한 능력을 기적이라고밖에 달리 표현할 길이 없다.

내가 소설가가 되었을 때 무척 기뻐하셨던 작은아버지. 등단작을 읽어보시고는 "《바람의 마타사부로(風の又三郎)》 못지않구나."라고 칭찬해주셨던 작은아버지.

엄마의 목소리를 들으며 나는 십여 년 전, 두 여자가 방에 있는 장면을 떠올렸다.

정적이 감도는 거실.

식탁을 사이에 두고 고개를 반쯤 숙인 채 앉아 있는 두 여자.

여전히 침묵만이 흐른다. 어느새 날이 저물었지만 둘 다 불을 켜려고 하지 않는다.

무슨 이야기를 하는 중이었을까?

이 어색한 긴장감은 무엇 때문일까?

두 사람은 어떤 결정을 내렸을까?

병실의 큰 창문으로 시선을 돌렸다.

비가 그친 듯했다. 햇살은... 없다.

1

두 사람이 함께하는 생활은 곧 톱니바퀴처럼 착착 맞물려 돌아갔다.

한쪽은 정시 출근이고 다른 한쪽은 재택근무라는 점도 서로 잘 맞았던 모양이다.

따로 또 같이.

공동생활인 만큼 서로 도와주되 과도한 간섭은 하지 않는다. 그러한 암묵적인 규율이 성립되었다.

둘 다 바쁠 때는 얼굴도 못 보고 하루가 저물기도 했지만, 딱히 말하지 않아도 가사 분담은 꼭 지키고 잘 유지했다.

쾌적하네, 얼마 지나지 않아 둘 다 그렇게 느꼈다.

고독에서는 벗어났지만, 그렇다고 해서 상대를 보살펴야 할 책임은 없다.

남녀 간의 동거라면 한집에서 살아야 할 이유를 늘 염두에 두면서 자꾸 확인하려고 하지만, 동성 간의 동거라면 그런 의무감에서도 자유롭다.

어디까지나 경제 상황과 독립 공간을 이유로 '연대'했기 때문이다.

이웃들이 미심쩍은 표정을 짓기는 했다.

가끔 외식하려고 역 앞 상점가를 걷다가 낯익은 가게의 주인에게 인사라도 하면, 두 사람을 의아한 눈초리로 바라봤다.

자매라고 하기에는 전혀 닮지 않다 보니, 같이 산다고 하면 갖가지 억측이 눈동자를 스치고 지나갔다.

그러나 그런 시선들에도 익숙해졌다.

한집에 사는 지금, 서로 편안할 뿐 아니라 누구에게도 폐를 끼치지 않으니 남의 눈치를 봐야 할 이유는 없다.

대학 시절 단골집과 분위기가 비슷한 선술집에 들러 서로 일하면서 겪은 고충을 한바탕 늘어놓으며 두부튀김과 전골로 배를 채웠다.

마치 대학 시절로 돌아간 듯한 기분이었다.

그 대화에는 현실의 여러 문제가 담겨 있었지만, 두 사람은 모르는 척했다. 아직 우리는 젊다. 아직 다음 무대가 있다. 지금은 어디까지나 '연대'의 시기다. 잠시 한걸음 물러난 상황이라고 믿어 의심치 않았다.

초가을 해 질 녘.

선술집의 살짝 열린 미닫이문 너머에서 불어오는 밤바람

이 참 시원하다.

밖에서는 전철이 다가오는지 건널목의 땡땡땡땡 소리가 울려 퍼진다.

잠시 침묵이 흐르고 두 사람은 얼큰하게 취한 상태를 즐겼다.

T가 담배를 꺼냈다.

어, 너 담배 피워?

M이 잔소리를 해대자 T가 겸연쩍은 웃음을 지었다.

그게 집에서 원고만 붙들고 있으니까 답답하더라. 한 대 피우면 머리가 맑아진다고 해서 좀 피워봤더니 정말 그렇던데. 그래서 가끔 피워.

흐음.

M은 못마땅하다는 듯 대꾸했다.

M은 T가 담배를 피우는지 미처 몰랐다. 그러나 익숙한 동작으로 담배를 꺼내는 모습에서 흡연이 이미 생활의 일부로 자리 잡았다는 사실을 눈치챘다.

딱히 숨어서 피울 건 없잖아. 고등학생도 아니고 말이야.

T는 복잡한 표정으로 고개를 저었다.

으음. 방에 냄새 배는 거 싫어서 창문 열고 피운 건데.

T는 의뢰받은 번역이 많았다. 게다가 납기가 엄격해서 최근 몇 주간 방에서 꼼짝하지 않고 일만 했다는 사실을 M은 잘 알고 있다. 무엇보다 M 자신도 큰 프로젝트를 맡아서 허둥

지등 출장지로 달려가느라 담배 피우는 모습은 보지 못했다.

요새 시간이 어떻게 가는지 모르겠어. 날짜 감각이 없어지는 것 같아. 내가 이렇게 살 줄은 정말 몰랐다니까.

T는 천천히 담배를 피우면서 눈으로 담배 연기를 좇았다.

그러게. 어느새 계절이 바뀌었네.

M도 연기가 천장으로 사라지는 장면을 같이 바라봤다.

그니까. 눈 깜짝할 새야.

그때 M은 문득 두 사람의 미래를 살짝 엿본 듯했다.

어쩌면 우리, 계속 이대로 살게 되는 거 아닐까? 순식간에 십여 년이 흐르고 나이 든 두 여자가 같은 카운터 자리에서 대화를 주고받는다. "시간 정말 빠르다." "이렇게 오랫동안 같이 살 줄은 꿈에도 몰랐어."

기묘한 느낌이었다.

M은 미래의 두 사람에게 찾아온 허무와 체념을 간접 체험하는 기분이었다. 몸에 밴 듯 익숙한 편안함을 느끼기도 했다.

M은 슬쩍 T의 얼굴을 훔쳐본다.

T도 M과 같은 심정일지도 모른다.

그러나 T는 멍하니 담배 연기를 쳐다봤다.

그 눈에서는 공허감마저 감돌아 어떠한 표정도 드러나지 않았다.

얼굴에서는 자유로움이 풍겼다.

M은 그렇게 느꼈다.

대학 시절, 회사 다닐 때, 결혼식 날. T는 항상 '똑 부러진 아가씨' 같은 얼굴이었다. 누군가의 보호 아래서 주어진 역을 착실히 해내는 여자의 얼굴이었다.

그러나 지금은 다르다.

자유롭게 살아가는 프리랜서의 얼굴이다.

운동해보면 어때? 집에만 있으면 더 답답해지잖아.

M은 T에게 권했다.

그래. 체력을 키워야 하니까.

T는 재떨이에 담배를 꾹 눌러 껐다.

뭐, 저녁 찬거리 살 겸 동네 산책하면 기분전환이 되겠네. 나는 여자니까 괜찮은데, 남자 프리랜서는 힘들 거야. 낮에 동네를 어슬렁거렸다간 수상한 사람 취급받을 테니까.

듣고 보니 그러네.

M은 맞장구를 치며 데운 정종을 주문했다.

그래도 도쿄는 낮에 돌아다녀도 괜찮아. 직업이 뭔지 알 수 없는 사람이 많으니까. 지방으로 가면 집에서 일하는 남자는 눈에 띄니까 불편할 거야.

T도 고개를 끄덕였다.

내 생각도 그래.

두 사람은 잠시 각자의 고향을 떠올렸다. 자신들과는 달리 고향에서 '보통'의 삶을 살아가는 가족들. 데이트라도 했다간 하루도 못 가 친척들한테까지 다 알려질 만큼 좁은 사회. 대학 입학 후 대도시로 와서 지금껏 결혼도 하지 않고 지내는 두 사람을 표류한다고 여길 그들.

두 사람은 아무 말도 하지 않았지만, 같은 마음으로 새삼 다짐했다.

다시는 고향으로 돌아가지 않는다. 절대 그곳으로 돌아가지 않는다. 아니, 이제 돌아가지 못한다. 무슨 일이 있어도 고향 사람들 신세는 지지 않는다. 도움을 구하지도 않을 것이다.

그렇게 자신들에게 들려주었다.

서로 같은 다짐을 했다는 사실을 굳이 말하지 않아도 느낀다.

10년 뒤 우리는 어떻게 되어 있을까.

T가 불현듯 물었다.

10년 뒤 그때는...

M의 머릿속에 좀전의 간접 체험이 기묘한 감각으로 되살아났다.

바로 여기 이 카운터에 앉아 우리는 이렇게 말하지 않을까. "시간이 눈 깜짝할 새 지나갔네."

다만 M은 그 말을 입 밖으로 꺼내지는 않았다. 두 사람 다 원하지 않는 미래였기 때문이다.

M은 농담조로 입을 열었다.

"저 가게 카운터에서 10년 뒤엔 어떻게 되어 있을까 하고 말했었는데..." 하면서 옛일을 떠올릴지도 모르지.

데운 정종이 호리병처럼 생긴 도쿠리에 담겨 나왔다.

T가 M이 든 사기잔에 술을 따른다.

그래. 각자 다른 데서 살다가 오랜만에 만나서 그때 같이 살던 아파트 가보자고 하는 거지. 그럼 이 가게에 다시 들를 테고.

T는 고개를 끄덕이면서 느긋한 목소리로 말했다.

하지만 M은 그 목소리에 어린 차가운 어조를 감지했다.

말은 그렇게 하면서도 본인은 그 미래를 조금도 믿지 않는 느낌. 그저 입으로만 맞장구쳤을 뿐 전혀 실감하지 못한 느낌.

M은 한 번 더 T를 흘낏 바라봤다.

혹시 T도 나와 같은 예감이 든 것 아닐까? 우리는 이대로 계속 저 아파트에서 같이 늙어간다. 다음 무대는 없고 여기서 한 발짝도 더 나아가지 못한 채 다람쥐 쳇바퀴 돌 듯 계속 이 자리에 머문다. 그렇게 생각했을까?

물론 M은 그 생각을 굳이 말하지는 않았다.

T도 아무 말도 하지 않았다.

우리의 미래는 어디로 이어질까.

사기잔을 기울이며 M은 멍하니 생각에 잠겼다.

쾌적한 생활이 가능한 동거인. 편안한 동거인. 허물없는 동거인. 결코, 나쁘지도 힘들지도 않다. 다만 다가올 미래에 무엇이 기다리고 있을까.

또 전철이 지나간다.

건널목에서 울리는 경적. 철길의 이음새를 건너는 소리.

어딘지 섬뜩하다. 밤바람이 불어와 M은 살짝 몸이 떨렸다.

뭐지, 이 한기는.

바로 옆에 앉아 있는데도 T는 아무렇지도 않은지 밤바람 따위는 아랑곳하지 않았다.

T는 조금 전과 마찬가지로 허무에 찬 눈빛으로 정면을 바라본 채 조용히 술잔을 기울인다.

(1)

포이어(foyer)라는 단어를 생전 처음 들었다.

나중에 사전을 찾아보니 원래 프랑스어다. '대기실, 오락실' 이라는 뜻으로, 입구에서 회의실나 연회장까지 이르는 널찍한 공간을 가리키는 말이다. 주로 환담을 주고받는 휴게실로 쓰인다고 한다.

지금까지 그런 장소를 로비라고 불러왔기 때문에 새로웠다.

듣고 보니 확실히 '포이어'라는 단어의 울림이 딱 어울리는 곳이었다.

늘 가보고 싶었던 오사카 나카노시마(中之島)의 다목적 공간 페스티벌 홀.

새 단장을 한 지 시간이 꽤 지났지만 좀처럼 올 기회가 없었다.

예전의 페스티벌 홀에 와본 적이 없어서 비교는 하지 못하겠지만, 이미 몇십 년 전부터 그 자리에 있었다는 듯 당당한 자태를 뽐내는 입구가 근사했다.

드넓은 계단이 시선을 끈다. 화려한 실내는 다카라즈카(宝塚)[6]의 영향일지도 모른다.

계단을 올라가자 천장이 낮은 에스컬레이터가 3개 있고, 그 끝에 홀을 감싸듯 너른 공간이 펼쳐져 있다. 그곳이 포이어라고 부르는 곳이었다.

입구에 2층부터 7층까지 페스티벌 홀이라고 적힌 문구를 보고, 이렇게 공간을 많이 차지하나 싶었는데, 안을 둘러보니 이해가 갔다.

일단 홀 자체가 웅장하다. 수용 인원이 2,700석이라고 하니, 엄청난 규모다. 로비, 그러니까 포이어도 천장이 높아서 탁 트인 공간감이 탄성을 자아낼 만큼 멋지다. 더는 쓰지 않는 표현이지만 '어른의 사교장' 같은 분위기를 풍긴다.

6　미혼 여성으로만 구성된 일본의 가극단. 공연 마지막에 스타 배우가 대형 계단을 내려오는 '퍼레이드'를 펼치며 피날레를 맞이한다_옮긴이

홀 내부도 초콜릿색 반향판을 입체감 있게 구현하여 안정감이 돋보인다.

누가 출연자라도 연주가 절로 될 듯한 홀이다. 말로 설명하기는 어려운데 어딘지 긴장감을 풀어주고 포근히 품어주는 느낌이다.

신기하게도 극장에는 사람처럼 기질이나 인격이 깃들어 있다.

까다롭거나 심술궂거나 건방지거나 너그러운 등, 저마다 가지각색이다.

출연자와의 궁합도 있을 뿐 아니라 오랜 기간 함께하면서 손발을 맞춰가기도 한다. 학창 시절 밴드 활동을 해서 여기저기 콘서트홀과 라이브 하우스에서 연주해봤는데, 마음이 편한 장소가 있는가 하면 왠지 모르게 거북한 장소가 있다. 물론 촬영 장비나 음향 설비의 탓도 있겠지만, 연주 소리를 한결 돋보이게 해주는 홀이 있는가 하면, 뻐기는 듯한 태도로 해볼 테면 해보라는 느낌을 주는 홀도 있다. 한편 실수했다간 창피를 톡톡히 당할 것이라며 겁주는 홀도 있다.

그런 의미에서 페스티벌 홀은 출연자도 청중도 모두 만족스러운 곳이었다. 이곳을 선호하는 뮤지션이 많다고 들었는데, 과연 그럴 만했다. 처음에는 리모델링을 반대하는 목소리가 높았지만, 지금은 리모델링을 잘했다는 평가가 많다고 한다.

오사카 필하모니의 연주를 듣는 내내 홀의 이모저모를 떠올린 것은 《잿빛 극장》이 연습에 들어갔다는 소식을 들었기 때문일 것이다.

그 새하얀 무대가 있던 하천가의 건물.

한때 염료 회사였던 곳. 지하 같기도 하고 지상 같기도 한 곳. 도시의 에어 포켓처럼 불가사의한 공간.

연습도 공연도 그 장소에서 한다고 생각하니 어쩐지 마음속이 어수선하다.

보러 오시겠어요?

사흘 전 프로듀서한테서 연락이 왔다.

언제든 오시고 싶을 때 편하게 오시면 됩니다.

"네." 나는 건성으로 답했다.

자신이 쓴 소설이 무대화되거나 영상화될 때면 말로 표현하기 어려운 거북함이 스멀스멀 되살아난다.

그 복잡한 감정을 여러 번 느끼면서도 막상 설명하려면 말문이 막힌다. 기쁜가 하면 마냥 그렇지만은 않고, 부끄러운가 싶다가도 두려워진다. 불안과 기대가 뒤섞여 무사히 끝나기만을 바란다. 이 표현이 적절한지는 모르겠지만, 판결을 기다리는 피고가 이런 심정 아닐까 싶다.

다시 말해 자신이 쓴 소설을 타인이 어떻게 받아들이고 느끼는지 눈앞에서 생생하게 확인할 수 있다. 글로 쓴 이야기가 세상 사람들의 반응이라는 필터를 통해 전시되는 것이다.

이를 두고 일종의 '심판'이라고 한다면 과장이겠지만, 관객의 평가를 직접 보고 듣는다는 점에서 영 틀린 말은 아니지 않을까.

아마 나는 연습 기간이나 공연 첫날에는 가지 않을 것이다. 원작자로서는 연습 기간에 가는 편이 제일 좋다. 공연 첫날 관객과 함께 보려면 말 그대로 '심판'을 받는 셈이라 바늘방석이 따로 없으니까. 마음 무른 내가 견뎌내기에는 장벽이 너무 높다.

게다가 이번에는 또 다른 장벽이 있다.

내내 마음에 걸렸던 그 문제.

주인공으로 발탁된 두 배우의 생동감 넘치는 얼굴을 봤을 때 느낀 위화감.

두 사람의 얼굴을 나는 구체적으로 그려본 적이 없다. 알파벳이라는 기호밖에 부여하지 않았는데, 무대 위에서는 배우가 얼굴을 드러내고 목소리를 낸다. 그 사실이 여전히 꺼림칙했다.

실제 상연되는 무대를 보면 그 위화감이 사라질까?

아니면 오사카의 친구가 말했듯이 연극이라는 매체의 우화성(寓話性)으로 인해 납득이 갈지도 모르겠다. 배우의 얼굴도 기호의 하나라고 깔끔하게 결론 내리면 그만일 수도 있다.

그러나 나는 여전히 반신반의했다.

그리고... 사실 누구에게도 말하지 않은 또 한 가지 이유를 이곳에 와서 발견했다.

포근하면서도 근사한 나카노시마 페스티벌 홀의 좌석에
몸을 파묻고 극장이란 장소의 이모저모를 따져본 데는 바로
그 때문이라는 사실을 새삼 실감했다. 무의식이란... 연상 작
용이란 참 신기하다.

솔직히 말하면 나는 그 장소가 무서웠다.

어쩐지 묘하게 메마른 느낌을 주는 곳. 하천이 주변에 있는
데도 물기라고는 없이 버석거리는 곳. 공허하면서도 보이지
않는 무언가가 내려 쌓인 유적 같은 곳. 그 무언가는 아마도
시간일 것이다.

처음 그곳에 가본 뒤로 얼마 지나지 않아 그 앞을 지나간
적이 있다.

차를 타고 이동하는 중이었다.

먹구름이 가득한 오후 4시쯤이었다.

나는 도심에서 아무 생각 없이 훌쩍 택시를 타고 쏘다니길
좋아한다. 파노라마섬[7]처럼 끊임없이 풍경이 바뀌는 거리를
거침없이 달리는 그 감각이 상쾌했다. 일상 속 짧은 소풍. 머
릿속을 비우는 시간이다.

어쩌다 그곳을 지나치게 됐는지 지금 생각해봐도 잘 모르

---

7   일본 추리 소설계의 대부 에도가와 란포(江戸川 乱歩; 1894~1965)가 쓴 《파노라
    마섬 기담(パノラマ島奇談)》에 나오는 가공의 섬_옮긴이

겠지만, 어쨌든 그 낡은 건물 코앞까지 갔었다.

무엇보다 그 장소에 다가간 줄은 꿈에도 모르고, 그냥 시트에 기댄 채 멍하니 차창을 바라보고 있었는데, 웬일인지 갑자기 움찔해서 허리를 곧추세웠다.

뭔가 괴이한 물체를 본 것 같았기 때문이다.

그게 뭔지는 모르겠다.

커진 눈으로 주위를 두리번거리다가 낯익은 풍경을 보고 자신이 그 건물 앞을 지나쳐왔다는 사실을 깨달았다.

그 낡은 건물. 레너베이션을 한 아틀리에.

거기구나, 하고 알아차렸을 때는 이미 그 장소를 지나친 뒤였고, 그 건물은 이미 눈앞에서 멀어져갔다.

지금 뭘 본 거지.

나는 식은땀을 흘렸다.

도시에는 저런 장소가 여기저기 있다. 뿌연 장막을 쳐놓은 듯 위험신호를 보내는 느낌을 주는 곳이.

이번엔 무엇 때문에 기이한 느낌을 받았는지 잘 모르겠다.

다만 오디션장에서 풍겼던 메마르고 텅 빈 느낌은 그 건물 자체가 발하는 어둠의 기운에 영향을 받은 탓이라는 말밖에 뭐라고 하겠는가.

그 오디션장에 내려 쌓인 보이지 않는 무언가가, 건물 전체에서 불길한 기운을 스멀스멀 자아내게 하는 것 같았다.

지금도 그곳에는 무언가가 소리 없이 내리 쌓이고 있다. 그리고 정체불명의 존재가 그곳에 머물러 있다...

통화 중이던 프로듀서에게 들은 소문 탓이기도 하다.

글쎄, 거기에 출몰한대요.

출몰한다고요?

아무렇지도 않은 말투여서 조건반사처럼 되물었다.

그 오디션 장소에 출몰하나 봐요. 스태프 몇 사람이 봤다고 하더라고요.

봤다니요?

여전히 그가 무슨 말을 하는지 알 수 없었다.

유령이요.

그제야 비로소 알아들었다.

유령을요?

생각지도 못한 단어에 나는 어이가 없었다.

프로듀서의 말투가 "비 오는데요."라고 할 때처럼 너무 자연스러웠기 때문이다.

어떤 유령이에요?

분위기를 타고 나도 태연하게 물었다.

모르겠어요. 뚜렷한 형체가 보이진 않지만, 휙 하고 등 뒤에 그림자가 스쳐 가거나 발소리만 들린다고 하더라고요.

호오... 그럴 만도 한 게, 건물이 많이 낡았잖아요. 유령이 나와도 이상하지 않죠.

그러게요. 딱히 나쁜 짓을 하지는 않으니까요. 다들 점점 익숙해졌다고 하던데요. 한 번씩 '거, 이상하네'라고 속으로만 생각하다가 우연히 말이 나와서 '너도?', '소문 들었어?'와 같은 느낌으로 흘러갔답니다.

극장에서는 흔히 있는 일이라고 하더라고요. 그런데 거긴 극장이 아닌데.

내가 중얼거리자 프로듀서는 꾸밈없이 "하하하" 웃었다.

극장으로 쓰니까 그러지 않나 싶네요. 무대는 갖가지 요소를 끌어들이니까요.

이렇게 대화를 주고받고는 전화를 끊었다.

유령.

택시 안에서 등을 곧추세웠을 때의 감각이 되살아난다.

분명 거기에는 무언가가 있다. 내리 쌓이는 무언가가 건물에서 예사롭지 않은 기운을 자아낸다.

창작, 그리고 연기. 이 두 가지는 컴퓨터 모니터든, 극장이든, 영화 스크린이든 먼저 특정 '장소'를 설정한 뒤 거기에 불러들일 대상을 초대하고 등장시키는 것이다.

그곳이 한때 다른 용도로 쓰였다고 해도, 창작과 연기를 위한 '장소'로 탈바꿈한 순간 정체불명의 존재가 찾아오는지도 모른다.

더구나 오랜 세월 영리를 추구하는 목적으로 쓰인 곳이었다면, 그 '장소'에 봉인된 영적인 힘이 해제되어 훨씬 더 강한 반응을 나타내는 것 아닐까.

예전에 본 영화의 한 구절이 머릿속에 반복 재생된다.

"그걸 지어놓으면 그들이 올 거야."

〈꿈의 구장(Field of Dreams)〉에 나오는 대사로, 영화의 광고 문구로도 쓰인 기억이 난다.

미국의 시골 농가에서 옥수수 농사를 짓던 남자 주인공은, 어느 날 옥수수밭에서 신의 계시처럼 한 목소리를 듣는다.

그걸 지어놓으면 그들이 올 거야.

누구의 목소리인지는 모르겠지만, 분명 목소리를 들었다고 확신한 남자는 옥수수밭을 파헤치고 야구장을 짓기 시작한다. 그리고, 아니나 다를까, 옥수수밭으로부터 '그들'이 나와 그 야구장으로 온 것이다...

이윽고 페스티벌 홀에서 나와 우메다(梅田) 변두리에서 식사하고, 비즈니스 호텔로 돌아가려던 참이었다.

오사카 사람은 세계에서 걸음이 가장 빠르다는 말을 실감했다.

도쿄 사람도 걸음이 빠르다고들 하고 나 역시 걸음이 빠른 편이라고 생각했는데, 길을 잘 몰라서 그런지 오사카의 행인들 틈에서 나는 거북이걸음에 불과했다.

최근 수년간, 우리나라 대도시는 어디든 중심부 호텔이 예약하기 어려워서, 조금 떨어진 지역의 비즈니스 호텔에서 주로 숙박한다.

지하철을 타고 몇 정거장 이동한 후 지상으로 올라와 비즈니스 호텔로 향한다.

오사카는 공간 구획이 특이하다고 할까, 딱히 중심부라고 할 만한 곳이 없어서 의외로 두서가 없다. 도쿄는 소위 허브라고 불리는 지역이 있고 지역마다 역할 분담이 확실한데, 오사카는 '되는 대로' 역할을 맡은 뒤 여기저기 흩어진 느낌이다.

지상으로 올라오자 휘영청 밝은 달이 보인다.

텅 빈 교외 같은 공간에 빌딩이며 맨션이 늘어서 있다.

비즈니스 호텔은 썰어둔 카스텔라처럼 얇은 직육면체 모양이었다.

간선도로 부근의 꼬치 체인점과 오코노미야키(お好み焼き)[8] 가게의 직원들이 활기찬 목소리로 손님을 맞이한다.

취기가 올라 어슬렁어슬렁 호텔로 향하던 나는 불쑥 허리를 곧게 폈다.

무언가가 내 발목을 붙잡는다.

호텔로 가는 큰길 안쪽으로 좁은 골목길이 나 있다.

어두운 골목 저편에서 자그마한 식당의 불빛이 깜박인다.

---

8 : 일본식 부침개_옮긴이

나는 길목에 우두커니 서서 어둠 속을 들여다봤다.

괴이한 물체.

택시 안에서 허리를 곧추세웠을 때와 마찬가지로 정체불명의 존재가 골목 저편에 있다.

나는 그 자리에서 옴짝달싹할 수가 없었다.

그러다가 나는 발걸음을 옮겼다. 또 다른 내가 자신으로부터 빠져나와 골목길로 슬슬 들어서는 모습이 보이는 듯했다.

나는 터벅터벅 길을 따라 걸었다.

언젠가 갔던 도쿄의 그 장소를 찾아가는 중이었다. 하천 근처에 자리한 낡은 건물. 그 새하얀 아틀리에로 향했다.

거리 풍경은 어둡지도 환하지도 않았다. 하늘은 그날 택시를 타고 지나쳤을 때처럼 흐릿한 잿빛이었다.

쥐 죽은 듯 조용한 데다 사람 그림자도 찾아보기 힘든, 그 텅 빈 장소.

하천 냄새가 풍긴다. 좀 떨어진 곳에서 강바람이 불어오는 듯했다.

나는 어느새 그 건물 입구에 서 있었다.

입간판이 보였다.

금일 첫 공연.

지하로 내려가는 계단이 눈에 들어왔다.

가슴이 뛰었다. 공연 첫날에 와버리다니. 드레스 리허설인 줄 알았는데. 그래도 인기척이 전혀 없는 점으로 보아 아직 리허설이 끝나지 않았을지도 모른다.

나는 천천히 계단을 내려갔다.

내 발소리가 유독 허공에 크게 울린다.

아무도 없다. 틀림없이 날 초대했을 프로듀서도, 다른 스태프도.

층계참에 이르렀다.

하천에 면한 창가로 밝은 햇살이 비친다.

층계참에 다리를 늘어뜨리고 앉아 있을 때, 누군가 이쪽으로 후다닥 뛰어오는 소리가 들렸다.

무심코 뒤돌아보고는 천장을 쳐다봤다.

위에 누가 있나?

한참 귀 기울여봤지만, 바늘 떨어지는 소리도 들릴 만큼 고요하기만 했다. 어쩐지 그 발소리는 몸무게가 가벼운 아이가 내는 소리 같았다.

다시 일어나서 아틀리에로 발걸음을 옮겼다.

놀랍게도 안에는 사람이 가득했다.

어쨌든 나는 공연 시간보다 늦게 온 모양이었다.

이미 막이 올라 관객들이 공연을 지켜보는 분위기였다.

앗, 시간을 착각했나.

나는 혀를 차면서도 마음이 놓였다. 그 관객들 틈에서 공연을 보지 않아도 된다는 사실을 깨닫고는 안도의 숨을 내쉬었다.

뭐, 잘됐네. 여기서 그냥 들어야겠다.

벽에 몸을 기대자 건너편에서 공연하는 소리가 들렸다.

배우의 대사는 들리지 않지만, 그 억양은 전해졌다.

아, 지금 공연 중이구나.

나는 눈을 감았다.

배우 얼굴이 보이지 않는다는 점도 마음의 짐을 덜어주었다.

어쩌면 이렇게 '듣는' 편이 가장 나은 방법일지도 모른다.

이처럼 보이지 않는 배우 얼굴을 상상하면서 연기하는 장면을 '느끼는' 편이 내게는 잘 맞으니, 이 공연을 접하는 방법 가운데 으뜸이지 싶었다.

휙, 그림자가 비쳤다.

누군가 눈앞을 스쳤다.

인기척을 느끼고 눈을 떴지만 아무도 없었다.

지금, 누가 지나갔는데?

흔들리는 눈동자로 주위를 둘러본 뒤, 목을 길게 빼고 계단 위쪽을 쳐다봤지만, 개미 한 마리 얼씬하지 않았다.

기분 탓인가.

나는 다시 눈을 감고 벽에 기댔다.

그런데 벽 건너편에서 들려오는 소리가 이전과 달랐다.

조금 전까지는 분명 연극 대사의 억양이 들렸는데, 지금은 정체를 알 수 없는 소리였다.

웅성웅성, 왁자지껄. 군중이 떠드는 소리. 마치 북적대는 번화가를 걷는 느낌이라고 할까.

의아한 생각이 들어 벽에 귀를 바싹 대자, 여전히 시끌벅적한 소리가 들렸다. 폐쇄된 공간이 아니었다.

문득 얼굴을 들자, 아틀리에의 빼꼼히 열린 문에 시선이 닿았다.

5센티미터쯤 열린 틈 너머는 무척 밝았다.

나는 떨리는 가슴으로 한발 한발 다가가 틈새 밖을 살며시 내다봤다.

그곳은 좀 전에 빠져나온 페스티벌 홀의 포이어였다.

높은 천장에서 조명이 비 오듯 쏟아지고, 근사한 레드카펫 위에는 높다란 카운터 테이블이 늘어서 있다.

오가는 고객들이 카운터 테이블에 놓인 샴페인을 마시고 있다. 여기저기 환담하는 모습이 보인다.

이상하네. 이미 콘서트는 끝났을 텐데.

나는 홀로 걸어 들어가 고객들 사이를 거닐었다.

콘서트장의 출입문은 닫혀 있었다.

지금 공연 중인 것 같았다.

출입문에 살짝 귀를 대본다.

그러자 아까 들은 연극배우의 억양이 다시 들렸다. 그렇구나, 여기서 공연하는구나.

박수와 함성이 들렸다.

이런, 벌써 끝났구나. 다 놓쳐버렸네.

아쉬워하던 차에 홀의 스태프가 다가와 출입문을 활짝 열어젖혔다.

박수와 함성이 더욱 커졌다.

2,700명을 수용하는 거대한 홀.

그러나 콘서트장 내부는 잘 보이지 않았다. 흰 깃털이 쏟아져 내려 객석을 다 메워버렸기 때문이다.

깃털로 가득한 객석에 수많이 사람이 빼곡히 앉아 있고, 무대에서는 두 주인공을 연기한 배우들이 환호에 화답하는 중이었다.

그러나 깃털이 끊이지 않고 얼굴에 떨어져서 누구인지는 알아보지 못했다.

보이지 않는다. 얼굴이 보이지 않는다.

나는 깃털을 밀어 헤치고 탈탈 털어낸 뒤 무대 위를 똑바로 바라봤다.

아무도 안 보이잖아.

그렇게 중얼거리자 홀의 스태프가 내 어깨를 붙잡더니 "이쪽으로 오시죠." 하며 포이어로 데리고 나갔다.

잠깐만요. 이 작품, 제가 원작자예요. 공연 첫날이라서 보러 온 거예요.

당황한 나머지 변명하듯 이렇게 말하자, 스태프가 나를 돌아봤다.

얼굴이 보이지 않기를 바라셨죠?

말투는 부드럽지만, 이 스태프의 얼굴도 흰 깃털로 뒤덮여 있었다.

얼굴이 없는 쪽이 낫지 않을까요?

목소리가 차가웠다.

네, 그래도.

나는 허를 찔려 말문이 턱 막혔다.

그렇지 않으면 이쪽이 더 나을까요?

스태프는 자신의 얼굴을 뒤덮은 깃털을 손으로 뽑아냈다.

나는 비명을 질렀다.

돌연 눈앞에 새의 얼굴이 나타났다. 깃털이 뜯겨 맨살이 드러나자 동그란 눈알과 뾰족한 부리가 보였다. 뼈만 앙상히 남아 잿빛 부리가 도드라진 새의 얼굴이.

꺄악! 나는 뒷걸음질 치다가 뒤를 돌아봤다.

수많은 눈동자가 이쪽을 보고 있었다.

2,700명이나 되는 관객과 무대에 선 배우들의 수많은 눈동자가 나를 빤히 바라보고 있다.

모두 새의 얼굴이었다.

사람 몸에 새의 얼굴이 달려 있다. 긴 머리, 파마머리, 7대3 가르마 등 머리 모양은 제각각이지만, 하나같이 깃털이 뽑혀 휑한 살갗에 삐쩍 마르기까지 해서 튀어나온 잿빛 부리가 유독 눈에 띄는 새의 얼굴이었다.

나는 귀청이 찢어질 듯 날카로운 비명을 지르며 그 자리에서 도망쳤다. 포이어를 뛰쳐나가 에스컬레이터를 성큼성큼 건너뛰며 내려갔다.

레드 카펫이 깔린 대형 계단에서 구르기라도 하듯 전속력으로 내달려 현관문을 박차고 밖으로 빠져나왔다.

그곳은 도심에서 떨어진 변두리였다.

체인점의 불빛.

정신을 차려보니 간선도로를 달리는 차들이 보였다.

깊은 한숨이 새어 나왔다.

슬쩍 돌아보니 골목 저편에는 텅 빈 어둠만 남아 쓸쓸히 거리를 밝히는 가로등밖에 보이지 않았다.

0

주위를 둘러보자 왠지 말로는 설명하기 어려운 묘한 기분이 들었다.

뭘까, 이 느낌은?

혹시 죽음이 다가올 때 피부에 와닿는 감각이 이런 느낌일까. 아니면 죽음이 손짓할 때 눈앞에 보이는 광경이 이런 느낌일까.

실내에는 엄청난 인파가 몰려들어 대체 몇 명이나 있는지 가늠이 안 될 정도였다.

도심 호텔의 대연회장.

나는 시상식이 거행되는 단상에 올라 구석 자리를 살피며 누가 왔는지 찾아봤다.

내가 상을 받는다는 사실이 도무지 실감 나지 않았다.

모르는 사람이 없을 만큼 이름난 상이었으므로, 오랜 지인을 비롯하여 여러 사람에게 초대장을 보냈다. 모두 기꺼이 와주고 진심으로 축하해주어서 이루 말할 수 없이 감사했지만, 정작 나 자신은 몹시 거북하고 꺼림칙했다.

그 점이 당황스러웠으나 내 사정과는 별개로 시상식은 착착 진행됐다.

어쨌든 지금껏 내가 살아온 인생에 관여한 사람들이다.

중고등학교와 대학교 동창, 전 직장 동료, 은사, 친척, 업무 관계자 등, 아무리 생각해도 절대 한자리에 모일 일이 없는 사람들이 지금 여기에 다 와 있다.

한 20년 전이라면 결혼식에 얼굴을 비쳤을지도 모를 사람들이다. 결혼식을 올려본 적이 없으니 어디까지나 상상에 불과하지만.

그러나 단골 술집의 주인장부터 오랫동안 호흡을 맞춰온 교정자까지 온갖 인연이 다 모인 연회장을 둘러보면서 결혼식은 아니겠구나, 싶어 고개를 저었다.

이 자리는 장례식에 가깝다.

그 사실을 깨닫고 나니 비로소 납득이 갔다.

지금 이곳에 있는 손님들은 나의 장례식에 오실 분들이다. 이만큼 많은 사람이 다시 한자리에 모인다면 그 자리는 분명 장례식이 될 것이다.

과연, 그래서 그런 기묘한 느낌이 들었구나.

미래의 일을 미리 보는 듯한 기시감. 훗날 치러질 장례식을 앞당겨 훔쳐보는 듯했다.

그러한 착각이 자꾸 들었다.

설사 착각이라고 해도 지금껏 살아오면서 맺은 인연들이 모두 한자리에 모인 광경은 나를 압도했다. 사람이라면 누구나 이런저런 자리에서 이런저런 자신을 보이며 살아간다. 자신이 거쳐 간 자리가 한눈에 들어오니, 과거에 저지른 잘못과 세상 물정 모르던 시절과 어리석었던 자신이 잇따라 떠올라 민망하기 짝이 없었다. 과거부터 현재까지의 인생을 두루마리 그림처럼 하나로 이어붙인 뒤, 공식 석상에서 주르륵 펼치고는 스포트라이트로 환히 비추는 장면을 내려다보는 듯했다. 창피해서 쥐구멍에라도 들어가고픈 심정이었다.

문득 이렇게 총정리된 자신의 인생을 내려다볼 기회는 흔치 않겠구나, 하는 생각이 들었다. 이런 자리 자체가 특이하다고 할까, 아마 드물 것이다.

그래서인지 과거부터 현재까지의 인생이 한눈에 들어와도

그다지 실감 나지 않았다.

내가 소설 써서 밥 벌어 먹고사는 사람이라서 그럴까? 머릿속으로 그린 타인의 인생을 긴 글로 풀어내는 탓인지 자신의 인생에서도 허구성을 발견하고 마는 것일까? 자신의 인생이라는 실감이 부족하다면 타인의 인생을 종이 위에 그리는 것은 어떤 의미가 있을까?

마냥 고개를 숙이고 있는 동안에도 머리 한구석에서는 이런 의문이 맴돌았다.

곳곳에 그리운 얼굴이 보인다. 심지어 10년 만에 보는 이들도 있고, 20년 만에 본 지인도 적지 않다. 반가운 인사를 나누고 서로 끌어안고 사진을 찍는다.

나는 지금, 현재까지의 내 인생과 마주하고 있다. 그렇지만 '내 인생'이 전혀 실감 나지 않는 이유는 무엇 때문일까?

0

시상식장에서와 마찬가지로 친구와 영화를 보러 갔을 때 불쑥 거북하면서도 기묘한 느낌이 들었다.

올봄 화제가 된 뮤지컬 영화인데, 아카데미 상도 여럿 받은 작품이다. 나는 이미 본 영화라서 주말에 친구와 한잔한 뒤 재밌으니까 심야에 같이 보자고 했다.

자정이 다 되어 시작하는 영화인데도 거의 만석이었다. 데이트할 때 보기에 딱 좋은 담백한 로맨스 영화라서 그런지, 연인끼리 보러온 관객이 대부분이었다.

줄거리는 단순하다.

자신만의 재즈 바를 열고 싶은 남자 재즈 피아니스트와 배우 지망생인 여자가 우연히 만난다. 아르바이트로 남자는 한 가게에서 피아노 연주를 하는데, 사장이 재즈는 연주하지 말고 배경 음악으로 듣기에 무난한 곡만 치라고 하지만, 무심코 정통 재즈를 연주했다가 그 자리에서 해고된다. 여자는 여자대로 할리우드의 커피숍에서 웨이트리스로 일하는 한편 오디션이란 오디션은 다 지원하지만, 번번이 떨어진다. 서로 격려하면서 사랑이 깊어진 두 사람은 동거에 들어가지만, 녹록지 않은 현실에 둘의 관계는 삐걱대기 시작한다…….

뭐, 특별히 새로울 것 없는 이야기지만, 고전 뮤지컬 영화에 오마주를 바치는 장면이 스크린을 가득 채우고, 첫 장면부터 주옥같은 음악이 귀를 간지럽히면서 관객을 단숨에 사로잡는다.

그리고 이 영화의 백미라고 할 만한 장면은 끝날 때쯤 나온다.

한마디로 말하면 또 하나의 인생, 그렇게 됐을지도 모르는 인생이 주마등처럼 머릿속을 스치며 스크린을 아름답게 수놓는다. 어느 정도 나이가 들었다면 이 장면에서 마음이 일렁

거릴 수밖에 없다.

실제로 나 자신 이 영화를 처음 봤을 때 이 장면에 마음을 빼앗겨 이 장면을 다시 보려고 영화를 한 번 더 보기로 했으니까.

그러나 두 번째로 이 영화를 봤을 때는 (물론 새삼스럽게 감정이 흔들리긴 했지만) 지난번 시상식 때처럼 기묘하리만치 꺼림칙하고 거북했다.

지금 이 영화관의 이 좌석에 앉아 영화를 보고 있는 자신이, 이 현실이, 마냥 거짓말 같아서 마치 허구의 세계를 살아가는 듯했다.

허구 같은 현실을 '실감'한 것이다.

이렇게 느낀 이유는 무엇일까.

끝없이 이어지는 엔딩 크레딧을 보면서 나는 지금까지 느낀 거북함의 실체가 무엇인지 생각해봤다.

역시 나는 픽션에 공감하기 때문일까? 자신이 '허구의 세계를 구축하는 일'을 하니까 자신의 인생보다 소설 속 이야기가 '친근한' 것일까?

의문을 품은 채 영화관을 나왔다.

친구도 '좋다'며 흥이 올라 영화 감상을 쏟아냈다.

아, 그래서 그랬구나.

그 순간 깨달았다. 함께 영화를 본 친구는 시상식에도 초대했었고, 내 인생에서 오랫동안 가깝게 지내 온 사람이다.

혼자서 영화를 볼 때는 의식하지 못했지만, '현실' 속 '내 인생'의 한 부분을 차지하는 친구와 같은 공간에서 영화를 본탓에 시상식장에서 느낀 생생한 '허구'와 구차한 '현실'이 영화관 안까지 침입해버린 모양이다.

그렇지 않아도 현실에서 실제로 일어난 일을 소재로 한 소설이나 내용이 논픽션에 가까운 소설을 쓰다 보면 때때로 현실에 여지없이 배반당하거나 허구가 생활 속으로 밀려 나오는 상태가 되기도 한다. 그러한 역전 현상을 심야 영화관에서 마주한 사실에 당황하는 한편 희미한 쾌감이 일기도 했다.

당황스럽기만 했던 시상식 때와는 달리 어쩐지 흥겨운 느낌이 들기 시작했다.

1

초여름 화요일 오후, 평소와 다름없는 날이었다.

M은 점심시간의 일정이 날마다 달라서 주로 외식을 한다. 외근한 지역에 따라 들르는 식당이 달라지지만, 이 동네에서는 이 가게, 하는 식으로 자연스럽게 단골 식당이 정해졌다.

그날 M은 거래처에서 돌아오는 길에 '이 동네에서는 이 가게'라는 방식에 따라 노부부가 운영하는 레스토랑으로 들어갔다. 소위 양식 레스토랑으로 채소가 듬뿍 들어간 비프 스튜가 맛있기로 소문난 가게다.

벌써 1시 30분이 다 되어 점심 손님들로 가게가 가장 바쁠 시간은 지난 때였다. M은 안쪽 2인용 테이블에 자리 잡고 비프 스튜 세트를 주문한 뒤 손바닥만한 문고본을 펼쳤다.

이처럼 맛이 보장된 대표 메뉴를 시켜놓고 혼자 기다리는 때가 잠시나마 일상의 속박에서 벗어나 해방감을 만끽하는 시간이었다.

어느새 음식이 나왔다.

풍부한 향을 맡고 천천히 맛을 음미하면서 소소한 행복에 젖는다.

얼마 뒤, 늦은 점심을 먹으러 온 손님들로 가게는 다시 북적거렸다.

혼자 온 손님들이 많아서 좁은 카운터는 금방 자리가 채워졌다.

그때, 간발의 차로 한 청년이 들어섰다.

가게를 둘러보더니 빈자리가 없자 실망한 표정이 스쳤다.

문득 M과 눈이 마주쳤다.

청년은 살짝 놀란 기색이었지만 그와 동시에 M이 손을 들면서 말을 건넸다.

제가 곧 일어나니까 이쪽으로 오세요.

청년은 자석에 끌리듯 M이 있는 자리로 오더니, 맞은편 의자에 덜컥 앉았다.

아, 서두르지 마시고 천천히 드세요.

M이 커피를 들이켜는 모습을 보고는 청년은 말리듯 손을 내저었다.

비프 스튜 세트 하나요.

주문을 마치고 M과 정면으로 마주 보는 자리에 다시 앉았다.

여기 종종 오셨죠?

청년이 불쑥 말을 건네자 M은 깜짝 놀랐다.

네, 거래처가 이쪽이라서요. 그 거래처 가는 날이면 늘 여기서 점심을 먹거든요.

그렇군요.

청년은 고개를 힘껏 끄덕였다.

저처럼 자주 오시나 봐요.

M이 되묻자 청년은 또 고개를 끄덕였다.

예. 저는 회사가 이 근처라서 일주일에 한 번은 와요. 전에 몇 번 뵌 것 같아서요.

아, 그랬나요.

뜻밖에 대화가 술술 이어졌다.

이 가게에서 몇 번인가 스쳐 지나갔다는 말을 들어서인지는 몰라도 어쩐지 처음 보는 사람 같지 않았다. 청년은 따뜻하면서도 붙임성이 좋아서 대화가 편안했다.

나이는 어려 보였지만, 그다지 거리감은 없었다.

결국, 청년이 식사를 마칠 때까지 한자리에 있다가 가게를
나올 때 서로 명함을 주고받았다. 청년은 식음료 대기업의 영
업사원이었다.

명함을 주고받았다는 사실을 한동안 잊어버렸지만, 2주 후
같은 거래처에 갔다가 그 식당에 들르자 문득 생각이 났다.
참, 얼마 전 호감 가는 청년과 합석을 했었지.
역시나 1시 30분이 다 되어간다.
가게에 들어선 순간, 지난번 그 자리에 앉아 있는 청년이
눈에 쏙 들어왔다.
청년도 바로 M을 알아보고는 씨익 웃으며 손짓했다.
이끌리듯 청년의 맞은편에 앉았다.
안녕하세요. 또 만났네요.
실은 어쩐지 오늘쯤 오실 것 같아서 와봤어요.
스스럼없이 말을 붙였다.
어쩐지 모르는 사람 같지 않고 오래전부터 알고 지낸 듯
했다.
고작 두 번째 대화인데도 서로 조금도 거리낌이 없었다.
가게를 나올 때는 딱히 누구랄 것도 없이 다음에 술 한잔
하기로 약속했다.

실은 처음 만났던 그 주에 날마다 같은 시간에 식당을 갔

었어요.

두 번째로 밥을 같이 먹고 나서 청년이 얼굴을 살짝 붉히며 털어놓았다.

또 오시지 않을까 싶어서요.

M은 심장이 쿵 하고 내려앉았다. 청년이 자신을 보고 싶어 할 줄은 상상도 못 했다.

그 뒤로 같이 식사를 몇 번 더 하고 대화 속에 존댓말이 점점 사라질 때쯤 청년은 고백했다.

처음 봤을 때부터 멋지다고 생각했어요.

M은 또 심장이 쿵 했다. 이렇게 젊은 남자가 나에게 매력을 느끼다니. 동안이라서 한참 어린 줄 알았는데, 세 살 연하였다.

잊고 지낸 감정이었다.

사랑에 빠질 때의 설렘.

눈앞의 청년이 자신에게 그러한 감정을 품었다는 사실이 놀라웠다. 그리고 자신의 마음속에도 그러한 감정이 싹튼다는 사실이 놀라웠다.

마음 어디선가 거센 파도가 일었다.

M에게는 그 낯선 감각이 당혹스러우면서도 은근한 감동으로 다가왔다.

1

M의 변화를 T는 처음에는 눈치채지 못했다.

늘 마감 때문에 시간에 쫓기니 M의 모습을 관찰할 여유가 없었을 뿐 아니라, 소위 루틴이라고 불리는 정해진 일과가 있어서 그 밖의 일은 신경 쓰지 못했다.

애꿎은 담배만 늘었다.

어느 날 베란다에서 담배를 피우는데, 꽁초가 가득 쌓인 재떨이에 눈이 갔다.

기술 용어로 가득한 문장을 번역하다 보면 날로 감성이 메말라간다는 느낌이 들었다. 정확하고 치밀한 번역이 되도록 늘 주의했지만, 한결같이 그 수준을 유지하려니 스트레스가 보통이 아니었다.

번역의 완성도가 높다는 평가는 감사할 따름이지만, 골치 아픈 일감이 끊임없이 밀려들었다. 그 일감을 소화하려면 새로운 분야의 공부도 해야 하고 자료도 살펴봐야 했다. 할 일이 산더미였다.

인제 와서 회사에 다닐 생각은 추호도 없지만, 종일 방구석에서 딱딱하기 이를 데 없는 문장과 씨름하자니 때로는 비명을 지르고 싶을 만큼 갑갑했다.

그러던 어느 날 T는 무심코 외출을 앞둔 M의 표정을 보고 깜짝 놀랐다.

다녀올게... 오늘도 늦을 테니까 저녁은 안 해도 돼.

생기 넘치는 목소리에 다시 한번 놀랐다.

M이 달라졌는데?

현관을 비추는 햇살 아래 선 T는 자신을 돌아보는 M의 얼굴에서 강렬한 인상을 받았다.

M은 활기가 넘치는 표정이었다. 게다가 옷도 목걸이도 처음 보는 것이었다.

매력이 넘쳤다.

현관문을 닫자마자 T는 가장 먼저 거울에 자신을 비춰보았다.

거울 속에는 다소 초췌하고 무표정한 중년 여성이 서 있었다.

T는 소스라치게 놀랐다.

늘 마감에 쫓기느라 외출할 새도 없으니, 이렇게 거울 속 자신을 보는 것이 실로 오랜만이었다.

그뿐인가, M의 얼굴도 오랜만에 봤다는 사실을 깨달았다. M은 M대로 일이 바쁜지 집에서 저녁을 먹은 적이 거의 없었고, T는 주말에도 마감에 쫓겨서 대화를 나눌 기회가 좀처럼 없었던 것이다.

T는 집을 나서는 M의 얼굴을 찬찬히 떠올려봤다.

들뜬 목소리에는 생기가 넘쳤다.

M의 목소리를 몇 번이나 되새겨봤다.

데이트로구먼.

T는 확신했다. 오늘 이 친구, 데이트하는구나. M은 틀림없이 연애 중이다. 누군가 만나는 사람이 있어.

그 사실을 눈치챈 순간 지금까지 놓친 여러 변화에 고개가 끄덕여졌다. M은 원래 투덜대거나 푸념하는 타입이 아니긴 했지만, 회사 일로 바쁘면서도 요즘 M은 늘 기분이 좋아 보였다. 이전에 업무 프로젝트로 압박이 심할 때는 좀처럼 웃는 얼굴을 보기 힘들었는데.

슬며시 M의 방에 들어가 봤다.

아무도 없는데 자신도 모르게 발소리를 죽였다.

남몰래 무슨 수작을 부리려고 이러나.

방을 빙 둘러보니 화장품 수납함이 보였다.

조심스럽게 열어봤다.

언제 샀는지 새 립스틱이 여러 개 보였다. TV에서 CM 송으로 접한 최신상 제품이다.

T는 그중 하나를 집어서 뚜껑을 열고는 겁에 질려 뚫어지게 쳐다봤다.

살짝 오렌지빛이 감도는 레드 립스틱이 시선을 끈다.

그 빛깔은 T에게는 불길한 색으로밖에 보이지 않았다

틀림없다. 이 친구, 열애 중이네. 누군가에게 잘 보이고 싶어서 한껏 꾸몄으리라. 그 열정이 M에게 생동감을 주고 버거운 일도 기꺼이 견뎌낼 힘을 주는 것이다.

그렇게 결론 내리고 나니 두려움이 밀려들었다. 온몸에 소름이 돋을 만큼 오싹한 공포였다.

어떡하지, 그녀가 집을 나가버리기라도 하면?

생각만 해도 충격이었다.

게다가 T는 또 다른 면에서도 충격을 받았다.

마음 깊은 곳에서 늘 자신이 먼저 이 집을 나가리라고 여겼다는 사실에.

T는 이 생활이 끝나는 날은, 즉 M과의 동거에 마침표를 찍는 날은 자신이 재혼해서 이 집을 나갈 때라고 굳게 믿었다.

M은 어차피 앞으로도 독신일 테니, T가 재혼해서 나갈 때도 동거를 제안했을 때와 마찬가지로 덤덤히 받아들일 줄로만 알았다. 그렇게 믿어 의심치 않은 사람은 바로 자신이었다.

그렇다. 우리는 약속했다.

이곳은 어디까지나 임시 피난처일 뿐이다. 다음 단계로 나아갈 때는 서로 웃으면서 보내주기로 했다.

그러나, 그러나 실은 그렇지 않았다. 속마음은 달랐다.

분명 자신이 먼저 이 집을 나갈 테니, 그날이 오면 웃으면서 이 생활을 청산하자.

M에게 그렇게 부탁할 작정이었다.

온몸이 식은땀으로 축축이 젖었다.

심지어 충격을 받은 일이 하나 더 있었다.

언제부터인가 이 생활에 익숙해져버렸다. 언제부터인가 이 생활이 쭉 계속되리라는 예감이 들었다. 그래서 그토록 지치고 갑갑해진 것이다.

짧은 한때라는 확신이 있다면 되려 마음을 다잡고 일을 즐기지 않았을까. 하지만 나는 이미 '이 집을 나간다'는 기대 따위 접은 지 오래였던 것이다.

공포에 휩싸인 채 T는 충동적으로 미장원에 전화를 걸어 커트 예약을 잡았다.

한동안 미장원에도 가지 않았다. 어차피 사람을 만나지 않으니까. 일단 마감부터 하자고 뒤로 미루기 일쑤였다.

T는 허리를 곧추세우고 오랜만에 공들여 화장했다.

자신의 화장품 수납함은 참으로 볼품없었다. 아이섀도며 립스틱이며 모두 언제 샀는지도 모르게 낡은 것뿐이었다.

미장원 예약 시간까지 한참이나 남았는데 더는 기다리지 못하고 집을 나섰다.

여름 햇살이 눈 부시다.

T는 두려움에 떨고 있는 자신이 보였다. 태양 아래 선 자신이 부끄럽기 그지없었다.

아까 거울 속에서 본 자신의 얼굴은 M의 생기 넘치는 표정과는 딴판이었다. 불만을 억눌러온 탓일까, 칙칙한 낯빛에 표정을 잃어버린 중년 여성.

초조해서 견딜 수가 없었다.

젊지 않다. 더는 젊지 않다. 하물며 앞으로도 집에 틀어박혀 나이만 들어갈 것이다.

T는 휘청거리는 발걸음을 가까스로 옮겼다.

그래, 당연한 일이다. 나는 늘 집에만 있다. 만남의 기회라고는 눈을 씻고 찾아봐도 없다. 그러면서 어떻게 재혼 따위를 하겠는가. 친척하고도 일절 연락하지 않으니, 혼담이 들어올 까닭이 당최 없잖은가.

역 앞의 부동산을 지나가는 참이다.

지금까지는 눈길 한번 주지 않고 지나쳤는데, 자신도 모르게 발걸음을 멈췄다.

혼자 남는다면... 만약 혼자 남는다면.

T는 어느새 진지하게 부동산 전단지를 살펴봤다.

수입은 날로 늘어나 안정된 상태지만, 앞으로 어떻게 될지는 미지수다. 혼자서는 지금 사는 집에서 계속 살기 어렵다.

집세 압박이 파도처럼 덮쳐왔다.

현재 집주인은 무척 양심적인 사람이지만, 도쿄의 집값은 나날이 오르기만 할 뿐이니 계약을 갱신할 때마다 조금씩 집세가 오른다.

내년에는 계약을 갱신해야 한다. 이번에는 얼마나 오를까?

혼자 남으면 좀 더 좁은 집으로 이사 가야만 한다. 침실만큼은 따로 있는 집을 구하고 싶으니 적어도 방 하나에 부엌과 거실이 있는 집이었으면 한다.

그러나 그만한 평수는 집세가 상당히 비싸다. 그러고 보니 지금 사는 집의 가성비가 정말 좋구나, 하는 생각이 들었다.

T는 두려움이 아직 가시지 않았다.

뜨거운 여름 햇살 아래 있건만 한기가 스며든다.

1인 가구. 나 홀로 평생 번역 원고를 붙들고 살아간다. 혼자서 종일 집에 틀어박혀 나하고는 아무 상관 없는 기술 용어를 사전에서 찾으며 한 살 한 살 먹어간다...

끔찍하다.

T는 전단지를 보면서 속으로 비명을 질렀다.

이어서 순식간에 부풀어 오르는 풍선처럼 걷잡을 수 없는 분노가 일었다.

그것은... M을 향한 분노였다.

뒤통수를 쳐도 유분수지. 늘 집에 있다고 해서 내가 가사를 도맡다시피 했잖아. 반면 M은 맨날 외출 중이고. 여기저기 돌아다니니 제 짝을 만날 기회도 열려 있다. 언제든 데이트를 할 수 있다. 하지만 나는.

물론 그 분노가 억지에 불과하다는 사실은 T도 잘 안다.

늘 집에 있으니까 집안일은 나한테 맡겨. 집세를 반씩 내면 그걸로 족하니까 같이 살자. 그렇게 제안한 사람은 나였다.

그래, 동거를 결정한 사람은 나다. 부탁한 사람도 나다. 그래도, 그래도, 이 집을 먼저 나가는 사람은 나여야만 했다. 내가 먼저 떠날 테니까, 부탁한 사람이 나니까, 선뜻 집안일을 하겠다고 나선 것이다.

　머릿속에서 소용돌이치는 분노와 소리 없는 비명에 눈앞
이 핑 돌았다. T는 비틀거리며 힘겹게 미장원으로 향했다.

1

　있잖아, 누구 만나는 사람 있어?

　T가 그렇게 물은 것은 초가을 선선한 바람이 불어오는 일
요일 저녁 식탁에서였다.

　무척 오랜만에 함께하는 저녁 식사였다.

　T의 얼굴을 바라본 M은 예기치 못한 질문에 절로 가슴이
세차게 뛰었다.

　T는 평소와 다름없이 지극히 냉정한 표정이었다.

　그 차분한 눈동자가 이미 오래전부터 알고 있었다는 사실
을 보여주었다.

　눈치챈 것이다.

　M은 고개를 끄덕였다.

　떳떳지 못한 느낌이 드는 이유는 무엇일까. 마치 부모님께
교제 사실을 들킨 것 같았다.

　6월 말쯤 처음 만났어.

　M은 어떻게 만났게 됐는지 설명했다.

흐음. 말해줬으면 좋았을 텐데.

T는 한숨을 쉬었다.

아니, 어쩐지 말하기가 좀 그래서. 처음에는 그냥 죽이 잘 맞네, 하는 정도였거든. 정말 사귈 줄은 몰랐어.

M은 당황해서 손을 내저었다.

안 그래도 상의할 일이 있는데. 실은 나 청혼받았어.

T는 할 말을 잊은 듯했다.

M은 언뜻 본 T의 눈동자에서 두려움의 기색을 읽고는 뜨끔했다.

동시에 묘한 쾌감을 맛봤다.

M은 알고 있었다. T가 자신이 먼저 재혼하리라고 굳게 믿는다는 사실을.

T는 예쁘장해서 옛날부터 인기가 많았던 데다, 누가 봐도 '요조숙녀' 같은 스타일이라 연애에 관해서는 M은 자신의 경쟁상대 축에도 못 든다고 생각하는 것 같았다. 그런 T에게 '청혼받았다'고 말하니 통쾌했다. 내심 '이겼다!'는 기분이 든 것도 사실이다.

하지만 이러한 감정은 하찮은 우월감에 지나지 않는다는 점도 당연히 안다. 이 우월감은 얼마 못 가 흔적도 없이 사라졌다.

M은 우물쭈물 망설였다. 이 청혼을 받아들이려면 큰 결단이 필요했다. 늘 냉정한 태도를 잃지 않는 T와 결혼 문제를 상

의하고 싶었던 것도 사실이다.

근데 결정을 내리기가 쉽지 않네.

M은 자신의 목소리에서 당혹감을 감추지 못했다.

남자 친구가 결혼하면 회사 그만두고 본가에 내려가서 가업을 이어받겠다고 하거든.

본가? 어딘데? 무슨 일을 하시는데?

시즈오카(静岡)에서 술 빚는 양조장을 하신대.

그래?

이번에는 T의 목소리에서 안도감이 묻어나왔다고 하면 그저 기분 탓일까?

결론은 나도 회사 그만두고 남자 친구랑 같이 가업을 이어받아야 한다는 거지.

양조장?

응. 장남이거든. 남자 친구가 같이 양조장을 운영하기에 적합한 사람이라서 날 골랐나 싶기도 하고.

아, 듣고 보니 그러네.

다시 한번 T의 안도감이 전해졌다.

자신이 여자로서 매력이 떨어져서 지지는 않았다고 받아들였겠지. 비즈니스 파트너로서 능력 있는 사람을 택했다는 말은 T에게 수긍이 가는 이유였을 테다.

그야 너라면 양조장 경영도 잘하겠지. 하지만 괜찮겠어? 갑자기 먼 곳으로 시집가야 한다면 상당히 부담스러울 것 같은데.

T의 표정은 '잘 될 리가 없잖아'라고 말하는 듯했다.

그 말에는 M도 동의했다.

응, 부담스러워. 난 지금 하는 일 좋아하니까. 이제 좀 할 만한데 그만둬야 한다니.

T의 얼굴에는 기대감이 스쳤다.

그러게. 네가 회사를 그만두는 모습은 상상이 안 가.

맞아. 그래서 좀 망설여지네.

서로 고개를 끄덕이면서 두 사람은 마음속 파도가 잔잔해지는 것을 느꼈다.

아마 이 결혼은 없던 일이 되겠지. 분명 두 사람의 동거는 계속될 것이다.

이 짧은 대화를 주고받는 가운데 마음속 어딘가에서 그 사실을 깨달았다.

잔잔한 일렁거림도 사라졌다.

그러던 어느 날 다시 잔잔한 파도가 일었다. 마음이 일렁대는 날이 또 찾아왔다.

1

끝내 M은 시즈오카에 가지 않았다.

M이 회사를 그만두고 싶어 하지 않았기 때문이기도 하지만, 남자 쪽에서 반대가 심한 탓도 있었다. 남자 쪽에서는 M이 세 살 연상인 데다 30대 후반이라는 점을 들어 절대 승낙할 수 없다고 한 모양이다. M은 남자 친구가 소개해준 그의 전 직장 동료하고도 알고 지냈는데, 그 뒤로 들리는 말에 따르면 남자 친구는 고향에서 선을 보고 열 살 어린 신부에게 장가를 갔다고 한다.

(1)

눈 아래 펼쳐진 수평선은 잿빛 어린 바다와 경계가 희미해서 부옇게 보였다.

투명하고 거대한 통유리 너머로 보이는 풍경이다.

"절경이 따로 없네."

"굉장하다."

장엄한 자연의 풍광 앞에서 지인과 나는 절로 감탄이 나왔다.

시즈오카현의 유명한 온천지에 와 있다.

그냥 온천 여행을 온 것이 아니라 산꼭대기에 자리한 사립 미술관을 방문할 목적으로 왔다. 이 미술관에서는 산기슭을 둘러싼 온천 마을이 훤히 내려다보인다.

최근 새 단장을 한 미술관인데, 건물이 아름답고 시설이 훌륭하다는 평판이 자자하다. 엄밀히 말하면 미술관 내 노 전용 극장[9]에서 하는 클래식 현악 사중주 공연을 보러온 참이다.

일찍 도착해서 개축한 미술관을 둘러봤는데, 미술관 본관까지 이르는 통로가 무척 특별했다.

미술관 본관 입구는 산 중턱에 있다. 출입문을 열고 들어가면 텅 빈 실내 맞은편에 끝없이 위로 올라갈 것만 같은 에스컬레이터가 보인다.

층마다 조명을 달리해서 마치 SF 영화의 세트장 같다. 우주선을 타거나 천국으로 떠나기라도 할 듯 환상적인 분위기가 물씬 풍긴다.

도중에 몇 번이나 에스컬레이터를 갈아탔는지 기억이 안 날 정도로 여러 번 환승하고 나면 드디어 미술관 본관 입구가 나타난다.

도착할 때까지는 계속 창문이 없어서, 지하철 에스컬레이터를 탔을 때처럼 좁고 긴 공간을 통과하는 느낌이었다. 그래서인지 본관에 도착한 순간 탁 트인 개방감이 일품이었다. 아마 이런 효과도 노리지 않았을까.

---

9   가면을 쓰고 연기하는 일본 전통 가무극인 노(能)를 위한 전용 극장. 노가쿠도
     (能楽堂)라고 한다_옮긴이

평판대로 우리나라 미술을 중심으로 한 컬렉션도 더할 나위 없이 좋았지만, 전시실에서 나와 로비로 들어섰을 때 거대한 창이라는 액자 너머로 펼쳐지는 풍경에 압도되지 않을 수 없었다.

콘서트가 시작될 때까지 시간이 남아서 바다가 보이는 카페에서 잠시 쉬어가기로 했다. 카페의 다른 고객들도 모두 콘서트를 기다리는 것 같았다.

"무대 작업은 잘 되고 있어?"

지인이 물었다.

내가 쓴 책을 무대에 올리기로 했다는 말은 이전에 했었다.

"이미 총연습에 들어갔어. 이제 보러 갈 일만 남았지."

나는 차가운 말투로 답했다.

"그래."

그 냉랭함에 뭔가 눈치를 챘는지, 더는 그 이야기를 꺼내지 않았다.

"... 노 좋아해?"

그녀가 느닷없이 물었다.

뜻밖의 질문이라서 잠시 생각에 잠겼다.

"좋아하지도 싫어하지도 않아. 잘 모르니까. 지금까지 두 번 정도밖에 못 봤어."

솔직하게 답했다.

"나도. 전에 보러 갔을 때는 5분 만에 곯아떨어졌어."

지인은 맞장구를 치면서 말을 이어갔다.

"근데 아저씨들은 노 좋아하더라? 연극이나 콘서트는 여성 관객이 대부분인데, 노나 오페라는 아저씨가 많잖아."

"아, 확실히 오페라는 일본에서 드물게 남자 관객이 많지. 오페라 자체가 남성적인 요소가 두드러져서 그런가? 체력 승부기도 하니까."

"공연 시간이 너무 길어."

"바그너 작품은 대체 언제 끝나는 거야. 가수도 힘들겠지만, 관객도 지친다니까. 주말 자정쯤 시작해서 연달아 영화 세편 보는 올나이트 이벤트가 아니잖아. 쉬는 시간에 도시락을 먹고 또 먹어도 안 끝나."

"노는 센고쿠(戰國) 시대부터 무장들한테 인기가 많았대. 노부나가, 히데요시, 이에야스. 세 사람 모두 노를 직접 하기도 했으니. 그때부터 아저씨들을 끌어당기는 뭔가가 있었나 봐. 그게 뭘까?"

"그러게, 뭘까. 근데 그 섬세한 동작이나 호흡을 보면 정신 안정제 역할을 하는 것 같아."

"호오. 졸린다는 건 긴장이 풀려서 마음이 편안해진다는 의미려나."

"연기자도 그럴 거라고 단정할 수는 없겠지만."

"노 연기자는 체간(體幹)과 속 근육을 단련하니까 장수하는 사람이 많대. 건강법이기도 한 거지."

"노가 장수 비법이구나! 그럼 아저씨들이 좋아할 수밖에 없지."

둘이서 어깨를 들썩이며 낮은 목소리로 웃었다.

카페 테라스의 유리문을 조금 열어두어서 때때로 부드러운 바람이 불어왔다.

춥지도 덥지도 않고 딱 좋은 기온.

"노는 지금까지 몇 번이나 붐을 일으키기도 했잖아. 아, 대중적인 인기라기보다 자기가 좋아하는 걸 즐긴다는 의미에서 붐이지. 재계 인사나 정치가 중에서도 하는 사람이 제법 많다고 들었어."

"재계 인사도 정치가도 센코쿠 시대 무장과 비슷하다고 봐. 역시 세상은 전쟁터니까 전쟁에서 이기고 싶은 남자가 하는 거지."

"응. 그런 남자들을 끌어당기는 뭔가가 있는 건 확실해. 정해진 형식이 있으면서도 철학이 담겨 있어서 그럴까. 형식부터 익히는 다도 역시 그렇잖아. 재계 인사 중에 다도(茶道)에 조예가 깊은 사람이 상당히 많다던데."

"한번 시작하면 끝까지 파고드는 습성이 있어서 그럴까. 일본인은 자신의 '길'을 추구하는 걸 좋아하잖아. 경영과 일맥상통하는 면이 있다면서 말이야."

"심오한 걸 좋아해서일까."

문득 떠오른 생각이 있어서 물었다.

"음, 죽은 자와 나누는 대화라서 끌리는 것 아닐까."

지인의 얼굴에 물음표가 떠올라 말을 덧붙였다.

"노는 대부분 죽은 자가 나와서 말을 거는 이야기가 많다고 하던데."

"그건 제아미(世阿弥)[10]가 완성한 무겐노(夢幻能)[11]야."

"맞아, 맞아. 경영자나 정치가는 냉정한 승부의 세계에서 온갖 어려움을 이겨내고 살아남은 사람들이잖아. 사실 걸어온 길을 돌이켜보면 수많은 시체를 넘으면서 앞만 보고 달려온 거지. 어쩌면 잠시나마 죽은 자와 이야기하고 넋을 달래주면서 잊지 않겠다고 말해주고 싶지 않을까."

"고개가 끄덕여지는데."

"원래 우리나라에서는 억울하게 죽은 사람을 위해 제사를 지내잖아? 그럼 살아있을 때 잘해줄 것이지, 라는 생각이 항상 들더라고. 그러니 권력 있는 사람이나 살아남은 사람은 죽은 자를 애도하면서 자신만 아는 치부나 마음속 죄책감을 덜어낼 기회가 있었으면 하지 않을까."

"노부나가와 히데요시, 이 두 장군님은 안 그럴걸."

"그럴지도 모르겠다."

---

10 노를 완성한 인물_옮긴이

11 주인공이 망령이나 정령 등 초자연적인 존재로, 과거를 회상하는 작품이 많다. 작품 전체가 상대역이 본 꿈과 환상으로 구성된다_옮긴이

나는 쓸쓸한 웃음을 지었다.

"그치만 마음의 평안을 얻으려는 무언가를 추구하지 않았을까. 노를 하겠다는 시점에서 본인은 미처 자각하지 못했더라도 마음의 안정제가 필요했을 거야."

"흐음. 그럴 수도 있겠지만, 글쎄."

지인은 여전히 의아한 표정이었다.

"어쨌든 노는 뒤를 돌아보는 예술이잖아. 시간상으로나 내용상으로나. 적극적인 사고방식이라고 보기는 어렵지."

"그래도 과거에 얽매인다거나 마냥 어두운 이미지는 아니야. 어느 쪽이냐면 담담하면서도 허무의 느낌이랄까."

"응, 그래. 뒤를 돌아본다는 말은 안 맞는 것 같다. 과거를 오간다는 말이 맞겠지. 시간 속에서 마음이 갈피를 못 잡고 흔들리는 쪽에 가까우려나."

"맞아, 마음이 갈피를 못 잡고 흔들린다. 멋진데. 오랜만에 들어보는 표현이야."

"나도 오랜만에 해본 말이야."

한 번 더 낮은 목소리로 두 사람은 웃었다.

(1)

쓰윽, 무대로 통하는 출입구의 막(幕)¹²이 오르면서, 젊은 연주자들이 들어왔다.

드레스를 입은 연주자들이 악기를 들고 하시가카리(橋掛か
り)[13]로 걸어 나온다.

빈자리가 거의 없는 객석에서 큰 박수를 보냈다.

본무대에 놓인 의자에 네 연주자가 앉고, 연주가 시작되
었다.

마음이 편안해지는 선율. 가장 머리에 먼저 떠오른 감상
이다.

무대도 악기도 나무가 주재료다.

상상 이상으로 부드러운 소리가 울려 퍼지자, 자연의 품에
안긴 듯 관객들이 편히 쉬고 있다는 느낌을 받았다.

다행히 졸리지는 않았다.

옆자리에 앉은 지인도 연주에 귀를 기울인다.

눈앞에서 활을 흔드는 네 연주자를 보고 있자니, 기묘하게
도 그 옆에서 춤을 추는 노 연기자가 보이는 듯했다.

여자 가면을 쓰고 느린 동작으로 춤을 추는 연기자.

조명을 받아 반짝이는 연주자의 드레스 못지않게 연기자
의 의상도 화려함을 뽐낸다. 선명한 금박 테두리를 두른 옷자

---

12 아게마쿠(揚幕)라고 부르는, 노 전용 극장의 막을 가리킴. 녹색, 노란색, 빨간색,
흰색, 파란색으로 장식되어 음양오행설을 색으로 표현했다는 설이 있다_옮긴이

13 노 전용 극장에 설치해놓은 통로로, 극 중에서 현실 세계와 영적인 세계를 연결
하는 다리 역할을 한다_옮긴이

락이 은은한 빛을 냈다.

가면을 써도 괜찮겠구나.

퍼뜩 아이디어가 스쳤다.

이름 대신 이니셜만 붙여놓은 두 여자는 가면을 써도 잘 어울릴 것 같았다.

아니면 애초에 노로 만들어야 할 이야기였을까?

내가 이야기 형식을 잘못 선택했을까?

막연히 이런 고민에 빠져 있을 때였다.

쓰윽, 무대로 통하는 출입구에 드리운 막에서 여자 가면을 쓴 두 사람이 통로로 소리 없이 걸어 나온다.

아니, 이럴 수가.

다른 관객들은 모르는 눈치다.

모두 모차르트 선율을 느긋하게 감상 중이다.

젊은 두 여자.

아니, 젊다기보다 제법 나이가 든 두 여자.

둘 다 잿빛을 띤 파란 원피스에 맨발로 등장했다.

그 원피스 색상을 어디선가 본 기억이 있다. 분명 그랬다.

문득 아까 본 색이 떠올랐다. 아, 그렇다. 다름 아닌 바다색이다.

길고 긴 에스컬레이터에서 내린 순간 마주한 수평선. 통유리 너머 펼쳐진 바다 저 멀리 하늘과 맞닿은 수평선이 자아내는 색.

그 잿빛 어린 바다색 원피스를 입고 있다.

두 사람은 통로를 전후해서 본무대로 나왔다.

미세하지만 인사를 하는 듯한 동작을 취하고 느릿느릿 춤 추기 시작한다.

현악 사중주는 계속되었다.

완전히 몰입하여 꿈꾸는 듯한 표정으로 연주하는 네 사람.

그 뒤에서 느린 동작으로 춤을 추는 두 사람.

아니, '느리다'기보다 '슬로 모션'이라고 해도 될 정도다.

가만히 보고 있으면 움직이지 않는 것 아닌가 하는 착각이 드는데, 조금 지나면 역시 이동하고 있구나, 하는 사실을 깨 닫는다.

이렇게 천천히 움직일 수 있다니.

나는 그 절제된 동작에 감탄했다.

그리고 어디선가 목소리가 들렸다.

이른바 우타이(謠)[14] 같은 목소리였다.

다만 굵은 남자 목소리가 아니라 가늘고 애처로운 목소리 와 지치고 쉰 목소리로, 두 여자가 입을 맞춰서 부르는 노래 였다.

우타이 같기는 한데, 아마추어티가 역력했다.

---

14 노 공연에서 부르는 노래를 가리킴_옮긴이

그래도 온 정신을 집중해서 들어봤다.

모차르트가 연주되는 틈틈이 현악기의 선율 사이로 들려오는 목소리에 귀를 기울였다.

그 목소리는 외부가 아닌 내 머릿속에서 울려 퍼지는 것 같기도 했다...

부탁한 적 없는데/

부탁한 적 없습니다

우리를 내버려 두세요/

대체 무슨 권리로 그러는 건가요/

뭐가 재밌다고 우리를 끌어들이는 건가요/

소설로 만든답니다/ 실록처럼

흥밋거리 삼아 우리 이야기를 만천하에 드러내서는/ 자기 주머니를 두둑이 채우는 거지/

돈깨나 된다는 말이네/

부탁한 적 없는데

부탁한 적 없습니다/

우리는 자고 있었어/ 푹 자고 있었어/ 계속 자고 싶었어/

오랜 세월 평온히 잠들어있었지

둘이서 조용히

잊힌 사람이니까/ 잊힌 사람이라 좋았건만

남 참견 말고 제 발등 불이나 끄지/ 신문 삼면기사 보고

내내 가슴에 담아두다니

　이상한 사람

　다른 사건도 얼마든지 있잖아요/ 왜 하필 우리였나요

　여자 둘이 산다니 색안경을 끼고 본 거죠

　내버려 두라니까/

　하고 싶은 말 따위 없어/

　고백하고 싶은 말도 없고

　죽은 자가 나오는 이야기는 고전일 뿐/ 옛이야기에 나오
는 등장인물일 뿐/

　사람 잘못 본 건 아니신지

　엉뚱한 데 코 박고 땅 파는 불쌍한 개 같으니

　노랫가락은 차츰 리듬이 빨라지고, 격앙되면서 분노에 찬
목소리로 바뀌어 갔다.

　부탁한 적 없다니까,

　바란 적도 없습니다

　무슨 권리로

　싸구려 상상을 펼치는 건가요

　하고 싶은 말 따위 없어

　고백하고 싶은 말도 없고

우리한테서 대체 뭘 알아내려는 건가요

멋대로 꾸며내지 마

그 납작한 상상력으로 뭘 하겠다는 거야

상상하지 마

우리 얼굴 본 적도 없으면서

잘못짚었어

착각하지 마

나는 온몸이 식은땀에 젖고, 머리로 뜨거운 피가 치솟았다가 점점 내려가는 것을 느꼈다.

이 노래가 그 두 사람의 노래일까? 그 두 사람의 항의일까?

꺼림칙한 감정이 위 밑바닥에서 목구멍까지 상반신 전체로 퍼져 자신도 모르게 얼굴이 일그러졌다.

언제부터인가 두 사람이 넋을 잃고 나란히 서 있다.

연주에 여념 없는 네 젊은이 뒤에서 내 쪽을 물끄러미 바라본다.

아니, 보는 건지 아닌지 모르겠다. 어쨌든 두 사람은 가면을 쓰고 있어서 표정은 물론 얼굴 생김새조차 알 길이 없다.

그러나 나도 두 사람을 물끄러미 바라봤다.

내가 보고 있다는 사실은 틀림없이 알 것이다. 모차르트 음표로 가득 찬 노 전용 극장에서 나와 두 사람만이 서로 마주보고 있다. 마치 세 사람밖에 이 세상에 없는 듯했다.

나는 슬프면서도 창피해서 견딜 수가 없었다. 자신만 아는 치부와 마음속 죄책감이 떠올라 어쩔 줄 몰랐다.

센코쿠 시대의 무장들은 이러한 심정을 가슴에 품고 지녔을까?

자신들이 장사 지내주고 밟고 넘어온 그 죽은 자를 무대 위에서 봤을까?

두 사람은 말없이 서 있다.

머릿속에서 들려온 목소리가 무슨 말을 했는지는 뇌리에 전혀 남지 않았다. 텅 빈 채 메마르고 을씨년스럽기만 할 뿐이었다.

내 안의 여러 감정이 조각조각 떨어져 나가 마지막에 남은 감정은 버석한 슬픔뿐이었다.

그 사실을 가만히 곱씹고 있을 때, 가면을 쓴 두 여자가 천천히 통로 쪽으로 몸을 돌렸다.

이미 나를 보고 있지 않다.

그 모습을 보고 굴욕을 당했다고 여긴 나 자신이 불가사의했다.

두 사람에게 버림받았다, 날 두고 떠나버렸다, 그런 기분이 들었기 때문이리라.

기다려, 하고 외치려다가 스스로 놀라며 가까스로 참았다.

두 사람은 이곳으로 왔을 때처럼 잇따라 소리 없이 발걸음을 뗐다.

본무대를 지나 통로 위를 천천히 되돌아간다.

기다려.

나는 입속으로 우물거렸다.

버리지 마. 다시 한 번만 이쪽을 봐줘.

그러나 그 바람은 바람으로 끝났다.

쓰윽, 다섯 가지 색으로 장식된 아게마쿠가 올라가고 두 사람은 저편으로 사라졌다.

다시 아게마쿠가 내려가자 모차르트 음악만이 청중들의 귀를 간지럽히는 한편 극장 곳곳을 채웠다.

1

일상. 참으로 불가사의한 단어가 아닐까.

'일상'은 '인생'과 별반 다르지 않은데도, '인생'이라는 단어가 주는 거창한 울림에 비해 하찮게 들리는 이유가 무엇일까.

'일상'은 날마다 반복되는 하루하루를 의미를 의미한다. 예컨대 '일상'이 일기의 한 페이지나 하루 한 장씩 떼는 일력과 같다면, '인생'은 하나로 이어진 두루마리 그림이나 한 편의 영화와 같기 때문일까.

일상.

이 단어는 겉모습만 보고 깜박 속아 넘어가기 쉽다. 당연하다는 듯 아무렇지도 않은 얼굴로 끊임없이 흘러가는 나날. 도도한 표정으로 '이게 보통이에요.'라고 툭 한마디 던지고는 저만치 서 있다. 언뜻 보기에는 평범하기 그지없어서 우리를 안심시키고 선뜻 몸을 내맡기도록 유인한다. 그러다 보니 마냥 흘러가는 대로 내버려 두기가 십상이다.

하지만 거기 함정이 숨어있다. 똑같이 반복되는 듯 보여도 그 이면에는 야금야금 뭔가가 진행되고 조금씩 쌓여간다.

그렇다, 그 흰 깃털처럼.

이미 함께 산 지 4년 가까이 된다.

일단 한집에 살기 시작하니 눈 깜짝할 새 시간이 흘러가 버렸다.

소소한 사건이 있었다고 한다면 있는 셈이고 없었다고 한다면 없는 셈이다. 양조장 집 아들과 M의 연애도 그때는 두 사람 마음에 제법 동요를 일으켰지만, 한 달쯤 지나자 그저 과거의 일에 불과했다.

두 사람이 함께하는 '일상'이 거침없이 흘러간다.

행복도 고통도 지나간다.

거래처에 보낼 작은 선물을 고르려고 진열장 앞에서 서성일 때도 초침은 움직인다.

완성된 번역 원고를 보내려고 우체국에서 간단한 송장을

쓸 때도 시간은 흘러간다.

화장을 지우고 이불에 쏙 들어가 편안한 포근함을 느낄 때도 세월은 지나간다.

그리고 두 사람은 아무 말도 하지 않게 되었다.

속 시끄러울 일 없는 일상. 그것은 서로에게 무난한 안정감을 주는 평온한 세계였다.

언제부터인가 두 사람이 함께하는 생활이 일상으로 자리 잡았다. 예외라든지 일시 후퇴가 아닌 둘이 이 집에서 함께하는 나날이 오히려 평범한 날들이 되었다. 타인이면서 동성인 두 사람이 함께하는 생활은 세상 사람들이 보기에는 보통이 아니겠지만, 두 사람에게는 보통이자 평범한 일상이었다.

그러나 이 '일상'은 조금씩 바뀌어 갔다.

매시간, 날마다, 아주 조금씩 바뀌어 갔다. 마치 흰 깃털이 서서히 쌓여가듯 그 작은 변화는 점점 무게를 더해가면서 두 사람을 압박했다.

이미 이 일상은 '임시'가 아니다. 오히려 이 일상이 두 사람 인생에서 기본 틀이자 중심축이 되었다. 자신의 일터에서 제 나름대로 경력을 쌓아가는 한편, 둘이 사는 방 두 개짜리 이 집이 두 사람의 사적인 공간이자 두 사람의 세계에서 중요한 터전으로 자리매김했다.

동거하면서부터는 서로 생일을 축하해주었다.

처음에는 직장 동료나 각자의 친구들을 불러서 생일 파티를 하기도 했지만, 마흔이 가까워지면 개인적으로 생일을 챙겨주는 사람도 점점 줄어든다. 일정을 조정할 필요도 없이 연초가 되면 수첩에 가장 먼저 생일을 표시해둔다.

생일 파티라는 명목으로 외식을 한 적도 있었지만, 어디 나가는 것도 귀찮아서 결국 둘이 집에서 축하하는 것으로 굳어졌다.

T는 6월생.

M은 4월생.

"예전에 대학 다닐 때도 우리 둘이서 생일 파티했었는데."
그런 말을 꺼내기도 했지만, 언제부터인가 그조차 굳이 화제에 올리지 않게 됐다.

아니, 이 나이가 되도록 둘이서 생일 파티를 할 줄이야.

세상에, 마흔을 둘이서 맞이할 줄이야.

둘 다 입 밖으로 꺼내지는 않았지만, 속으로 그렇게 생각했다는 점은 서로 알고도 남았다. 이러한 시기가 좀 더 일찍 왔다면, 가령 동거한 지 몇 년 되지 않았을 때였다면, 둘이서 보내는 생일 파티에 두려움이나 절망을 느꼈을지도 모른다. 그러나 두 사람이 함께하는 생활을 '평범'하면서도 '평온'한 '일상'으로 받아들이게 된 지금은 딱히 속 시끄러울 일로 생각되지 않았다.

더는 화려한 케이크를 사지도 않고 초를 꽂지도 않는다.

한 손에 들린 작은 상자에는 쇼트케이크나 초콜릿 케이크 아니면 치즈케이크나 몽블랑[15]이 들어있다.

달콤한 케이크는 디저트 삼아 구색용으로 샀을 뿐 생일 파티의 들러리에 불과하다. 어릴 때나 젊은 시절에는 케이크를 테이블 중앙에 두고 나이 수만큼 꽂은 초를 힘껏 불어서 끄기도 했지만, 옛날의 그 모습은 까맣게 잊었다는 듯 상차림이 확연히 달라졌다.

둘만의 생일 파티를 연 지금 테이블 중앙에 놓인 음식은 닭 튀김과 초밥 등 일하느라 쌓인 피로를 녹여줄 술안주가 대부분이다.

아저씨들 테이블 같다.

M은 그렇게 말하고 멋쩍게 웃었다.

테이블의 주역은 두말할 것도 없이 안주다. 한때 으뜸으로 꼽히던 달콤한 케이크는 한참 뒤로 밀려났다.

축하해.

고마워.

건배!

판에 박힌 축하 인사를 건네고 유리잔을 부딪쳤다.

이제 마흔이네. 마흔이면 어른이 될 줄 알았는데 전혀 아

---

15 눈 덮인 '하얀 산'을 뜻하기도 하고 알프스산맥 최고봉의 이름이기도 한 몽블랑(Mont Blanc)을 본떠서 만든 디저트. 밤을 갈아서 생크림을 섞은 뒤 국수 가락처럼 짜서 돌돌 감아올린다_옮긴이

니야.

T가 나직이 말했다. M도 동감했다.

무엇보다 대학 시절을 함께 보낸 친구다. 그때와 의식은 전혀 달라지지 않았는데, 어느새 인생의 반환점을 맞게 되다니.

이렇게 어중간한 상태로 마흔을 맞이할 줄은 상상도 못했어.

둘 다 고개를 끄덕이며 유리잔을 기울였다.

정말, 그래.

M이 무심코 전화기가 놓인 선반으로 눈을 돌렸다.

그 선반에는 M의 아버지 사진이 담긴 작은 액자가 놓여 있었다. M의 아버지는 올봄 갑자기 돌아가셨다. 동생한테서 연락이 왔는데, 당시 M은 출장을 간 상태라 이틀 후에야 고향 땅을 밟았다고 한다.

축 처진 모습으로 조그마한 사진 한 장을 들고 돌아온 M을 조용히 맞이하면서, T는 고유의 풍습에 따라 M의 어깨에 정화의 의미로 소금을 뿌려주었다.

M은 멍하니 그 사진을 바라봤다.

T는 그러한 M의 표정을 가만히 탐색하듯 바라봤다.

T와는 달리 M은 가족과 연락을 완전히 끊은 상태는 아니었으므로, M은 고향에서 동생들과 같이 장례를 치르고 왔다.

고향에 돌아가고 싶은 것일까?

T는 그 점이 신경 쓰였다. 이미 지나간 일이라고는 해도, M이 청혼받았을 때 엄습한 두려움을 T는 생생히 기억하고 있다. 혼자 남겨진다는 두려움. 더는 지금의 생활 수준을 유지할 수 없다는 공포.

M이라면 지금 고향에 돌아가도 가족들이 기꺼이 받아줄 것이다. 하지만 자신은 그렇지 않다. 부모님 임종도 지키지 못할지 모른다. 사실 T는 아직 그때의 두려움에서 벗어나지 못한 것이다.

본가로 돌아가고 싶어?

T는 아무렇지도 않게 물어봤다.

M은 깜짝 놀란 얼굴로 T를 돌아봤다. 자신이 하염없이 아버지 사진을 보고 있다는 사실조차 몰랐던 듯하다.

아니.

M은 세차게 고개를 저었다.

그럴 일은 없을 거야. 고향에는 내가 있을 자리가 없다는 사실을 이번 기회에 새삼 확인했거든.

T는 테이블에 놓인 접시를 내려다보면서 "그래"라고만 답했다.

그렇다니까. 너도 그렇지 않아?

새삼스럽게 뭘.

둘 다 테이블 아래로 시선을 떨구고 묵묵히 식사를 계속했다.

담담하게 서로의 잔에 술을 따른다.

두 사람은 여전히 아무 말이 없었다.

(1)

일상. 참으로 불가사의한 단어가 아닐까.

누구에게나 일상은 끊임없이 이어진다. 일상이라는 틀에는 조그마한 빈틈도 빠져나갈 구멍도 없다. 흘러간 시간은 되돌아오지 않는다. 제아무리 파란만장한 인생을 보내는 사람일지라도 밥을 먹고 화장실에 가고 몸을 씻고 이불에 들어가는 시간이 인생의 상당 부분을 차지한다.

드라마란 그 방대한 시간 중 극히 일부만을 추려낸, 삶의 한 조각을 그려낸다.

하물며 누군가의 일생을 기껏해야 두 시간밖에 안 되는 이야기로 재현하여 무대 위로 올린다면 과연 인생의 어느 부분을 '추려내야' 할까.

자신의 인생이라고 해도 생각나는 장면은 몇 안 된다. 이력서로 치면 한 장 남짓일 것이다. 소위 포스트잇을 붙여둔 부분밖에는 떠오르지 않는다.

나는 두 여자의 인생에 포스트잇을 붙일 수가 없었다.

두 여자의 인생이 각각 한 권의 책이라면 마지막 몇 페이지의 몇 줄밖에 보지 못한 것이다.

더구나 그 책은 갑자기 덮인 뒤로 다시는 열리지 않았다.

두 권의 책에 적힌 방대한 내용은 무엇이었을까? 왜 그러한 결말에 도달했을까? 나는 그 수수께끼를 풀 만한 실마리를 전혀 찾지 못했다.

그럼에도 얼굴이 있는 두 배우가 T와 M을 연기한다니.

이곳에 와서 나는 또다시 끙끙 고민했다.

여름에 노 전용 극장에서 본 환영. 무대 출입구에 드리운 막 너머에서 가면을 쓰고 가만가만 걸어 나온 두 여자.

그 두 여자는 나를 몰아세웠다.

그렇다, 그 두 여자는 그저 환영일 뿐이다. 오직 나만이 본 환영. 그러나 나는 '분명히' 봤다.

나는 망설이다가 마음에 생채기가 나기도 했다.

이대로 진행해도 좋을까, 하면서.

이미 대본 읽기를 마치고 분장 없이 하는 연습에 이어 무대 총연습까지 진행이 된 데다 공연 첫날이 한발 한발 다가오는 시점인데 어떻게 해야 할까.

두 여자의 일상.

배우들의 일상.

나의 일상.

셋 다 포개지는 부분이라고는 전혀 없다. 오히려 나날이 괴리가 커진다고 할까, 각자 전혀 다른 우주에서 일상을 이어가는 느낌이다.

그러나 더는 도망치지 못한다.

아니, 도망칠 길은 없을까?

나는 공포와 절망이 반씩 섞인 상태로 무대에 올리길 주저하면서도 그저 숨죽이고 공연 첫날을 기다리기만 할 뿐, 달리무엇을 해야 할지 몰랐다.

0

일상. 참으로 불가사의한 단어가 아닐까.

유라쿠초(有楽町)의 교통회관에서 대기 중이다. 넓은 공간에 열과 줄을 맞춰서 늘어놓은 의자는 80%가 채워졌다.

여권 갱신 기간이 다가왔지만, 요즘 창구가 '붐비는' 건지, '한가한' 건지, 좀처럼 알기 어려웠다. 외무성 홈페이지를 살펴보니 11월에는 대개 '한가'하다고 나와 있긴 했지만.

직접 와보니 예상 대기 시간을 계산하는 공식이 창구 위에붙어 있다. 과연! 이 공식을 활용하면 현재 시점으로부터 대기할 시간을 일일이 알려주지 않아도 된다.

그 공식으로 계산해보니 나의 대기 시간은 40분 남짓이었다.

　나는 운전면허증이 없어서 소위 사진이 부착된 신분증을 보여주려면 이 여권밖에 없다.

　인간이란 존재는 태그가 없으면 존재 자체를 인정받지 못한다. 동사무소에 갈 때면 늘 기분이 묘하다. 아무리 본인이라고 주장해도 태그가 없으면 증명할 길이 없다.

　10년 전 갱신할 때 '당분간 신경 쓰지 않아도 괜찮겠구나.' 했는데 어느새 갱신 기간이 와버렸다.

　다음 갱신은 2027년이다. 내가 예순셋이 되는 해다.

　10년이나 지나면 사람 얼굴도 바뀔 텐데 10년 동안 같은 사진을 써도 괜찮을까? 전번 갱신할 때 들었던 의문이 떠올랐다. (막상 새로 나온 여권을 보니 10년 전과 달라진 점이 거의 없었다. 40대와 50대가 미묘한 연령대라서 그런가?) 요즘에는 얼굴 인식 기술이 발달해서 외모가 바뀌어도 그다지 상관없다는 말도 들린다.

　10년. 그 긴 세월을 도무지 파악할 길이 없다.

　그 세월 동안 나는 무엇을 했을까, 아무 생각이 나지 않는다. 아니, 하루하루 열심히 살았다는 점은 확실하다. 끊임없이 원고를 쓰고, 교정쇄를 고치고, "아, 드디어 끝났다."라는 말이 끝나기 무섭게 이불 속으로 파고 들어가 막 잠이 들려고 하면 택배가 와서 잠을 깨고... 그런 과정을 수없이 되풀이해왔다.

　최근 10년간, 이미 두 여자는 세상에 없었다.

오쿠타마의 다리에서 같이 뛰어내린 두 여자는 이미 이 세상에 존재하지 않았다. 두 여자가 세상에서 사라진 뒤로도 나의 일상은 변함없이 계속되었다.

그러나 한편으로는 그 기사를 본 순간부터 두 여자는 줄곧 내 안에서 묵묵히 살아왔다.

두 여자가 이 세상에서 보낸 시간. 40여 년에 걸친 일상생활이 있었고, 둘이 함께 보낸 일상생활도 있었다.

함께 살기로 한 만큼 서로 마음이 잘 맞았으리라고 본다. 분명 사이도 좋았을 것이다. 즐거운 추억도 많지 않았을까.

그럼에도 그 시간을 같이 끝내버리자고 결심한 순간이 찾아왔다는 사실을 떠올리면, 가시에 찔린 듯 마음이 아프다.

일상.

사람은 일상을 지키려는 습성이 있다. '일상'이라는 글자에는 으레 그러한 뉘앙스가 묻어나온다. 얼핏 보기에도 좌우대칭인 한자 표기 자체에 안정감이 돋보인다.

타고난 모험가 체질이 아닌 이상 사람은 대개 급격한 변화를 추구하지는 않는다. 때로 소소한 모험을 즐기는 사람일지라도 모험을 마친 뒤에는 언제나 '일상'으로 돌아오길 바란다.

그러나 '일상'은 결코 든든한 버팀목이 되어주지 못한다. 미래를 보장해주지도 않는다. 실은 '일상'이라는 한자가 완전한 좌우대칭이 아니듯, 일상이란 절반 가까이 안정감이라는 환상의 토대 위에 지어진 집 같아서 자세히 살펴보면 전체가 흔들거린다.

풀리지 않는 수수께끼.

두 사람이 '일상'을 끊어내겠다는 결심을 굳히게 된 근본 원인은 대체 무엇이었을까?

지금까지 여러 가능성을 타진해봤다. 금지된 사랑. 질병. 경제 사정. 그 어떤 것도 내게는 확신이 들지 않았다.

겉으로 봐서는 아무래도 알기 어려운 감정의 문제이다 보니, 가슴앓이를 해왔으리라는 직감은 들지만, 정확히 그 원인이 무엇인지 나로서는 도무지 알 길이 없다.

사립대학의 동기였다는 사실 한 가지만 보더라도 찰나의 쾌락을 좇는 태도로 살아오지는 않았을 테고, 그러한 두 여성이라면 열심히 일하는 한편 균형 감각을 적절히 발휘하여 '일상'을 유지하려고 애썼을 것이다.

여성이 친정도 시가도 아닌 다른 곳에 나와 살려면 일정 조건을 갖춰야만 한다. 사회성, 경제력, 사무처리 능력. 이러한 요건이 모두 어느 정도 숙달되어야 하는데, 이 두 사람은 충분히 자격이 있는 만큼 그 누구보다도 자신들이 '안정된 생활'을 이어가길 바라지 않았을까.

그런데 왜?

'일상'을 끊어낸다.

언제부터인가 내 번호가 불린다는 사실을 깨달았다.

창구 직원이 일어서서 한 번 더 불렀지만 아무도 오지 않는다. 설마, 하고 번호표를 확인하니 내 차례였다.

부랴부랴 창구로 달려갔지만, "다음 번호를 이미 불렀으니, 한 사람만 더 기다려주세요."라고 하는 통에 맥없이 물러나 가장 앞쪽 줄 의자에 가볍게 걸터앉았다.

여권 센터의 창구는 스무 개 가까이 될 만큼 무척 넓어서 순서대로 다음 담당자에게 일을 보내는 방식으로 진행되었다.

여권 센터의 대부분을 차지한 의자에 앉아 모두 자신의 순서를 잠자코 기다리고 있다.

여기 있는 사람들은 거의 다 해외여행 때문에 여권이 필요해서 왔을 것이다.

반년 전부터 스케줄러를 뚫어져라 쳐다보면서 여행 일정을 잡고, 휴가철마다 어딘가로 나가서 잔뜩 사진을 찍고는 지인들에게 줄 선물을 사서 돌아오는 사람들.

이것이 비(非)일상이라고 불리는 일상이다. 작은 모험이기도 한 여행에서 돌아오면 일상으로 복귀한다. 보통의 삶을 운영하는 방식인 셈이다.

이곳에서 벗어나 일상을 끊어낸다.

나는 멍하니 주위를 둘러봤다.

특별할 것 없는 보통의 '일상'에 둘러싸인 채 나 홀로 겉도는 느낌이었다.

이것은 나의 '일상'일까?

창구의 남자가 나를 보면서 한 번 더 내 번호를 부른다.

허둥지둥 일어나 이번에는 놓치지 않고 창구 앞으로 가서 그 직원의 '일상' 가운데 앉는다.

0

파는 건 좋지만, 지금 사는 건 아니라고 보는데. 적어도 도쿄 올림픽이 끝날 때까지는 말이야.

같은 부동산 회사에서 근무했던 남자 동료는 소주에 찬물과 얼음을 탄 미즈와리(水割り)를 마시며 그렇게 말했다.

그러고 보니 도쿄에 땅 사서 집 지으려는 건축주는 있어도 노련한 현장 기술자는 도무지 구하기 어려워서, 도쿄 올림픽이 끝날 때까지는 집을 못 짓는다는 말을 듣긴 했어.

내가 듣기에도 가장 집값이 올라와 있는 게 지금이라고 하더구만. 예전 동료가 말했다.

입구에서 봤을 때와는 달리 널찍한 가게 안에는 우리 둘밖에 없었다. 아직 6시가 안 된 시간이라서 그런 듯했다.

'복고풍 선술집' 콘셉트로 만들어서 그런지, 끊임없이 쇼와시대 가요가 흘러나와 동갑내기 대학 동창이자 동료이기도 했던 친구와 함께 학창시절로 돌아간 듯한 기시감이 들었다.

한때 같은 팀에서 일했던 동료. 지금은 다른 부동산 회사로 옮겼지만, 회사 동기들이 다 같이 모이는 자리가 있을 때면 가끔 술잔을 부딪친다.

내가 사는 맨션 맞은편에 길 하나를 사이에 두고 최근 6개월간 공사를 이어온 맨션이 있다. 그 맨션의 담당자가 알고 보니 이 친구였다. 담당자로서 하는 설명을 들어보니, 그 맨션은 공사 전까지는 월셋집이었는데 한 개 동 전체를 재건축해서 완공하는 대로 분양할 예정이라고 한다. 마침 이날은 내부 장식을 공개하는 날이라서 안내를 맡은 친구가 퇴근 후 한잔하지 않겠냐고 연락이 왔다.

중간 크기의 맨션으로 총 10가구를 모집하는데, 전부 100 평방미터가 넘는다. 좀처럼 새 물건이 나오지 않는 이 지역에서는 상당히 넓은 축에 속한다. 복층 구조로 지어진 꼭대기 층은 이미 팔렸다고 한다.

아시아 지역의 부유층이 사들이거든.

실제 집값을 듣고는 기절초풍할 뻔했다. 최고층에다 가장 넓다고는 하지만, 한창 거품이 심했던 시기에 버금가는 어마어마한 액수였기 때문이다.

법적인 규제로 자국의 땅을 사지 못하는 부자들이 이웃 나라 땅을 사들인다는 말을 스치듯 들어본 적은 있지만, 엎어지면 코 닿을 거리에 있는 맨션조차 그렇다는 말을 들으니 눈앞의 현실이 실감 났다.

우리 세대는 거품 경제의 처음과 끝을 몸소 체험했지만, 리먼 사태 직전에도 '미니 버블' 양상을 반짝 보였다고 전문가들은 분석한다. 그러던 차에 미국의 서브프라임 모기지 사태가 터지면서, 우리나라 경제가 직격탄을 맞은 형국이었다. 그런데 요즘 다시 미니 버블의 양상을 보인다.

지금에 와서 거품 경제 시기의 일들은 호랑이 담배 태우던 시절 이야기처럼 들린다.

당시는 아날로그 시대에서 디지털 시대로 넘어가던 과도기로, 노동조합에서 과도한 업무량을 문제 삼을 만큼 날마다 야근의 연속이라, 집은 잠깐 눈만 붙이러 오는 곳이었다.

부모님이 귀촌하면서 혼자 살게 되어 원룸으로 이사했는데도 계약을 갱신할 때마다 월세는 오르기만 해서 앞으로도 도쿄에서 살 수 있을지, 대체 어디까지 집값이 오를지, 갱신 날짜가 다가오면 벌벌 떨었던 기억밖에 없다.

어쨌든 당시의 토지 불패 신화는 의심할 수 없는 절대 진리였다. 오르기는 해도 절대 떨어지지는 않는다고 누구나 믿었다.

또 다른 전 직장 동료의 이야기를 들으면서, 그 두 여자는 월세로 얼마를 냈을지 궁금해졌다.

두 사람이 세상을 떠난 해는 1994년이다. 거품 경제가 꺼진 해는 대개 1991년 이후로 보지만, 당시에는 전혀 실감하지 못했을 것이다.

대형 금융기관이 연달아 도산한 해는 1997년부터였으니, 1994년경에는 증시가 불안한 조짐을 보이긴 했어도 부동산 가격은 여전히 꺾이지 않았을 테다.

두 사람이 함께 산 지역은 도쿄의 오타구(大田区)로 짐작되는데, 두 사람 역시 집값 때문에 상당한 부담을 느끼지 않았을까.

전부터 짐작했듯이 어느 한쪽의 수입만으로는 버티기 어려웠을 것이다. 둘 다 일을 꾸준히 하니까 생활이 유지되었을 테고, 수입이 어느 정도인지는 몰라도 무섭게 치솟는 집값이 언제 자신들을 위협할지 모른다고 느꼈으리라. 그 점은 쉽게 가늠이 간다.

과연 언제까지 일하려나. 월세를 낼 여력이 있을까? 노후 대책은?

경제적인 불안은 인생을 쥐락펴락한다.

두 사람의 임대계약은 어땠을까? 집은 잘 정돈되어 있었을까? 아니면 되는대로 두었을까…

불현듯 부동산 회사에 근무할 때 일어난 사고가 떠올랐다.

한 아파트에 입주한 남자가 자택에서 자살을 기도했다.

아내가 집을 나간 상황이었는데, 공동주택이라는 사실을 뻔히 알면서도 하필이면 가스 자살이라는 길을 택했다.

게다가 화재경보기와 연기감지기가 작동하지 않도록 천장에 부착된 기기를 하나하나 치밀하게 요리용 랩으로 감싸두었다고 한다.

결국, 누출된 가스가 인화되어 폭발했다. 남성은 중상을 입긴 했으나 숨이 끊어지지는 않아서 병원으로 옮겨졌다.

불행 중 다행으로 다른 집까지 불이 번지지는 않았지만, 이웃 주민의 안전 따위는 아랑곳하지 않고, 아니 이웃 주민의 목숨까지도 노린 사건이었다. 집 나간 아내한테 보복하려고 끔찍한 일을 벌여놓고는, 너 때문에 이렇게 됐으니 뒷일은 알아서 수습하라는 심산 같았다.

그곳까지 간 이유는 무엇일까? 집과 동떨어진 오쿠타마까지 가서 투신자살한 이유 가운데 하나는 집주인에게 피해를 주고 싶지 않아서일지도 모른다.

이전 세입자가 자살했다고 하더라도 집에서 죽은 것과 다른 장소에서 죽은 것은 이미지에 큰 차이가 있다.

두 사람이 함께 살던 집은 심리적 하자가 있는 사고 물건으로 처리될까, 그렇지 않을까? 다음 입주자에게 그 사건을 설명해야 할까?

만약 셋집에서 죽었다면 그 사실을 다음 세입자에게 설명해야 할 의무가 있지만, 그렇지는 않으니 사고 물건으로 처리되지 않았을지도 모른다.

그럼 다음 세입자가 바로 나타나서 다음 달이면 이미 두 사람의 흔적은 말끔히 사라질지도 모른다...

1

다시 아침이 왔다.

늘 그랬듯 창밖에서 작은 새가 지저귀는 소리가 들린다.

이 도시 한복판에서도 동트기가 무섭게 맨 먼저 기지개를 켜는 새들의 소리가 떠들썩하다.

닫힌 커튼 틈새로 여린 빛이 새어 들어와 다다미에 한 줄기 길이 났다.

포근한 햇살이 주변을 부드럽게 감싼다.

방 안에는 아무런 움직임의 기척이 없다.

아니, 살아있는 것의 기척이 없다.

고요한 침묵에 잠긴 아침.

이 시간이면 늘 같은 자리에 이불과 요가 깔려 있고, 한 여자가 깊은 잠에 빠져 있었겠지.

아직 세상은 여자가 잠든 언저리에서 맴돌고 있다.

그러나 이 침묵은 앞으로도 깨지지 않으리라.

원래 이 방은 하루가 시작되면 이불을 깔아둔 채로 놔두지 않았다.

아침이면 이불을 개서 벽장에 넣어두었지만, 이제 두 번 다시 이불을 꺼낼 일은 없을 것이다. 적어도 늘 같은 자리에 이불을 깔던 그 여자가 꺼낼 일은 없다.

1년 365일, 소소한 의식처럼 반복해온 이불을 꺼내고 넣는 행위 자체가 한동안 여기서 일어날 일은 없으리라.

벽장문은 굳게 닫혀 있다.

그 안에 한 번도 쓰지 않은 이불이 가지런히 놓여 있다.

정갈한 방. 이 방에서 지낸 사람이 꼼꼼한 결벽증 환자라고 알려주기라도 하듯, 구석구석 섬세한 손길이 역력하다.

아직 이곳에 살던 이의 숨결이 남아 있다. 그 여자의 향기가 희미하게 떠돈다.

적막에 휩싸인 방.

자그마한 경대에 둔 화장품.

한쪽 구석의 쟁반에 늘어놓은 반지들.

손때 묻은 책상 위에 북엔드로 세워둔 갖가지 영어 사전.

골동품 분위기의 조명 스탠드는 꺼두었다.

한 치의 흐트러짐도 없는 책상.

연필꽂이에 꽂힌 빨간 색연필과 파란 색연필. 그리고 차마 버리지 못했는지 앙증맞은 종이 상자에 담아둔 몽당연필이 보인다.

손바닥만 한 유리 재떨이.

꽁초는 없고 막 씻어낸 듯 깨끗하다.

작달막한 나무 의자에 놓인 수제 쿠션.

무척 오래 앉아 있었는지, 쿠션이 닳고 닳아서 표면이 다 바랬다.

의자 등받이에는 지금껏 사용해온 무릎담요를 개서 걸어

두었다.

옷장 위에는 미니 알람 시계가 있었다. 가만히 귀 기울여 보니, 재깍재깍 초침이 움직이는 소리가 들린다.

방 입구에 있는 벽장은 문을 열어둔 채로 두었다.

살짝 어두운 집 안.

이미 날이 밝아서 불을 켜지 않아도 어렴풋이 사물이 보인다.

제법 넓은 부엌.

냉장고도 침묵에 휩싸였다. 평소대로라면 냉장고의 자동 온도 조절 장치가 작동하는 소리가 들렸을 텐데, 아무 소리도 들리지 않는다.

정갈한 부엌.

싱크대는 뽀드득 소리 나게 잘 닦여 있고, 구석의 삼각 트레이도 그릇 없이 싹 비어 있다. 한군데 물때가 살짝 보이긴 했지만, 자세히 들여다보지 않으면 눈치채지 못할 정도다.

식기 건조대에는 손잡이 달린 컵 두 개를 엎어두었다.

빵 접시도 두 개 세워두었다.

스푼과 국자 역시 적당히 놔두었다.

테이블 위에 조그만 화병이 보였다.

그 화병에 노란 거베라가 한 송이 꽂혀있었는데, 이미 시들어버린 상태였다. 희미한 빛 속에서 아직 윤기가 남은 꽃잎이 마지막으로 반짝거렸다.

적막.

사방이 고요하다.

이 방에는 아무도 없다.

또 하나의 방도 지금은 미닫이문을 열린 채로 두었다.

그쪽 방은 침대가 절반 가까이 자리를 차지했다.

체크 무늬 침대보를 씌운 침대에는 낡은 곰 인형이 덩그러 니 놓여 있었다.

침대 한가운데 놓인 곰 인형은 앞으로 이 침대보를 벗겨낼 일은 절대 없다고 선언하는 것처럼 보였다.

위쪽 문틀에 걸어둔 슈트와 재킷은 색상이 화려했다. 이 방 에서 지낸 이가 성격이 활발했으리라는 짐작이 간다.

작은 커피 테이블에는 읽다 만 문고본을 쌓아두었다. 카세 트테이프도 올려두어서 빈자리가 거의 없는 점으로 보아 이 테이블에서 실제로 커피를 마신 적은 없는 듯했다.

이 방 주인은 다시는 이 테이블을 사용하지 않을 것이다. 문 고본을 펼치거나 카세트 데크에 테이프를 넣을 일도 없으리라.

바닥 한구석에 무심히 놓인 가죽 가방.

업무용 가방인 듯했다. 오랫동안 써왔는지 손때가 묻어서 베이지색이 부분부분 거무스름하게 되었지만, 초라하기는커 녕 자연스러운 멋이 우러나와 근사했다.

지퍼를 열린 채로 두어서 화장품 파우치와 큼지막한 수첩 이 보인다.

가방은 축 처져서 바닥에 웅크리듯 놓여 있었다. 잠시 휴식을 취하는 모양새다. 아니, 이제 영원한 휴식을 취할 것이다.

정적이 흐른다.

고요한 새벽처럼. 아니, 그보다 훨씬 더 고요한 방.

침묵 속에서 이 방 주인이 곳곳에 남긴 자취를 느낀다.

두 여자의 대화가 들릴 것만 같다.

분주한 아침 풍경이 눈앞에서 펼쳐질 것만 같다.

다시 부엌으로 돌아가 본다.

여전히 조용한 냉장고.

자석으로 붙여둔 메모지에 장 봐야 할 물건들이 적혀 있다.

- **마요네즈**
- 튜브형 겨자
- 기름 응고제[16]

단정한 글씨체로 적힌 품목 가운데 마요네즈에만 취소선이 그어져 있다.

산뜻한 집 안 곳곳에서 야무진 살림 솜씨가 묻어나왔다.

현관에는 슬리퍼가 두 쌍 놓여 있다. 오렌지색과 빨간색이

---

16   가정용 폐식용유 처리제. 남은 기름에 분말 응고제를 넣고 굳힌 다음 일반 쓰레기로 처리한다_옮긴이

다. 크기로 봐서 여성용인데, 둘 다 비슷한 정도로 사용한 티가 난다.

붙박이 신발장의 미닫이문은 닫혀 있다.

들여놓지 못한 스니커즈와 펌프스는 벽 앞에 빼곡하게 늘어놓았다.

신발장에 기대어 세워둔 플라스틱 구둣주걱.

신발장 위에는 자그마한 메모 보드와 달력을 걸어두었다.

흰 메모 보드에는 여백만 가득했다. 빡빡 지워버린 흔적이 남아 있긴 했지만, 무슨 말이 적혀 있었는지는 알 길이 없다.

달력에는 일정이 깨알처럼 적혀 있었다.

두 사람이 각각 자신의 일정을 채워 넣었는지, 글씨체가 두 종류였다.

달력은 4월에 멈춰있다.

4월 29일에 친 빨간 동그라미가 유독 눈에 띈다.

이날은 아무것도 적혀 있지 않다. 빨간 동그라미만 달랑 있을 뿐.

마치 핏자국 같다.

불쑥 튄 핏방울이 남긴 조그마한 얼룩으로 보였다.

달력은 매달 한 장씩 넘기는 형태다.

지금 보는 페이지는 1994년 4월이다.

달력을 넘겨보면 확실히 알겠지만, 분명 그날 이후로는 어떠한 기록도 없을 것이다.

(1)

마침내 그날이 왔건만, 나는 여전히 망설이는 상태였다.

몸은 공중에 붕 떠 있는 듯했고, 현실감이 전혀 들지 않는다. 말 그대로 발이 땅에 닿지 않는 느낌이다. 옛말 틀린 것 하나 없다더니, 뼛속 깊이 와 닿는 적확한 표현에 매번 감탄이 절로 나온다.

나는 늘 의아했다.

공포는 어디서 오는 것일까?

숨겨진 진실에 눈 뜨거나 진실의 무게에 압도된 순간 엄습하는 희디흰 공포.

지금 깨달은 사실이다.

내게 공포는 왼쪽 어깨 바로 뒤에서 찾아온다.

말 그대로다. 공포라는 이름으로 불리는 누군가가 왼쪽 어깨 뒤에 서 있다가 눈 깜짝할 새 어깨뼈 아래쪽에서 내 속으로 파고든다.

날 아는 사람들은 한마디씩 했다.

딱히 자신이 연기하는 것도 아니고, 자기가 쓴 각본도 아닌데 뭘 그렇게 두려워하냐고.

그 이유는 나도 모르겠다.

'첫날'. 이 단어가 주는 울림에 자신도 모르게 민감하게 반응하는 것일까.

존 카사베티즈(John Cassavetes)[17] 감독의 영화가 떠오른다. 제나 롤런즈(Gena Rowlands)가 극 중에서 연극 공연을 앞둔 배우로 나온다. 그런데 공연 날짜가 다가올수록 심한 압박에 시달린 나머지 막이 오르기 직전 도망가서 술 한잔 걸치고는, 아니 정확히 말하면 술에 얼큰하게 취한 상태로, 무대에 오르는 장면이 머리를 스쳤다.

물론 떨리는 마음을 술로 달래야겠다는 의미는 아니지만, 그 공포가 충분히 이해된다. 할 수만 있다면 회피하고 싶고, 급기야 도망치고 싶다는 충동이 인다.

나 역시 잘 안다. 나는 공연 첫날 극장의 지정석에 앉아 있기만 하면 된다는 사실을.

그저 그뿐인데 무슨 죄라도 지었는지 벌 받는 느낌이 드는 것은 왜일까.

화려하고 긴장되고 불안하고 찜찜하고 두근대고 열에 들뜬 느낌이다.

공연 첫날은 늘 그렇다. 아직 막을 올리기 전에는 이미지가 일정한 형태를 갖추지 못한 채 로비에서 서성이는 관객들의 머리 위로 둥둥 떠다니는 상태다. 저마다의 예상과 기대가 마

---

17   국내의 영화 관련 사전이나 인터넷 포털에는 거의 예외 없이 '존 카사베츠'로 표기하는 관행이 있지만, 그의 정확한 이름은 '존 카사베티즈'다_옮긴이

구 뒤섞여 굳지 않은 푸딩처럼 흐물거린다.

문제는 오늘의 '달걀'이 내 소설이라는 점이다.

'달걀'은 분명히 있다. 뚜렷한 형태가 있고 엄연히 존재한다. 그러나 요리사가 그걸로 무엇을 만들지는 아직 모른다. 이를테면 계란말이가 될까, 달걀찜이 될까, 푸딩이 될까, 스크램블드에그가 될까? 과연 음식은 어떤 맛이고, 어떤 접시에 담겨 나올까? 테이블에 음식이 올라올 때까지는 미지수다.

나는 홀로 좌석에 앉아 불안과 우울을 곱씹으며 점점 바닥으로 가라앉는 기분을 느꼈다.

아무도 나를 주목하지도 않고, 신경 쓰지도 않는다. 기대에 찬 표정으로 좌석을 메운 관객들에게 부러움과 미안함을 품은 채 그들을 주뼛거리며 훔쳐봤다.

우리 농장에서 나온 달걀을 드렸는데, 어떤 음식이 나올지는 저도 모른답니다. 혹시 입에 맞지 않으시다면 제 불찰입니다.

시작도 하기 전에 납작 엎드려 비는 자신, 슬그머니 칸막이의 그늘에 숨는 자신이 보인다. 누구보다도 고독하다. 오롯이 혼자다.

벌이다. 벌을 받는 것이다. 나는 고발당해서 죗값을 치르러 여기 온 거다.

죄명은 무엇일까?

시즈오카의 노 전용 극장에서 본 환영은 몸 어딘가에 응축

된 아픔으로 남았다.

　그때 두 여자는 호소했다. 부드럽지만 단호하게 불만을 전했던 두 사람. 왜 우리의 존재를 세상에 드러냈느냐, 왜 무덤을 파헤쳤느냐, 그렇게 물었다. 왜 조용히 잠든 채로 내버려두지 않았느냐, 그렇게 따졌다.

　나야말로 되묻고 싶다. 왜 내가 당신들을 택했을까? 굳이 처지를 바꾸어 말해본다면, 왜 당신들은 나를 선택했는가?

　그렇다. 내가 선택한 것이 아니라 당신들이 나를 선택한 것이다. 수많은 사건, 수많은 자살, 수많은 동반 자살 가운데 왜 당신들의 목소리만이 나를 붙잡았을까? 그 불가사의한 우연이 일어난 원인을 여전히 나 자신도 모르겠다.

　혹시 당신들은 내 도움이 필요하지 않았는가? 잠든 채로 내버려두길 바라는 만큼, 파헤쳐서 기억을 되살려주길 바라지 않았는가?

　그렇다. 이 이야기는 당신들과 나의 해후를 그린 것이다. 이를 무대로 옮긴 작품을 나는 지금부터 보려고 한다.

　깊은 상념에 잠긴 가운데 어느새 무대의 막이 올랐다.

　그것은 기묘하기 짝이 없는 감각이었다. 조금 전까지만 해도 토할 것 같았다. 눈앞에서 펼쳐지는 무대를 회피하고 싶었고, 어떻게든 이곳에서 도망치고 싶었다. 하지만 그런 자신이 무색할 만큼 '어느새' 공연은 무사히 시작되었다.

기묘한 감각은 계속됐다. 물론 눈앞에서 펼쳐지는 무대를 뚫어지게 쳐다보고 있지만, 의식은 다른 곳에 있는 듯했다.

뭐라고 하면 좋을까, 나는 그 두 여자의 시점에서 무대를 바라보는 기분이 들었다.

원작자인 나의 시점이 아니라, 노 전용 극장에서 마주친 두 사람이 내 뒤에 서 있고 그 두 사람에게 내 몸을 빌려주어 그 두 사람의 시선으로 무대를 바라보고 있다는 느낌을 지울 수 없었다.

어쩌면 그 두 사람은 실제로 여기 왔을지도 모른다. 자신들의 인생이 무대 위에서 전개되는 모습을 나의 눈을 통해서 생생히 보고 있는 것 아닐까.

아, 저 사람들이 우리인가 봐.

그렇게 중얼거리는 소리가 들리는 듯했다.

실제로는 전혀 다르지만, 그래도 무대 위 저것이 '아아, 그땐 그랬지' 하고 말했을지도 모를 우리 인생이구나, 하는 소리가.

조용하고 단순한 무대였다.

무대 소품은 오직 하나. 중앙에 하얀 정사각형 벤치가 놓여 있다.

최종 각본도 살펴보지 않고 총연습에도 가지 못했으므로 (가지 않았다고 볼 수도 있으므로), 결국 어떤 형태로 마무리되었는지 모르는 채 공연 첫날을 맞이했다.

등장인물은 네 사람이었다.

20대, 30대, 50대, 60대.

오디션에서 본 얼굴도 있는 것 같았지만, 누구라고 콕 집어 말할 자신은 없었다. 오디션에 참석했던 때가 먼 옛날의 일처럼 까마득했다.

과연! 실제로 사망 당시의 나이인 40대만 일부러 쏙 뺀 것 같았다. 생략한 40대를 중간에 두고 좌우대칭을 이루도록 연령대를 분산한 것은 다분히 의도적인 설정으로 보였다.

네 여자가 입은 의상은 언뜻 같은 옷처럼 보이지만 미묘하게 디자인이 달랐다.

군더더기 없는 통 원피스. 아마도 면(綿) 소재일 것이다.

원피스 길이, 목선의 재단, 소매 디자인 등, 자세히 보면 조금씩 변화를 줬다.

색상은 연분홍빛으로, 한쪽은 짙고 다른 쪽으로 갈수록 옅어져서 옷마다 그러데이션이 달랐다.

덕분에 네 사람이 서 있는 위치에 따라 그러데이션 조합이 달라져서 매번 분위기가 다른 그림이 그려진다는 점이 인상 깊었다.

헤어스타일도 제각각이어서, 20대는 어깨 길이, 30대는 턱선 위에서 일자로 자른 아주 짧은 단발, 40대는 세련된 웨이브 머리, 60대는 뒤에서 하나로 묶은 머리다.

적막이 감도는 무대였다.

아무 소리도 들리지 않는 무대.

네모난 벤치의 모서리마다 네 여자가 우두커니 앉아 있다. 모두 서로 등을 맞대고 있다.

아무 소리도 없다.

불현듯 네 사람은 천장을 쳐다본다.

쏴아아, 쏴아아, 흰 모래가 떨어지는 소리가 들린다.

아, 깃털은 포기했구나. 그때 일이 떠올랐다. 흰 깃털 대신 흰 모래.

드디어 네 사람이 일어나서 대사를 읊는다.

감정을 배제한 담담한 어조.

등장인물을 네 사람으로 늘렸다고 생각했는데, 보다 보니 그렇지 않다는 사실을 깨달았다.

어디까지나 원작의 두 사람을 네 사람이 바꿔가면서 연기하는 것이었다. 게다가 배역을 고정하지 않고 M도 T도 네 사람 전원이 연기했다. 즉 M과 T의 조합도 장면마다 달라서 때로는 두 사람씩 M과 T를 연기하고, 둘이서 같은 대사를 말하기도 한다.

대학 시절의 첫 만남.

두 사람이 늘 붙어 다니던 시절.

사회인이 되고부터 한동안 멀어졌던 시기.

그리고 재회.

각각의 장면을 목소리와 겉모습이 다른 네 여자가 조금도 막힘없이 표현한다.

나는 그 이야기를 음악 감상하듯 들었다.

실제로 이 공연은 연극이라기보다 퍼포먼스에 가까웠다.

네 사람은 때때로 간단한 안무를 선보였는데, 가벼운 스텝으로 동시에 같은 춤을 췄다.

여전히 음악이 흐르지 않는데도 선율이 들리는 듯했다.

무대에 흐르는 유일한 소리. 불쑥 생각났다는 듯 쏴아아, 쏴아아, 흰 모래가 쏟아진다.

그 또한 조용한 음악 같았다.

네 사람이 서 있는 순서에 따라 연분홍빛 그림의 무늬가 달라진다. 그 무늬는 마치 로르샤흐 성격 테스트의 잉크 반점 같았다. 대칭을 이룬 얼룩이 어떻게 보이는지 대답하듯, 연분홍빛 무늬가 무엇을 의미하는지 알아내려는 자신의 모습이 보였다.

언제부터인가 나는 지극히 냉정한 태도로 무대를 지켜봤다.

고개가 끄덕여졌다. 생략된 40대의 두 여자가 살아온 인생을 이렇게 네 사람에게 분배해서 두 사람의 익명성을 확보하려는 것이다.

노 전용 극장에서 가면을 써도 괜찮겠다고 생각했던 일이 떠올랐다.

분명 두 사람은 가면을 썼다. 여러 가면이 한 인물로 표현되는 가면. 두 여주인공은 그들 중 한 명이거나 둘 다 아닐지도 모른다.

무대에서 연기하는 도중에 머리 모양을 바꾸는 것도 그런 의미를 담고 있었다.

말을 하면서도 머리를 하나로 묶거나 높이 올려 묶는 포니테일로 바꾸기도 하고, 앞머리를 들어 올려 핀으로 꽂거나 시뇽(올림머리)을 하기도 한다.

현실에서도 여자는 기분전환을 하고 싶거나 필요에 따라서 머리 모양을 바꾼다.

마지막으로 머리를 길렀던 때가 언제였지? 파마한 적은? 흰머리 염색을 계속할지, 그대로 둘지 결정할 때는 언제일까?

그렇다. M과 T 역시 미장원은 가기 마련이다. 어쩐지 T는 긴 머리일 것 같다. M은 굵고 뚜렷한 웨이브 펌을 했으리라고 짐작된다. 이렇게 머릿속에서 이미지를 그려보기도 했다.

두 사람의 일상.

두 사람 사이의 작은 균열.

사소한 사고.

미묘하게 움직이는 힘의 관계. 교차하는 우월감과 패배감.

흰 벤치는 때때로 식탁이 되었다.

바닥에 앉아 테이블을 사이에 두고 대화를 주고받는 두 사람. 그동안 남은 두 사람은 가만히 테이블을 바라보거나 '마음에서 우러나온 목소리'를 연기하거나 다른 쪽을 바라보면서 벤치에 기대어 선다.

이어서 흰 모래가 떨어진다.

처음에는 무대 구석으로 떨어지던 모래가 드디어 벤치 중앙으로 떨어지기 시작한다.

대화를 나누는 두 사람에 사이에, 또는 사소한 말다툼을 한 두 사람 사이에 모래가 조금씩 끊임없이 내리 쌓인다.

왠지 가슴에 사무치는 장면이었다.

모래가 내리 쌓인다. 세계는 점점 흰색으로 물들어간다.

모든 것이 묻힌다. 세월은 눈에 보이는 지층이 되고, 잃어버린 것과 죽은 자는 점점 지하로 밀려들어 간다.

떨어지고 쌓여간다. 시간이 모래처럼 내리 쌓인다. 누구나 뼛조각이 되고 한 줌 재가 되고 시간의 바닥에 가라앉아 침묵한다.

아아, 이렇게 모든 것이 기억 속에서 지워진다.

살아있었다는 사실도 사랑했었다는 사실도 절망했었다는 사실도 모두 없던 일이 되어버린다.

그래서 나는 당신들에게 끌렸던 것 아닐까? 스스로 삶을 끝내겠다고 선택한 당신들에게? 이대로 사라져서도 만족해서도 안 된다며 애써 끌어낸 이유는 부러웠기 때문 아닐까?

아아, 그랬구나. 대답하는 목소리가 들린다.

내 바로 뒤에 서 있는 두 사람.

늘 왼쪽 어깨 바로 뒤에 서 있다가 어깨뼈 아래쪽을 파고드는 공포처럼 거기 서 있다.

우리가 부러웠어?

무려 몇십 년이 지났는데도?

부러움을 살 만한 일 같은 건 아무것도 없는데.

두 사람의 목소리가 들린다.

무슨 대단한 사건이 일어나거나 하지는 않았어.

나지막한 목소리.

그냥... 그냥 이렇게 사는 삶에 지쳐버린 거야.

그래, 정말 그게 다야. 이유 같은 건 없어... 굳이 이유를 꼽자면 그날 때문이려나.

무대 위에서는 그날의 장면을 연기하는 중이었다.

계기가 된 그 장면.

"오랜만에 튀김을 만들려고 했어. M이 좋아하는 돈가스를 튀기려고 했지. 요즘 튀김 요리를 통 안 했거든. 생각만 해도 귀찮아서 주로 근처 정육점에서 파는 튀김을 사 먹었어."

T가 무대에서 돈가스를 튀긴다.

지금은 벤치는 부엌의 가스레인지가 되었고, T는 그 위에 튀김요리 하는 모습을 연기한다.

돈가스를 접시에 담고 한 입 베어먹는 T.

만족스러운 표정.

문득 무슨 생각이 났는지 싱크대 아래(벤치 아래)의 수납장을 열고는 안을 들여다본다.

꼼짝도 하지 않는 T.

이윽고 새파랗게 질린 표정으로 휘청거리며 일어난다.

"기름 응고제가 없어."

튀김용 기름 응고제.

여분이 있는 줄 알았는데 다 떨어지고 없다. 전에 언제 튀김을 해 먹었는지 기억이 나지 않는다. 늘 떨어지기 전에 미리 사두었는데.

"없어. 지금 여기 없다고. 당장 필요한데. 지금 눈앞에 튀기고 남은 기름이 있는데. 응고제가 없어, 남은 게 없어."

T는 멍하니 그 자리에 서 있다.

현관 벨 소리.

천천히 소리 나는 쪽을 바라본다.

M이 집에 돌아왔다.

나 왔어. 아, 피곤하다. 집에 들어선 M은 튀김 냄새를 바로 알아차렸다.

"와, 돈가스네. 좋지."

싱글벙글 신이 난 M.

그러나 곧이어 T의 표정이 눈에 들어왔다.

"왜 그래?"

안색이 어두운 T. 이제 무언가를 알아버렸다는 듯한 표정이 눈동자에 서렸다. 그 표정은 절망으로, 허무로 바뀌었다.

"기름 응고제가 없어. 미리 준비 못 했다고."

"엉?"

"없어. 텅 비었어."

"나가서 사 올까. 역 앞 슈퍼가 아직 열려 있던데."

엉거주춤 일어서는 M.

그러나 T는 살며시 고개를 젓는다.

M은 가만히 있을 수밖에 없었다.

두 사람은 물끄러미 서로를 바라봤다.

M은 점점 파랗게 질려갔다. T의 표정이 심상찮았기 때문이다. 올 것이 왔다고 직감했다. 방금 T가 '없다'고 한 말의 울림을, 그 의미를 되짚어봤다. 무엇이 '없다'는 걸까? 무엇이 '텅 비었다'는 걸까?

두 사람은 그대로 서 있었다.

긴 침묵.

공포가, 절망이, 두 사람의 발끝에서부터 스멀스멀 퍼져 온다.

T의 얼굴에 웃음과 울음이 뒤섞인 표정이 스친다. 겸연쩍은 웃음이랄까. 아픔과 가려움, 희망과 절망이 공존한 표정이었다.

T는 기묘한 웃음을 띤 채 불쑥 중얼거렸다.

"지쳤어."

암전.
이어서 불이 켜지고 무대에는 아무도 없다.
네 여자는 자취를 감췄다.
흰 모래가 떨어진다.
흰 모래만이 쏴아아, 쏴아아 나지막한 소리를 내면서 떨어
진다.
흰 벤치 위에 점점 모래가 쌓여간다.
그쪽이었을까, 우리?
등 뒤에서 목소리가 들린다.
그쪽일지도, 우리.
또 다른 목소리가 들린다.
모래가 조용히 내려 쌓인다. 흰 재가 된 우리의 뼈가.
내 머리 위에도, 내 왼쪽 어깨 뒤에 잠자코 서 있던 두 여자
의 머리 위에도 소리 없이 하염없이 모래가 내리 쌓인다.

0

계기.

두 여자가 죽음을 결심한 계기는 무엇이었을까.

그 점은 이 소설을 쓰기 시작할 때부터 늘 머리 한구석에 남아 있었다.

이전에도 썼듯이, 처음에는 뚜렷한 '동기'를 찾으려고 갖가지 추론을 펼쳤다.

그것은 내가 여전히 '동반 자살'에는 자연사보다 훨씬 극적인 요인이 있으리라고 믿는다는 방증이기도 했다. 엔터테인먼트 소설가로서 어떻게든 이야기에 긴장과 재미를 불어넣으려고 하는 습성이 몸에 밴 탓일지도 모른다.

그러나 오랫동안 고민을 거듭한 끝에 딱히 이유가 없을지도 모른다는 생각이 점점 강해졌다.

사람은 의외로 '기분'에 따라 죽기도 한다.

갑작스러운 파괴 충동에 휩쓸려 덜컥 세상을 떠나버린다.

물론 우울증과 같은 정신적인 요인이 원인이 될 때도 있지만, "왜?", "무엇 때문에?" 하고 가까운 사람들조차 이유를 알지 못하는 죽음도 많다.

자신이 죽음을 선택한 이유를 당사자조차 마지막 순간까지 모를 때도 있지 않을까.

다만 뚜렷한 동기가 없다는 쪽으로 생각이 기울어졌다고

해서, 결코 내가 동반 자살에 극적인 요소가 없다고 결론을 내린 것은 아니다.

오히려 뚜렷한 이유가 없는데도 기어코 이승의 경계선을 넘고 말았다는 사실에 이루 말할 수 없는 공포를 느꼈다. 게다가 혼자서도 아니고 타인과 합의한 끝에 같이 죽는 길을 선택했다는 점에서, 그 과정까지 포함하여 동반 자살이라는 행위가 부조리하고 그로테스크하다는 점을 새삼 실감했다.

0

세간에 디지털 네이티브(Digital Native) 라는 말이 있다. 지금의 10대나 20대는 태어났을 때부터 스마트폰과 인터넷이 상용화된 환경에서 자라나 디지털 기기를 원어민처럼 자유자재로 활용한다는 뜻이다.

그러나 내가 아는 어떤 시스템 엔지니어의 말을 빌자면, 이들은 개인용 컴퓨터를 다뤄본 적이 별로 없어서, 신입사원 교육을 할 때 키보드 사용법과 엑셀 등을 하나부터 열까지 다 가르쳐야 한다고 한다.

확실히 젊은 세대는 디지털 기기에 거부감이 없고 대체로 잘 다루기도 하지만, 그렇다고 작동 방식을 깊이 있게 이해하고 있는 것은 결코 아닌 듯하다. 컴퓨터나 스마트폰 사용법을 젊은 세대에게 물어봐도 제대로 설명하는 사람이 극히 드물다는 사실이 그 증거다. 게다가 부담스러워하는 기색이 엿보여서 설명해달라고 부탁하기가 의외로 조심스럽다.

TV 화면에 어떻게 영상이 비치는지, 이메일은 왜 시간과 공간의 제약을 받지 않는지와 같이 근본 원리를 따지는 질문에는 답을 하기가 당연히 어렵겠지만, 그러한 질문이 아니라 단순히 해당 작업을 수행하기까지의 과정이나 방법을 물어봤을 뿐인데도 요령 있게 안내하지 못한다. 심지어 질문 자체를 이해하지 못할 때도 있어서 '설명' 자체가 불가능한 경우가 적지 않다.

말 그대로 '그냥' 반복해서 쓰다 보니 몸에 익었을 뿐(이처럼 디지털 기기가 일상생활에 녹아들어 자연스럽다는 면에서는 확실히 '네이티브'라고 할 만하지만) 언어로 표현해본 적은 없기 때문일 것이다. 일상의 동작을 언어로 표현하기가 쉽지 않다는 점은 충분히 이해하지만, '네이티브'라고 해도 개인차가 상당히 있지 않을까.

컴퓨터가 막 도입되었을 때부터 활동한 전설의 프로그래머가 쓴 책을 읽어보니, '컴퓨터가 널리 보급되어 사용 인구가 많아진 것처럼 보여도, 어느 시대건 실력 있는 프로그래머는 손에 꼽을 정도밖에 되지 않는다'고 하던데, 그 말이 무슨 뜻인지 이해되었다.

디지털 습득력은 사람마다 편차가 큰 데다 실제로는 누가,

어느 만큼 실력을 갖췄는지 제대로 파악하기가 어렵다. 내가 보기에 최근에는 디지털 습득력을 '사적인' 영역으로 여기는 경향이 강해서, 디지털 기기를 얼마나 잘 다루는지 물어보기를 꺼리는 것 같다. 사회인으로서 당연히 갖춰야 할 요건인 듯 말하지만, 자신이 어느 정도 수준인지는 아무도 모른다. "컴퓨터 잘해요?" 하고 물어보면 왠지 불편해하는 기색이 역력하다.

내가 취직했을 때는 업무 전산화가 막 시작된 시기였다. 복사기와 팩스기를 사무실에 들여놓고 주로 여사원이 '복사 업무'를 맡았다.

실제로 남자 상사가 어느 정도 나이가 있는 경우, 복사하거나 팩스를 보내려면 어떻게 해야 하는지 몇 번이나 알려줘도 여전히 기기를 쓸 줄 몰라서 결국 포기해버린 적이 있다.

한편 과거에는 '여자는 기계에 약하다'는 인식이 있었다. '편견'에 불과한 말이지만, 한때나마 '할 줄 모르는 편이 귀엽지'라고 여기던 시절이 있었다. 내 친구 중에도 '여자가 기계를 잘 다루면 억세 보인다'는 말을 들을까 봐 일부러 아무것도 모르는 척한 경우가 제법 있었다. 요즘에는 '아무것도 모르는' 상태라면 취직은커녕 친구 관계를 형성하기도 어렵다.

취업한 지 4~5년 정도 지나자 워드프로세서가 도입되었다. 대학 졸업 후 들어간 첫 직장을 4년 만에 그만두고, 당시 슬슬 생겨나던 인력 파견 회사에 등록하여 거기서 강습을 들으며 키보드를 보지 않고 문자를 입력하는 터치 타이핑을 배웠다.

이즈음 취업 후 몇 년 안에 결혼하여 전업주부가 된 친구들과 디지털 습득력에서 격차가 벌어지기 시작했다. 그런 친구들이 키보드로 문자를 입력하게 된 시기는 그로부터 몇 년이 더 지나 휴대전화가 보급된 시점부터였는데, 이른바 아이모드라는 휴대폰이 폭발적으로 확산하면서였다.

그런 다음 PC와 인터넷 환경이 직장에 널리 퍼졌다.

그때 컴퓨터 교육을 받았던 나는 복사기도 팩스기도 다룰 줄 모르는 중년 세대의 고충을 처음으로 조금 이해하게 되었다.

새로운 기술은 새로운 언어를 익히는 것과 같아서 나이 들수록 받아들이기가 쉽지 않다. 아무래도 나이가 많으면 변화에 적응하는 속도가 느리기 때문이다. 특히 컴퓨터나 인터넷처럼 태어나서 한 번도 접해본 적 없는 개념과 맞닥뜨리면, 기술을 익히기도 전에 '이거, 이해할 수 없는 거 아냐?' '해도 안 될 것 같은데' 같은 두려움이 앞선다.

지금 돌이켜보면 당시의 취급설명서는 기술자가 쓰다 보니 온통 전문용어라 대부분 이해하기가 어려웠다. 해서 컴퓨터 강습을 받을 때 '뭐가 뭔지 모르겠다', '시대에 뒤떨어진다'고 느낄 때 엄습하는 공포를 실감했고, 그 감각은 지금도 몸속 어딘가에 남아 있다.

나는 스물여섯 살에 소설가로 등단해서, 등단작으로 쓴 소설은 손으로 써서 응모했다. 처음 만났던 편집자가 "작가님은 젊으니까 앞으로는 워드프로세서로 써주세요."라고 했던 말이 지금도 잊히지 않는다.

그 후 워드프로세서로 원고를 쓰고 플로피 디스크에 저장하는 방식이 한동안 계속됐다. 일본어 워드프로세서 기능은 이미 완성된 상태라서 앞으로도 쭉 워드프로세서를 쓸 줄 알았는데, 컴퓨터와 인터넷이 등장하면서 메일로 원고를 보내달라는 요청을 받게 되었다. 순식간에 워드프로세서는 과거의 유물이 되었고 플로피 디스크는 시장에서 사라졌다.

그뿐이 아니다. 이후로도 새로운 기술의 유효기간은 점점 짧아지기만 한다. 심지어 앞서 나온 기술과 공존하는 것을 허락지 않으니, 앞서 나온 기술은 바로 버려지기 일쑤다. 시장은 언제나 '전부 아니면 제로'를 요구한다.

나이가 들면서 변화를 꺼리고 새로운 문물을 두려워하는 자신의 모습을 어느 날 문득 발견하면, 세상의 흐름에 '뒤처졌다'는 실감과 함께 두려움이 닥치고, 그 두려움은 절망으로 이어지기 쉽다. 이제는 그 심정을 충분히 공감한다.

두 사람은 어땠을까?

세상의 흐름에 '뒤처졌다'고 느낀 적은 없었을까?

당시는 사무 전산화의 여명기였다. 세상이 하루가 다르게 변해가고 새로운 기술이 빠르게 발전했다. 거품 경제는 여전히 끝날 줄을 모르고 집값은 나날이 오르기만 했다. 그리고 아이를 낳을 수 있는 나이는 이미 지났다.

미래가 없다, 더는 못하겠다, 같은 암담한 심정을 두 사람은 서로 잘 헤아리지 않았을까? 이 암담함이 절망으로 이어진 것은 아닐까?

0

절망.

사람은 어떨 때 절망에 빠질까?

깊은 절망은 아니더라도 얕은 절망은 때를 가리지 않고 겪는다.

이사 왔을 때부터 늘 가던 슈퍼가 없어졌다.

단골 책방이 없어졌다.

이러한 일은 하찮게 보여도 일상생활과 직결되는 문제이고, 야금야금 일상을 갉아먹으면서 절망을 불러온다.

집 근처 신문 판매점이 없어지고 먼 곳의 신문 판매점과 통합되면서 달마다 다른 수금원이 찾아온다.

발길이 자주 머문 곳이, 손이 자꾸 가던 물건이 가뭇없이 사라진다. 이러한 때 나는 스스로 생각해도 놀랄 만큼 절망을 느낀다.

이를테면 나라 지방에서 만드는 실곤약.

내가 찾는 브랜드는 늘 가던 슈퍼에서밖에 팔지 않는데, 어느 날 그 슈퍼에서 자체 개발한 브랜드 제품으로 바뀌어버렸다.

카페 메뉴도 마찬가지다.

그 카페에 갈 때면 늘 같은 메뉴를 주문했었는데, 요즘에는 갈 때마다 '품절'이라고 한다.

늘 애용하는 문구 회사의 빨간 사인펜. 이 회사에서 나온 굵기 0.3 밀리미터짜리 펜이 사각사각 잘 써져서 좋아했는데, 어느 날 단종되어버렸다. 마지못해 다른 회사 제품을 쓰고는 있지만, 역시 종이에 닿는 감촉이 달라서 쓸 때마다 못내 아쉽다.

롤 형태로 나오는 팩스 용지.

이 팩스 용지도 멸종 위기종인 모양이다. 요즘에는 주로 일반 팩스 용지를 쓴다는 사실이야 잘 알지만, 크기가 작다 보니 쓰기 불편해서 여전히 B4 사이즈의 롤 형태를 쓴다. 하기야 팩스 자체가 멸종 위기종이고 보니, 교정지를 팩스로 주고받는 소설가 역시 몇 안 되지 않을까.

마음에 쏙 들어서 오랫동안 써온 노트.

요즘 들어 멸종 조짐이 보여 그야말로 가슴 졸이게 한다.

하드커버에 손바닥만 한 크기고 위로 넘기는 형태인데, 속지는 선이 없는 무지 노트다.

이 노트는 이 회사의 얼굴격인 제품이었는데, 요새 부쩍 구하기가 어려워졌다. 눈에 띌 때마다 사들이고는 있지만, 워낙 판매처를 찾기 어려워서 더는 생산하지 않는다는 소식이 들릴까 봐 여간 신경이 쓰이지 않는다. 여러 권 쟁여두었는데도 다 써 버리면 어떻게 하나 지금부터 애태우기 일쑤다.

현금은 어떨까?

우리나라는 세계에서도 몇 손가락 안에 드는 현금 사회다. 치안이 잘 되어 있고, 현금을 선호하는 경향이 강한 데다, 신용 카드는 개인 정보가 유출될 우려가 있기도 해서 널리 쓰이지 않기 때문이겠지. 이렇게 말하는 나 자신도 안전하다는 확신이 없어서 신용 카드를 좀처럼 쓰지 않는다. 아무래도 빚이라는 생각을 떨치기 어렵다. 그러나 국가에서는 돈의 흐름을 완벽하게 파악하려는 수단으로 현금 없는 사회를 지향하는 추세다. 그래서인지 '현금은 사용할 수 없습니다'라고 말하는 가게도 차츰 늘고 있다.

예비물품도 예외가 아니다.

자주 사용하지는 않지만 어쩌다 한 번씩 꼭 필요하고, 특정 용도가 있어서 반드시 그 제품이 아니면 안 되는 물건이 있다. 예를 들면 다음과 같다.

첫째, 미니 크립톤(krypton) 전구[18]

둘째, D형 건전지

셋째, 십자드라이버

넷째, 옷장 방충제

다섯째, 기름 응고제

이러한 물건이 다 떨어졌다는 사실을 알았을 때. 미리 사서 저장한 줄로만 알았는데 사실은 그렇게 하지 않았음을 알았을 때.

나는 그럴 때 깊이 절망한다.

이 절망의 실체가 무엇인지 고민해보기도 했다. 이토록 자잘한 일로 가슴에 생채기가 나고 기분이 바닥까지 가라앉다니, 나 자신도 당황스러웠다.

그러나 필요한 무언가가 '없다'는 것은 대수롭지 않은 듯 보여도 일상생활에 상당한 불편을 초래하고 안정감을 빼앗는다. 바로 이러한 이유로 마음이 술렁이지 않았을까?

동시에 일상은 자질구레한 일들로 채워진다는 점에 놀라는 한편 무언가 '없다'는 것만으로도 손쉽게 '일상'이 흔들리기도 한다는 점에 두려움을 느꼈다.

---

18 크립톤 가스를 주입한 백열전구로 아르곤 가스를 주입한 백열전구보다 더 밝고 수명이 길다_옮긴이

따라서 일상을 유지하려면, 삶을 살아가려면 무언가 사라지기가 무섭게 빈자리를 메워야 하고 오늘도 내일도 앞으로도 하나하나 채워 넣어야 한다.

아마도 사람은 온갖 자질구레한 일상을 통틀어 현실이라고 부른다는 사실을 깨달은 순간, 앞서거니 뒤서거니 '절망'에 빠지는 게 아닌가 하고 짐작했다.

사람은 언제 절망에 빠질까.

이 물음의 답을 찾다가 그리고 '두 여자'가 절망한 이유를 찾다가 50대 중반인 지금의 내가 일상에서 겪는 작고 사소하지만, 강기슭이 깎여나가는 듯한 절망을 마주 봤다.

바로 이 절망을 두 여자도 느끼지 않았을까? 불현듯 시공간을 뛰어넘어 공감이 간다.

평생 밑 빠진 독에 물 붓듯이 갖가지 생활용품을 대야 한다는 사실을 실감했을 때.

'따라가기 버겁다,' '헤쳐나갈 힘이 없다,' '미래가 없다,' 같은 불안이 점점 현실로 닥쳐올 때.

이처럼 양쪽에서 몰려오는 압박감이 어느 순간 어둠 속에서 절망이라는 단어로 한데 묶여도 하등 이상하지 않겠다는 생각이 든다.

나는 당시의 두 사람보다 열 살 가까이 많지만 두 사람이 마흔넷, 마흔다섯일 무렵에는 지금보다 훨씬 연장자로 여겨졌을 테고, '이번 생은 끝났다'는 패배감 또한 지금보다 훨씬 크지 않았을까?

모든 물가가 날로 오르기만 하니 집안 살림 역시 갈수록 쪼들릴 텐데 연금이 나오려면 한참 멀었다. 그때까지 어떻게든 일해서 먹고살아야 하는 데다가 연금이 나온다고 해도 지금 사는 곳에서 계속 산다는 보장도 없다.

하물며 노후 대책은 꿈도 못 꾸니 아무리 궁리해도 여유 있는 생활은 그림의 떡일 뿐, 거의 모든 상황이 두려움에 사로잡힐 수밖에 없는 처지였다고 해도 놀랄 일이 아니다.

그러한 '앞날'이 다 보였기에 절망하지 않았을까?

그 '절망'의 방아쇠를 당긴 순간은 무언가가 '없음'을 알았을 때가 아니었을까.

고작 기름 응고제 하나가 '없다'고 해서 웬 호들갑이냐고 할지도 모른다.

근처 소매점에만 가도 화장품이나 건강보조식품 등 물건이 질려버릴 정도로 넘쳐나지 않는가.

그러나 사람은 나이를 먹는다.

고령자 둘이 살아가는 집. 둘 다 늙어가면서 하지 못 하는 일이 차츰 늘어간다.

언제부터인가 편의점을 후딱 다녀오지도 못하고 외출도 마음대로 하지 못한다.

아직 남은 이 기름 응고제. 어느새 튀김은커녕 조리하기조차 점점 어려워지지 않는가.

닳아버린 전구를 갈고 싶어도, 풀린 나사를 조이고 싶어도, 몸도 마음도 따르지 않는다.

어느 날 문득 이 사실을 자각했을 때.

이 모습이 자신의 미래라고 깨달았을 때.

사람은 이럴 때 절망한다.

0

택시에서 계속 업무용 메일을 주고받느라 집에 막 도착했을 때는 미처 몰랐다.

요금을 지불하고 차에서 내려 고개를 든 순간 "어?" 하고 시선이 고정됐다.

주택가의 우리 집만 컴컴하고 앞뒷집은 불이 켜져 있었다.

평소대로라면 도로에 면한 다다미방과 현관의 불이 켜져 있을 텐데.

"무슨 일이지?"

고개를 갸우뚱하며 현관으로 향했다.

두꺼비집이 내려갔음을 직감했다.

왜 두꺼비집이 내려갔을까?

우리 집은 단독주택이라 겨울에는 추워서 여기저기 난방 기구를 틀고 드라이어를 사용하다 보니 두꺼비집이 내려갈 때가 종종 있다.

하지만 지금은 엄마 혼자 계시니 여러 전자제품을 동시에 쓸 리도 없고.

"무슨 일이지?"

한 번 더 중얼거렸다.

현관문을 열고 "저 왔어요..." 하고 인사했다.

집 안은 캄캄하기만 할 뿐 아무런 대답이 없어 정적만 감돌았다.

나는 맨 먼저 부엌 옆에 있는 두꺼비집으로 달려갔다.

새카만 어둠에 잠겨 아무것도 보이지 않는다. 어쨌든 두꺼비집부터 올려야 한다.

집 구조는 구석구석 잘 아니까 서둘러 식당에서 의자를 들고 가 그 위에 올라섰건만, 전혀 보이지 않는다.

이럴 리가 없는데.

나는 혀를 차면서 배낭을 내팽개쳐 둔 현관으로 돌아갔다.

배낭에 끈 달린 소형 손전등을 달아두었기 때문이다.

이 손전등을 우리 집에서 쓰게 될 줄이야. 손전등을 가방에서 떼어내고 다시 두꺼비집을 살펴보러 갔다.

하지만 차단기를 몇 번이나 올려도 바로 내려올 뿐 불이 들어오지 않았다.

도대체 무슨 일이지?

나는 혼란스러웠다.

이대로 차단기가 올라가지 않으면 어떻게 해야 하나.

집은 여전히 어둡고 난방기구도 쓸 수 없다.

이럴 때 어디에 연락해야 하지? 119도 아니고.

그 순간 처음으로 불길한 기운을 느꼈다.

집 안에선 아무 소리도 들리지 않았다.

쥐 죽은 듯이 고요했다.

"... 엄마?"

나는 다다미방쪽으로 달려갔다.

늘 이 시간이면 고다쓰(火燵)에 몸을 녹이고 계셨는데. 오늘은 일찍 잠자리에 드셨나?

"엄마?"

내 목소리가 한결 커졌다.

다다미방 역시 어두컴컴해서 아무것도 보이지 않았다.

여전히 적막만 가득하다.

손전등을 켰다.

"엄마?"

손전등의 불빛이 가리키는 곳에 엄마가 쓰러져 있었다.

고다쓰 이불에 몸이 덮인 채 옆으로 넘어진 상태였다.

"엄마!"

내 비명이 들렸다. 완전히 어쩔 줄 모르는 목소리다.

손전등이 엄마 얼굴을 비쳤다.

평온히 잠든 사람 같았다.

그리고 그때 나는 직감했다, '이미 늦었다'는 걸.

엄마는 손가락 하나 까딱하지 않았다. 누워있는 사람은 엄마였지만 이미 엄마의 영혼은 떠났다는 사실을 마음속에서 깨달았다.

그러나 나는 엄마를 붙들고 흔들었다. 따뜻했다. 미동조차 하지 않는다.

엄마, 엄마! 어디선가 내가 울부짖는 소리가 들렸다.

어둠 속에서 나는 다시 현관으로 돌아가 배낭에서 휴대전화를 꺼내 119에 신고했다. 집 안은 새까만데, 머릿속은 새하얗다.

곧이어 젊은 여자가 전화를 받았다.

집에 왔더니 엄마가 쓰러져 있어요. 그런데 꼼짝도 안 해요./

주소는/아오바구(靑葉区) ○○○입니다./

아파트인가요, 단독주택인가요?/단독주택입니다, 이유는 모르겠는데, 두꺼비집이 내려가 있었어요. 깜깜해요./

어머니 귀에 대고 불러보세요./예./

몸은 따뜻한가요?/예, 따뜻해요.

그럼 천장을 보고 눕힌 다음 가슴 중앙을 세게 눌러주세요. 준비됐나요? 같은 리듬으로요./예, 하고 있어요./

같은 리듬으로 세게!/예./

계속해주세요. 구급차는 이미 출발했어요. 곧 근처에 도착할 거예요. 거의 다 왔습니다./

두꺼비집이 내려가서 깜깜하다고 합니다. 손전등 있어요?(이 말은 구급대원에게 하는 말 같았다.)/

있지요? 꼭 가지고 가주세요./곧 도착합니다.

여자의 목소리는 처음부터 끝까지 조금도 흔들림 없이 침착하면서도 따뜻했다.

안 돼요, 아무 반응이 없어요. 반응이 없어요. 같은 말을 반복하는 내 목소리가 들렸다.

정말 구급차가 바로 왔다. 빨간 경고등이 바깥에 보인다. 사이렌이 울리지 않은 것을 보면 소리 없이 달려온 것 같았다.

우르르 여러 명이 같이 들어오는 기색이었다.

아, 진짜 캄캄한데. 구급대원들이 큰 손전등을 들고 다다미방으로 들어섰다.

강렬한 빛이 큰 원을 그리며 집 안 구석구석을 비췄다.

곧 엄마를 발견하더니 웅크리고 앉았다.

누전 차단기는 어디 있나요?

또 다른 구급대원의 목소리가 들려 나는 허둥지둥 두꺼비집이 있는 장소를 알려주었다.

마찬가지로 메인 차단기를 여러 번 밀어 올려도 올라가지 않는다.

개별 차단기를 올리자 기다렸다는 듯 부엌과 거실의 불이 들어왔다. 그러나 다다미방은 불이 들어오지 않는다.

환한 불빛 아래 나는 넋을 잃고 서 있었다.

어른 세 사람이 늘었을 뿐인데 소란스러운 분위기로 바뀌었다.

이상하군, 여기만 불이 들어오지 않네. 혹시 누전 방지용 차단 스위치가 작동하고 있는 건가.

두꺼비집 앞의 구급대원과 다다미방의 구급대원 사이에 멍하니 서 있는 나.

익숙한 집 안 풍경이 낯설게 다가왔다.

어둠에 묻힌 다다미방에 있던 구급대원이 내 쪽으로 다가왔다.

이미 사후경직이 시작되었습니다. 상당히 시간이 흐른 것으로 보입니다.

감정이라고는 전혀 섞이지 않은 분명한 말투였지만 태도는 부드러웠다.

저희는 시신을 운반하지는 못합니다. 지금부터는 경찰에 이임하겠습니다. 조금 전에 연락했으니 곧 경찰이 올 겁니다.

네. 나는 짧게 답했다.

차단기는 여기 전기 공사한 업체 연락처가 적혀 있으니, 한번 검사를 받아보시길 바랍니다. 두꺼비집 앞에 있던 구급대원이 안내했다.

네. 마찬가지로 단답형으로 답했다.

얼마 지나지 않아 경찰이 왔다. 이번에는 네 사람이었다.

구급차도 경찰도 빨랐다. 한시도 지체하지 않고 온 것 같았지만, 어쩌면 나의 시간 감각이 흐트러졌을지도 모른다.

'감식'이란 글자를 수놓은 푸른 제복의 남자 한 사람, 아무런 글자가 없는 푸른 제복을 입은 남자 두 사람, 평범한 차림이지만 형사로 보이는 남자가 한 사람이었다.

형사는 아직 젊고 무척 호감 가는 인상이었다.

다이닝 테이블에 마주 앉자 내게 파란 팸플릿을 건네주었다.

병원 이외의 장소에서 돌아가셨을 때는 검시가 필요합니다. 일단 경찰에 이임해서 사망진단서를 발급받은 후 시신을 인도해드립니다. 현재 연휴 기간이라서 의사와 연락을 하기 어려우니, 아마 다음 주 초 인도해드릴 수 있을 것 같습니다.

엄마의 병력을 묻기에 생각나는 대로 답했다.

그 와중에도 감식 요원 세 사람은 집 안을 둘러보며 여기저기 사진을 찍었다.

침입한 흔적은 없다고 말하는 목소리가 들렸다.

그렇구나, 사건의 성격을 띨 수도 있다는 점을 비로소 알았다.

그제야 암흑 속에 갇힌 집에 무방비로 사람을 들인 자신이 보이면서, 등줄기에 소름이 끼쳤다.

엄마를 발견하기까지의 경위를 설명하고 다른 가족의 주소를 알려주자, 형사는 전화번호를 묻더니 다른 가족에게 연락했다.

나는 이 상황이 여전히 믿기지 않아 정신이 반쯤 나간 상태로 파란 팸플릿을 내려다보고 있었다.

자, 그럼 다음 주 월요일 9시에 우리 경찰서까지 와주시길 바랍니다. 어머님은 책임지고 인도해드리겠습니다. 말을 마친 형사가 일어섰다.

어느새 엄마는 운반되어 방에 없었다.

저기, 저기요, 한 번 더 엄마 얼굴을 볼 수 없을까요?

형사가 안 됐다는 표정으로 끄덕였다.

나는 휘청거리는 걸음으로 현관을 나가 순찰차 뒤쪽에 있는 봉고차 쪽으로 갔다.

푸른 제복을 입은 남성이 들것 위에 놓인 담요를 아무 말 없이 살짝 들어 올렸다.

우리 엄마인데. 아니, 엄마가 아니야. 왜 꼼짝도 안 하는 거야.

역시 엄마는 잠들어있는 것 같았다.

옆으로 누운 엄마 얼굴. 입은 열린 채였다.

갑자기 옛날 초등학교에서 신체 검사할 때 문진표에 적힌 체크 항목이 생각났다.

'잘 때 입을 벌리고 자나요?'

엄마는 내 문진표에 '예'라고 체크했던 것 같다.

잘 때 입을 벌리고 자나요?

네, 엄마 입이 벌어져 있어요.

살며시 엄마 얼굴을 쓰다듬었다.

차갑다.

조금 전까지만 해도 따뜻했는데.

경찰들이 가만히 기다려주고 있다.

터져 나오는 오열을 가까스로 삼킨 것도 잠시, 바로 제정신으로 돌아왔다.

고맙다고 말하자, 모두 인사를 하고는 조용히 차에 올라탔다.

경찰차도 사이렌을 울리지 않고 왔다는 사실을 깨달았다. 구급차는 흔적도 없이 사라진 지 오래고 경찰차와 봉고차도 눈 깜짝할 새 미끄러지듯 시야에서 사라졌다.

순식간이었다. 순식간.

구급대원과 경찰이 도착해서 돌아갈 때까지 두 시간도 채 걸리지 않았다.

이제 엄마는 없다.

집에 없다.

이 세상에도 없다.

나는 차를 배웅하고 나서도 멍하니 집 앞에 서 있었다.

불과 두 시간 만에 뭔가 결정적으로 바뀌어버렸다. 고작 두 시간 만에.

나는 텅 빈 도로 맞은편을 바라봤다.

그리고 비틀거리며 집으로 돌아왔다.

우두커니 현관에 서서 집 안을 둘러봤다.

왜 차단기가 내려가 있었을까? 언제 차단기가 내려갔을까?

나는 식탁 위에 놓인 작은 손전등을 바라봤다.

재난이 발생할 때면 늘 가지고 다닌 손전등. 그러나 최근 몇 년 동안은 배낭에서 떼어둔 채로 둔 적이 많았다.

그런데 왠지 최근 몇 주간 '역시 가지고 다니는 편이 좋겠다'는 생각이 들어 지금 쓰는 배낭에 다시 매달아둔 것이다.

왜 손전등을 가지고 다니기로 했을까?

왜 차단장치가 내려갔을까?

나는 그 후로도 오랫동안 현관 불빛을 바라보면서 하염없이 서 있었다.

1

어릴 적에 유서라고 할까, 아무튼 유서 비슷한 글을 쓴 적이 있다.

지금은 어떤 내용이었는지, 왜 썼는지는 잊어버렸다.

아마 열 살쯤이었던 것 같다.

머리끝까지 화가 나서 작정하고 마구 써 내려간 갔다는 점은 어렴풋이 기억난다.

억울한 마음에 울면서 책상의 형광등 아래 노트를 펼치고는 보란 듯이 길게 썼다. 그 순간의 야속함만큼은 지금도 어딘가 남아 있다.

아마 부모님과 언쟁을 벌였을 것이다. 동생들을 보살펴주어야 한다는 이유로 나만 일을 시켜서 항의하지 않았나 싶다.

'죽어버려야지!' 그렇게 생각했다.

아니... '집을 나가버릴 거야'였을지도 모른다.

내가 어릴 적에는 자살보다 '가출'을 하는 예가 많았다.

자살이란 결코 극단적인 감정에 치우치거나 현실에서 도피하고 싶을 때 떠올리는 선택지가 아니었고, 젊은 사람이 자살한다고 하면 (이 표현이 적절할지는 모르겠지만) 어딘가 '고상한' 이미지가 있었다.

넉넉한 가정환경에서 자란 명문대 출신의 엘리트지만, 자신의 잠재력과 이상 사이에서 인생의 길을 찾지 못한 채 가치관의 혼란으로 괴로워하다가 죽음을 선택했다는 식이랄까.

이러한 유형은 예외 없이 유서를 쓰고, 수기라고 할 만큼 긴 글을 남기기도 한다. 그 수기가 책으로 출간되면서 방황하는 젊은이를 위한 바이블로 추앙받은 적도 있다. 그러다 보니 고뇌 끝에 수기를 남길 만큼 뛰어난 지식인이 아니고서야 자살해서는 안 된다는 분위기가 은연중에 형성되기도 했다. 자살이 특권층의 전유물처럼 되어버린 것이다. 가령 '자살' 하면 으레 문호나 예술가를 연상하곤 한다.

어린 나이였음에도 그러한 분위기를 간파해서, 세상을 떠나거나 집을 나가려면 일단 유서나 그에 못지않은 글을 남겨야겠다고 생각했다.

아니, '손편지'라고 하는 편이 더 정확할지도 모르겠다.

요즘에는 '손편지' 하면 어쩐지 그리운 추억을 불러일으킨다. 확실히 이제는 잘 쓰지 않는 표현인 듯하다.

약이 오를 대로 올라서, 아빠도 엄마도 할머니도 모두 나를 이렇게 구박한다느니, 저렇게 혼낸다느니, 원망의 말들을 줄줄이 써 내려갔다.

내가 없어지면 다들 곤란해질 텐데 대체 왜 그러느냐, 동생들 챙기기가 얼마나 힘든지 좀 알아줬으면 좋겠다, 이것도 저것도 다 내가 해준 것이잖아, 등등.

유일하게 또렷이 남은 기억은 내가 아끼는 곰 인형을 버려달라고 한 사실이다.

여동생이 그 곰 인형을 가지고 싶어 했지만, 누구에게도 주지 않겠다고 결심했다. 그 곰 인형은 내 것이니까 내가 없어지면 '처분'해달라고 했다.

'처분'이라는 단어를 새로 익힌 지 얼마 되지 않아 한자 대신 음독으로 썼는데 그 글자체가 지금도 눈에 선하다. 분명 처분이라는 단어를 써놓고 홀로 뿌듯해했으리라.

정작 가장 중요한, 이 '손편지' 사건의 전말이 어떻게 되었는지는 깡그리 잊어버렸다.

돌이켜보면 이 '손편지'는 아무도 못 봤던 것 같다.

어릴 때 내 행동 패턴을 분석해보면 아마 이 '손편지'는 밤에 썼을 것이다. 소위 '밤에 쓴 편지'로, 다음 날 아침에 다시 읽어보면 낯 뜨거워서 차마 보낼 수 없는 종류의 글이지 않았을까.

기억을 더듬어보니 나는 이 '손편지'를 막힘없이 써 내려가면서 자신이 뭐라도 된 양 한껏 우쭐댔던 것 같다. 마치 소설이나 드라마 속 주인공이 된 듯한 기분이었달까.

그랬던 만큼 다 쓰고 나서 제정신으로 돌아왔을 때는 자신이 바보 같았다고 여겼을 확률이 높다. 게다가 쓰는 내내 눈물 콧물 다 뺐다. '운다'는 행위는 아이에게 가장 큰 카타르시스를 주므로, 울면서 썼다는 그 자체로 이미 목적의 반은 달성한 셈이다.

그리고 나는 무척 잠이 빨리 드는 아이였다. 이를 갈면서 하룻밤 자고 나면 싹 잊어버린다. 이것이 첫 유서에 얽힌 속내다.

그로부터 많은 세월이 흘렀다.

이제는 누구나 죽는다. 어른도, 아이도, 노인도 목숨을 버린다. 한때 '특권층'만 하던 자살을 누구나 한다.

이 나라에서는 해마다 수만 명이 스스로 세상을 등진다. 생활고, 왕따, 말 못 할 고민, 직장 문제, 인간관계 등 이유도 갖가지다.

날마다 어디선가 누군가가 죽는다.

이미 흔한 죽음의 형태가 되어버려서 딱히 특권층의 전유물이라고 하기도 어려우니, 유서도 편지도 남기지 않는다. 고백도 수기도 아무것도 없다. 그저 그 순간 삶이 끝날 뿐이다.

그렇다. 나도 어른이 되었다.

그때 눈물로 '손편지'를 쓰면서 뻐기던 아이는 이제 없다.

지금은 안다.

유서나 수기를 남긴다는 것은 아직 세상을 믿는다는 의미임을. 또는 아직 세상을, 자신을 사랑한다는 증거임을.

그렇다. 자신이 없어져도 세상은 여전히 돌아간다. 역사는 계속된다. 그렇지 않고서야 어떻게 자신이 눈을 감은 뒤에 누군가 읽어주리라고 확신하는 글을 남기겠는가.

한편 아무런 흔적도 없이 세상을 떠난 사람의 심정도 이해가 간다.

그럴 필요가 없다고 느끼는 것이다. 무언가를 남길 이유가 없다. 지금까지 이 땅에 수많은 이들이 태어났듯이, 갈 때도 수많은 이들 중 한 사람으로 가고 싶다. 그것으로 충분하다. 그 심정이 공감 간다.

살아있었다는 흔적을 남기고 싶은 마음도 이해하지 못하는 것은 아니다. 자신이 이러한 시대를 살다 갔다는 증거가 있었으면 하는 마음에도 고개가 끄덕여진다.

하지만 조용히 자신이 원하는 방식대로 퇴장하고 싶어 하는 그 심정이 무엇인지도 알 것 같다. 이번 생은 이것으로 됐다. 이번 생은 여기까지. 이러한 결정도 인간의 선택지 중 하나가 아닐까.

동물은 죽는 모습을 보이지 않는다.

죽을 때가 다가오면 홀로 사라진다.

그래서 고양이가 없어졌다든지 코끼리 무덤이나 까마귀 사체를 본 적이 없다는 말들을 하지 않는가.

미신일지는 모르지만, 인간도 그렇게 사라지면 좋지 않을까. 하기야 인간은 여러 절차상의 문제가 있으니 사라지기는 좀처럼 어렵겠지만.

정신없이 살다 보면 자신이 살아있다는 사실조차 잊어버리기 일쑤다. 딱히 의식하지도 않았는데 눈 깜짝할 새 시간은 흘러버리고 세계 곳곳에서 여러 사건이 일어난다. 급변하는 시대를 살다 보니 조금만 방심했다가는 변화의 흐름을 놓쳐버리고 금세 뒤처진다. 전속력으로 달려야만 살아있다고 인정받는다.

그런데 실은 죽은 자도 그 곁에 있다. 살아있는 사람들 가운데 보이지 않는 존재로 있다. 의외로 일상과 죽음은 맞닿아 있어서 삶 곳곳에 죽은 자의 숨결이 묻어나온다.

아직 삶이 죽음의 일부인지 죽음이 삶의 일부인지는 모르겠지만, 사실 마찬가지 아닐까.

유언과 관련된 이야기를 떠올리다 보니, 죽음은 특별하다기보다 일상일 뿐이라는 생각이 든다.

누구나 꼭 다다르는 곳. 다만 그곳에 다다르기 전까지는 절대 경험해볼 수 없는 곳. 누구나 첫 경험인 곳. 그뿐이다.

1

딱 한 번 유서를 쓴 적이 있다.

20대 중반. 이혼하려고 남몰래 결심했을 때의 일이다.

그때 심경은 지금 돌아봐도 이상한 구석이 있다.

어떤 의미에서 외곬으로 치달았다고 할 만하다. 혹시 이혼 전에 불의의 사고를 당하거나 어떤 사유로 내가 세상을 떠나면 남편 집안의 장지에 묻힐 수밖에 없는 상황이었다. 그렇게 되는 것만큼은 어떻게든 피해야겠다는 일념으로 쓴 유서였다.

게다가 나는 친정 쪽 장지에 묻히는 것도 원하지 않았으므로, 그럼 어떻게 해야 할지를 진지하게 고민했다.

대체 왜 그렇게 심각하게 고민했을까. 자신이 어디에 묻힐지 오직 그 한 가지에 정신이 팔려서 어제도 오늘도 어떻게 유서를 쓸지 골몰했다니, 블랙코미디가 따로 없다.

그때는 어쩐지 내가 갑자기 죽는 건 아닐까, 하고 겁에 질려 있었다. 남편과 헤어지기 전에 뜻하지 않은 일로 세상을 떠나버리면 어쩌나 하는 강박관념에 사로잡혀 있었다.

고민에 고민을 거듭하면서 샅샅이 조사한 끝에 유골을 화장해서 산이나 강 또는 바다에 뿌리는 '산골(散骨)'을 택했다. 당시로선 드문 장례 방식이었다. 어디든 좋으니 바다에 뿌려달라고 했다. 만에 하나 죽으면 그렇게 될 터였다.

그땐 내 명의로 된 재산도 많지 않았고 아이도 없었으니, 오직 '무덤'에 관련된 부탁만 쓴 유서였다.

그 유서는 어떻게 되었더라?

원래는 금고에 넣어두려고 했다. 어쨌든 날짜와 이름까지 제대로 써넣었으니, 어떻게든 되리라고 생각해서 어딘가 깊은 곳에 담아두었다. 버리지는 않았으니, 지금도 어느 파일에 그대로 끼워져 있을 것이다.

유서를 쓴다는 것은 기묘한 행위다.

자신은 이미 이 세상에 없다. 그러나 자신이 사라지고 없는 세상이 어떻게 될지 한참 앞을 내다보면서 문맥을 생각해야 한다. 주위의 반응이나 유족의 행동 등을 예측하는 것은 일종의 도박이나 다름없다.

어떻게 되었을까? 만약 헤어지기 전에 내가 죽었더라면?

남편이 내 유품을 정리하고 유서를 발견할 것이다. 아니, 고향에서 온 친정엄마가 발견할지도 모른다.

그래서일까. 어느 쪽이든 슬퍼하는 모습이 좀처럼 그려지지 않았다. 오히려 제 손으로 거두지 못할 성가신 일을 벌이고 갔다며 몹시 못마땅해할 것만 같다.

서로 조심스럽게 대화를 나누고 비즈니스 처리하듯이 일을 진행한다. 장례식에서도 차가운 공기만 감돌 뿐 누구 하나 눈물이 맺히지 않는다. 과연 누가 올까? 대학 동창? 직장 다니던 시절 동료?

어쩌면 제대로 유품을 정리하지 않을지도 모른다. 유산도 없으니 업자를 불러서 흔적도 없이 싹 치워버릴 수도 있겠다는 생각이 든다.

그럼 내 유골은 어떻게 될까? 유서마저 같이 처분되어 결국 남편 장지에 묻히지 않을까? 그나마 실낱같은 기대를 걸수 있다면, 엄마가 그 방식을 거절하는 것이다. 엄마라는 사람은 내 남편 집안을 탐탁지 않게 생각했으니, 내 유골을 가지고 돌아가겠다고 할지도 모른다. 물론 딸을 사랑해서가 아니라, 어디까지 딸을 자신의 소유물로 여기기 때문이리라.

혹시 운 좋게 유서가 발견된다면 어땠을지 가정해봤다.

남편이, 엄마가, 내 유서를 읽는다.

불만에 가득 찬 두 사람의 얼굴과 놀란 눈이 보일 것만 같다.

어느 쪽 장지에도 묻히고 싶지 않으니, 바다에 뿌려달라.

이 대목을 읽을 때의 반응을 머릿속에 그려보면 아마 표정이 일그러질 듯하다. 모두 나에게 분노를 느끼리라.

이 아이는 대체 무슨 생각이야? 시가 쪽도 친가 쪽도 아닌 바다에다 유골을 뿌려달라니 말이 되는 소리를 해야지. 세상 창피하게 이런 말을 하다니 제정신이 아니야.

비로소 내가 시가도 친가도 어느 쪽도 신뢰하지 않았다는 사실을 알게 될 것이다.

그 순간을 떠올리면 어쩐지 막힌 체증이 내려간 듯 속이 후련해진다. 험악해진 분위기를 살짝 엿본 기분이다.

그렇다. 나는 당신들 그 누구도 좋아하지 않았다. 가족이라고 생각하지 않았다.

과연. 그러고 보니 유서는 여러 용도가 있구나. 어떤 의미에서 유서는 유족에게 베푸는 서비스다. 심리적인 지뢰로 활용하는 등 유족의 마음에 어느 정도 흔적을 남길 수 있다.

유서.

어떻게 해야 할까.

이번에는 유서를 써야 할까.

사람이 죽고 나면 뒷수습을 해야 한다. 이 일은 본인이 하지 못하니, 누군가 해주어야만 한다.

만약 무언가를 써서 남긴다면 뒷수습과 업무 관련해서 필요한 사항일 것이다.

집주인과 미장원과 보험에 관한 내용. 카드 비밀번호. 공과금이나 이런저런 절차를 밟을 때 알아야 할 것들. 업무 관련해서 연락드려야 할 사람들.

유서.

그렇다. 유서는 유족에게 베푸는 서비스다. 원망을 쏟아낸 말이든, 감사를 담은 말이든, 유족의 마음에 무언가를 남긴다. 유족의 마음을 할퀴기로 작정하고 가시 돋친 말로 마음에 상처를 입히고 언짢게 하더라도 유서는 서비스다. 그들에게 죽은 자를 떠올릴 실마리를 주는 셈이다.

그렇다면 나는 그러한 서비스 따위는 하지 않기로 했다. 그들에게는 아무것도 남기지 않으려고 한다. 어떠한 억측도 못 하도록 말이다.

그런 의미에서 20대에 쓴 유서는 무척 친절했다고 할 수 있다.

그 시절의 내가 생전에 무슨 생각을 하고 당신들을 어떻게 생각했는지, 나 자신과 그들에게 가르쳐주려 했다니, 참 어리석었다.

내가 무슨 생각을 했는지, 무엇을 느꼈는지는 나만의 사생활이다. 마지막 프라이버시다. 이것을 왜 누군가에게 가르쳐 주어야 한단 말인가?

아름다운 유서. 가슴을 울리는 유서.

나 역시 그러한 유서에 눈물을 흘린 적이 있다. 상냥하기 그지없어서 놀라울 따름이었다.

그러나 나는 아무것도 남기지 않기로 했다. 내가 느낀 허무, 메마른 절망, 그 모든 것을 나는 누구에게도 전하지 않고 냄새도 풍기지 않을 것이다.

어쩌면 아무것도 남기지 않고 느끼지 못하도록 한 그 자체가 내가 남긴 유서일지도 모른다.

0~1

어릴 때부터 추락하는 꿈을 자주 꿨다.

하늘을 나는 꿈도 꿨지만, 기분 좋게 하늘을 유영하는 꿈이 아니라 열에 아홉은 통제 불능 상태에 빠져 쩔쩔매는 꿈이다.

게다가 '두둥실'이나 '훨훨'이 아니라 '휙휙'에 가까운 속도로 날아서 전방에는 장애물뿐이다. 궤도가 일정치 않으니 언제 눈앞의 사물과 부딪쳐 떨어져도 이상하지 않을 정도다.

꿈속에서 나는 정신이 반쯤 나갔는데도 어떻게든 방향을

바꿔보려고 애쓰지만, 10도만큼 방향을 틀려고 해도 기껏해야 1도밖에 움직이지 않는다. 발을 동동 구르면서도 그대로 하늘을 날고, 주위 풍경은 실제로 하늘을 날 때처럼 뒤로 흘러간다. 결국, 긴장감에 못 이겨 힘이 쭉 빠져버리자 이내 땅으로 곤두박질친다. 쾅! 그 순간 눈을 뜬다.

조금 전까지만 해도 엄청난 속도로 하늘을 날아다녔는데 눈을 떠보면 그저 누워있었다는 사실이 늘 당황스러웠다.

이 꿈과는 별도로 벼랑에서 떨어지는 꿈도 한동안 되풀이해서 꿨다.

꿈속에서 나는 잡히지 않으려고 달리고 또 달린다. 신기하게도 쫓아오는 사람은 늘 같다. 소매가 있는 연보라색 앞치마를 입은 아줌마. 몸집이 작고 파마머리에 흰색 삼각 두건을 썼다. 귀 언저리에 꽂은 검은 머리핀이 두 개 보인다. 소매에서 뻗어 나온 까무잡잡한 팔뚝에는 힘줄이 불거져 있다. 아는 사람인지 아닌지는 모르겠다. 얼굴은 어두워서 아무리 보려 해도 보이지 않는다.

꿈속에서 누군가와 놀거나 웃으며 이야기를 나눌 때면 이 아줌마가 갑자기 나타난다. 나를 보면 무슨 까닭인지 줄기차게 쫓아온다. 나도 아줌마가 나를 봤다는 사실을 눈치채면 '앗, 들켰다!' 하는 생각과 동시에 공포에 사로잡혀 '저 아줌마한테 잡히면 안 돼.' 하며 부리나케 도망간다.

언뜻 보면 아줌마 발은 전혀 빠르지 않다. 실제로는 느긋한

걸음걸이인데 화면을 빨리 감아서 종종걸음으로 보이게 한 느낌이랄까. 아무리 봐도 냅다 도망치는 내 발이 훨씬 빠를 테니 '훌쩍 거리가 벌어졌겠지' 하고 뒤돌아보면 웬걸 어느새 바짝 따라붙어 있다. '이런 바보같이'라고 자신을 탓하며 이 악물고 또다시 달린다. 그러나 거리를 넓히며 따돌리기는커녕 거의 잡히기 일보 직전이다.

정신을 차려보면 어느 산골의 벼랑 끝에 몰려있다. 말 그대로 벼랑 끝이다.

아줌마는 한 발 한 발 내게 다가온다. 얼굴은 보이지 않고 목소리를 들어본 적도 없지만, 분명한 사실은 나를 벼랑 끝에서 떠밀려고 한다는 점이다.

더는 도망갈 길이 없어서 뒷걸음질 친 나는 문득 몸이 허공에 떠 있다는 사실을 깨닫고 그대로 추락하고 만다.

벼랑 위에서 나를 내려다보는 아줌마 얼굴이 점점 멀어져 갈 때쯤 눈을 뜬다.

이처럼 떨어지는 상황에는 몇 가지 패턴이 있어서 아줌마를 마주 본 채로 서 있다가 발을 헛디뎌서 떨어질 때가 있는가 하면 아줌마 모습은 보이지 않은 채 등 뒤에서 '툭' 하고 밀어뜨려서 떨어지기도 한다.

추락. 중력의 법칙에 따라 일어난 죽음.

꿈속에서 수도 없이 체험한 그 공포. 절망감.

나는 지금 다리 사진을 보고 있다.

두 여자가 떨어진 다리.

가방 두 개를 놓아둔 채 같이 떨어진 그 다리를 바라본다.

인터넷에서는 그 다리 사진이 몇 장 더 있다.

하이킹 코스를 소개하는 문장과 관광 안내 책자에도 실려 있다. 어떤 사진이든 푸른 하늘 아래 그저 지나가는 장소일 뿐이라고 말하는 듯한 표정으로 그곳에 있다.

단순하면서도 튼튼한 다리.

길 안내 블로그를 보니 많은 관광객이 오가는 모양이다.

과거에 일어난 사건의 흔적은 이미 조금도 남아 있지 않다. 그저 통로 역할을 하는 다리가 그 자리에 있을 뿐이다.

근처에 다른 대교도 여러 개 있는데 그것들이 사진을 잘 받아서 그런지, 이 다리는 인터넷에 올라온 사진이 많지 않았다.

게다가 다리 위나 산 중턱에서 찍은 사진이 대부분이라, 다리에서 강의 수면까지 높이가 어느 정도인지를 가늠할 수 없어 답답했다. 물론 높이가 26미터라는 사실은 신문에서 확인했다.

나는 곤혹스러웠다.

다리 사진을 스크롤하면서 어쩔 줄을 몰랐다.

이 소설이 끝자락에 접어들었다. 즉 두 여자의 결정적인 장면을 그려야 하는 단계다. 그런데 돌이켜보니 나는 그곳에 가봐야겠다는 생각을 여태 한 번도 하지 못한 것이다.

가령 이 이야기가 다큐멘터리 프로그램이었다면 진작에

다녀왔을 테다.

물론 현장을 담은 장면은 마지막에 나오리라고 본다. "바로 여기였군요." 하면서 얼굴을 쑥 내밀고 조심조심 다리 아래를 내려다보고, 이름 모를 꽃 한 송이를 비추면서 끝날지도 모른다.

현장에 가기 전부터 마지막 장면이 머릿속에 그려졌다.

죽음의 기색이나 흔적은 전혀 없이 활기로 가득 찬 하이킹 코스. 주위에는 자연을 만끽하는 등산객들의 웃는 얼굴이 보인다.

녹음이 우거진 산들. 여기저기서 짹짹 지저귀는 새들의 한가로운 목소리가 푸른 하늘에 울려 퍼진다.

다리 위에서 나는 관광객들과 섞이지 못한 채 어정쩡하게 서 있다.

다리 아래를 살짝 내려다봤지만, 고소공포증 탓에 제대로 보지 못하고 뒷걸음질 쳤다. 영상으로 쓰일 장면을 좀처럼 담아내지 못하니 촬영 스태프가 싫은 소리를 한다.

"자, 다리 난간을 손으로 꽉 잡고 두 사람의 마지막 모습을 상상해보세요."와 같이 여러 동작을 요구한다. 내 표정은 점점 딱딱하게 굳어지고 "이제 됐습니다. 장소는 확인했으니까요." 하고 입속에서 우물대다가 도망치듯 그 자리를 뛰쳐나오지 않을까.

어쨌든 이미 25년이 훌쩍 지난 사건이니까. 이 지역에 사는 사람이라도 기억하는 사람이 거의 없지 않을까요?

변명처럼 스태프에게 말했다.

"그렇겠네요. 기억하는 사람을 찾아보기로 하죠."

나는 깜짝 놀랐다.

그러지 않아도 돼요. 이미 다 지나간 일이고, 이 작품은 제 개인적인 감상에서 비롯된 이야기니까요.

나는 스태프를 말렸지만, 그는 프로그램을 완성하려면 당시 상황을 아는 사람을 섭외해서 그림이 되는 장면을 찍어야 한다는 사명감에 불타 내 말은 귓등으로도 듣지 않았다.

이웃들을 찾아가 즉석 인터뷰에 돌입한다.

"모르겠는데요."

"아뇨, 들어본 적이 없어요."

아니나 다를까, 아무도 기억하지 못했다.

고개를 갸웃하는 사람을 카메라에 담아내는 스태프 뒤에서 나는 바늘방석에 앉은 듯 안절부절못했다.

기억하는 사람을 찾지 못하면 좋을 텐데. 그렇게 빌었다.

"그 다리가 있는 산 중턱의 카페 할머니라면 알지도 몰라요."

"경찰서에 가볼까요?"

그래, 경찰서에 가보면 되겠네.

스태프는 혼잣말하듯 대답하고서 먼저 가까운 카페로 향했다. 이미 아들 부부가 이어받은 카페 안에서 할머니가 나왔다. 아직 다리도 허리도 건강해서 좀처럼 외출을 못 하는 상태는 아닌 듯했다.

"아, 그런 일이 있었지. 경찰이 잔뜩 몰려오고 얼마나 놀랐는지 몰라."

기억을 더듬는 할머니.

하지만 핵심은 기억하지 못했다.

"떨어졌을 때 아직 한 명은 살아있어서 구급차를 불렀지만 결국 세상을 떠났다고 하더구먼."

내가 읽은 신문 기사와 같은 내용일 뿐, 그 이상은 몰랐다.

경찰서로 가려는 스태프를 나는 안간힘을 다해 말렸다. 이미 다른 근무지로 갔을 테니 당시 상황을 기억하는 사람은 없을 거예요. 설사 있다고 해도 개인 정보를 가르쳐줄 리도 없잖아요.

"어쨌든 가봅시다. 기억하는 사람이 없어도, 당시 자료가 없어도 좋아요. 일단 대답하는 장면을 찍으면 되니까요. 오히려 아, 25년도 더 된 옛날 일이구나, 하고 시간의 흐름을 실감하게 하는 그림이 나올지도 모르고."

부랴부랴 경찰서로 가려는 촬영 스태프.

나는 따라갈까 말까 망설이면서 그 자리에서 한참 꾸물댔다.

반쯤 얼이 빠진 나.

어떡하지. 그 두 사람이 내 손에서 벗어나고 말았다. 이야기의 결이 달라졌다. 낱낱이 밝혀내서 세상이 다 아는 이야기가 되어버렸다.

그때 흰색 통 원피스를 입은 네 여자가 내 앞을 쓱 지나갔다.

웨이브 머리를 한 여자가 큰 꽃다발을 안고 있다.

"여기지?"

"그래, 여기야."

"아, 여기 맞아."

소곤소곤 다리 옆에서 이야기를 나누는 네 여자. 나이는 제각각이다. 젊은 사람이 있는가 하면 좀 나이 든 사람도 있다. 꽃다발을 안고 있는 여자는 나와 비슷한 또래려나.

네 여자는 엄숙히 다리 위로 걸어가 다리 한가운데 공손히 꽃다발을 바치고 조용히 묵념한다.

"앗!"

그 모습을 발견한 촬영 스태프가 돌아와서 '그림이 되는' 네 여자를 찍기 시작했다.

"저기서 뭐 하는데?"

"뭐지?"

근처에 있던 등산객들이 모여들었다.

"무슨 일이에요?"

"왜 꽃을 바치는 거죠?"

네 여자는 무대 위에 있는 듯 등산객들을 둘러보더니, 웨이브 머리를 한 여자가 대표로 나와 슬픈 표정으로 시선을 떨군 채 답했다.

"이곳에서 예전에 가슴 아픈 일이 일어났습니다. 25년 전, 대학 동기생이던 두 여자가 뛰어내려 숨졌습니다."

등산객들 사이에서 작은 술렁임이 일었다.

"알고 있었어?"

"아니, 전혀."

"유족이신가요?"

저마다 목소리를 높였다.

웨이브 머리를 한 여자가 천천히 고개를 저었다.

"아뇨, 유족은 아닙니다. 그러나 두 분을 잊지 않도록 추모의 뜻을 후세에 전하기로 한 사람들입니다."

잇따라 질문했다.

"왜 자살한 거죠?"

"두 사람 다 여자였나요?"

"동반 자살인가요?"

"젊은 나이였어요?"

"예뻤어요?"

"왕따 당한 거예요?"

"자살한 아이돌 가수 따라서 죽었나요?"

"좀 들어봐. 대학 동기생이었으니까 그건 아니지."

"그럼 왜?"

"허락받지 못한 사랑 때문인가?"

"그럴 수도 있겠다. 20년도 더 된 옛날이니까."

"지금도 별반 다를 거 없잖아."

점점 사람이 몰려들더니 웅성웅성 소란스러워졌다. 카메라를 의식하면서 V자 사인을 그리는 사람이 있는가 하면 자신이 직접 스마트폰으로 동영상을 찍는 사람도 있다.

누군가 배낭을 내려놓고 태블릿을 꺼냈다.

"25년 전이라고 했지?"

다리 위에 쭈그리고 앉아 검색하기 시작했다. 마찬가지로 노트북을 꺼내 검색하는 사람도 있다.

"아, 진짜다. 신문 기사에 나와. 대박!"

"둘 다 익명인데. 어라. 이때도 익명을 썼네."

"뭐야, 나이가 많잖아. 아줌마뻘인데."

"이름을 알 수 없을까. 어느 사이트를 뒤져야 할까."

"오타구(大田区) 주민센터?"

"하지만 주민등록증에 나온 주소가 바뀌지 않았을까...?"

"죽었으니까 이럴 땐..."

검색, 검색, 검색. 지금껏 내가 찾아보려다가 차마 찾지 못했던 내용과 미처 생각지도 못한 사항을 기껏해야 오늘 처음 본 사람이, 아무런 인연도 연고도 없는 사람이, 거침없이 찾아본다.

"흐음."

"순애보구나."

"두 사람이 기어코 사랑을 이룬 거지."

어디선가 부러움 섞인 한숨이 새어 나왔다.

"우리도 묵념할까?"

"하아, 여기서 떨어지다니. 엄청 높은데!"

"진짜. 용기가 가상하다. 나는 절대 못 해."

다리 위로 점점 사람이 몰려든다. 다리 이름을 사진에 담는 사람들이 있는가 하면 다리 위에서 강을 찍는 사람도 있다.

그만, 그만해. 이 두 사람은 나의...

이 이야기는 개인적인 감상에서...

나만의...

나는 하지 못한 말을 삼킨 채 다리 옆에 얼어붙은 듯 가만히 서서 사람들을 바라봤다.

온몸에서 땀이 줄줄 흘렀다.

원피스를 입은 네 여자가 함께 춤추듯 낯선 동작을 선보였다.

갖가지 목소리가 들린다.

"이 비극을..."

"성지(聖地)!"

"안 돼... 옛날 자료는 불완전해."

"25년 전 순애보래."

"쥐 죽은 듯이 아무한테도 말 못 하고."

"역시 25년 전이었으니까."

"친분 있는 사람들도 많이 죽지 않았을까?"

카메라는 이들의 목소리며 표정을 찍고 있다. 다큐멘터리도 마무리할 참이다. 어떻게 편집할지 구상하는 감독의 머릿속이 보이는 듯했다. 슬슬 마지막 장면을 결정해야 할 때다.

기왕이면 시작한 사람이 마치도록 작가님이 끝맺는 모습을 보여줬으면 하는데. 저 꽃다발 안고 한 번 더 찍을 수 없을까. 왜냐면 작가님이 처음 말을 꺼냈잖아요? 그러니 작가님이 끝을 보여줘야지. 그래야 그림으로 봤을 때도 완벽하겠죠?

나는 조금씩 뒷걸음질 쳤다.

다리 위는 이미 몰려든 사람들로 북적인다.

무슨 까닭인지 나는 그 인파 속에서 소매가 있는 연보라색 앞치마를 입은 여성을 찾았다. 꿈속에서는 늘 이렇게 많은 사람이 웅성대고 있을 때 나타났는데.

나를 줄기차게 쫓아오던 그 얼굴 없는 여자.

나는 살그머니 그 자리에서 벗어났다.

늘 보던 그 흰색 삼각 두건을 고정한 검은 머리핀 두 개가 언뜻 눈에 스친 듯했다.

등줄기가 서늘했다.

나는 그 길로 도망쳤다.

다리에서 내빼야지. 그 여자한테서 달아나야지.

다리 위의 소란이 차츰 멀어져갔다. 다리에서 멀어질수록 나는 차분해졌다.

뒤돌아보자 멀리서 카메라를 든 스태프의 모습이 보였다. 이미 나는 거들떠보지도 않는 듯 했다.

아무도 쫓아오지 않고 연보라색 앞치마도 보이지 않았다. 삼각 두건이 보이는가 싶었지만 역시 기분 탓이었나보다.

가슴을 쓸어내리며 한숨 돌린 뒤 앞을 보고 천천히 발걸음을 떼기 시작할 때, 내 쪽으로 누군가 걸어오는 모습이 보였다.

맞은편에서 느릿느릿 걸어오는 두 여자.

가벼운 차림으로 이야기를 나누며 서서히 다가온다.

그 두 사람을 나는 안다.

0 ~ 1

나는 확실히 그 두 사람을 안다.

그러나 직접 본 것은 이때가 처음이었다.

두 사람을 본 순간 알 수 없는 그리움을 가장 먼저 느꼈다. 오랫동안 소문만 무성했는데, 드디어 실물을 보는구나, 하는 느낌. 또는 말하자니 좀 미안하지만, 너무 많이 들은 이야기라서 조금 질려버렸다고 할까.

무엇보다 나는 그 두 사람의 얼굴도 이름도 모른다.

'실제로' 본 것은 처음이다.

그런데도 나는 두 사람이 반가운 한편 지겨웠다. 어쨌든 최근 몇 년 동안 대체 어떤 사람들일지 망상에 망상을 거듭하면서 두 사람의 존재를 머릿속에 수없이 그려봤다.

그 두 사람이 바로 옆을 스쳐 지나간다. 이 다리를 향해 걸어간다. 마지막 장소, 최후의 순간이 다가오고 있다.

그 사실이 믿기지 않았다.

게다가 또 다른 일에 마음을 빼앗겼다.

다가오는 두 사람은 내가 상상한 모습과는 조금도 닮지 않았다.

내 머릿속의 두 사람은 솔직히 좀 더 캐릭터가 분명해서 존재감이 두드러진 인물이었다.

키 큰 커리어 우먼과 아담하고 여린 여자. 개성이 넘치고 씩씩한 여자와 얌전한 분위기를 풍기는 미인.

그러나 맞은편에서 걸어온 두 사람은 자못 '평범'한 이들이었다. 크지도 작지도 않은 키에 적당히 살이 오른 모습이다. 두 사람의 키는 엇비슷하고 마르지도 뚱뚱하지도 않다. 둘 다 어깨 길이로 기른 머리를 단정히 옆으로 넘기도록 파마를 했다. 둘 다 지나가자마자 바로 잊어버릴 만큼 딱히 특징이랄 것이 없는 평범한 생김새였다.

언뜻 보고 든 생각은 40대로 보이지 않는다는 점이었다.

예전의 40대는 지금의 감각으로 보면 꽤 어른다운 모습이었다. 나이가 들었다고 해도 좋을지 모르겠다.

그렇게 보이는 데는 화장 탓도 있다.

두 사람은 파운데이션을 꼼꼼히 발랐고 눈화장도 빠뜨리지 않고 했다.

이때가 1994년. 이미 내추럴 메이크업의 시대로 들어섰는지 아닌지는 확실치 않지만, 아마 두 사람은 자신들이 20대였을 때 했던 화장을 그대로 했을지도 모른다.

같은 경험을 나도 했고, 항간에서도 쉽게 볼 수 있다. 화장은 유행을 살리되 나이에 맞게 할 줄 알아야 한다. 그러나 젊었을 때, 즉 과거의 자신이 돋보이도록 했던 화장을 나이 들어서도 계속 고집한다면, 자신의 나이에 '맞는' 화장과는 거리가 멀 것이다.

어쨌든 두 사람의 화장은 내가 봐도 두꺼웠다. 립스틱도 뚜렷하게 발랐다. 두 사람이 젊었을 때라고 하면 70년대 메이크업을 일컫는다. 어쩌면 마지막 날이었으므로 평소보다 정성껏 화장했을지도 모른다. 아니면 산속의 자외선으로부터 피부를 보호하려고 그랬을까?

과연 어떤 심경이었을까? '오늘이 마지막'이라고 되뇌며 거울을 바라볼 때는 심경은?

제대로 화장하고 싶을까, 아니면 이미 상관없을까?

나라면 어쩐지 늘 하던 대로 후다닥 마칠 듯싶다. 사람의 습관을 바꾸기란 좀처럼 쉽지 않은 법이다.

두 사람은 그야말로 자연스럽게 대화를 주고받았던 것 같다.

모자는 쓰지 않았다.

그 점이 다소 의외였다. 그때나 지금이나 야외 활동을 할 때는 반드시 모자를 썼던 기억이 있기 때문이다. 한때 모자를 쓰는 사람을 찾기 어려웠을 때가 있었지만, 요즘에는 다시 모자를 쓰는 사람이 늘었다.

이제 모자는 필요 없다. 오히려 방해만 된다. 그렇게 생각했을까?

두 사람은 캐주얼한 차림이었지만, 그래도 옷매무새가 단정했다.

앞뒤가 맞지 않는 듯하지만, 이렇게 말할 수밖에 없다.

이날은 4월 29일이었다. 1년 중 휴일이 가장 긴 황금연휴를 맞이하는 첫날이었다. 이곳은 산 위라서 아직은 쌀쌀한 날씨였다.

나는 두 사람의 복장에 주목했다.

한 사람은 체크 셔츠에 청바지를 입고 검푸른 남색 재킷을 걸쳤다. 신발은 갈색 로퍼. 어깨에는 배낭을 멨다.

셔츠 옷자락을 바지 안에 넣고 벨트를 한 모습에서 90년대라는 느낌이 물씬 풍겼다.

오버 블라우스라는 단어도 떠오른다.

내가 어릴 적, 그러니까 70년대는 다들 셔츠나 블라우스를 치마나 바지 안에 넣어서 입었고, 바지에는 반드시 벨트를 맸다. 청바지도 그다지 널리 보급되지 않은 때였다.

그런데 80년대 고등학생이 될 때쯤 셔츠나 블라우스를 그대로 내어 입는 스타일이 점점 유행하기 시작했다. 유행 초창기에는 셔츠 자락을 넣지 않고 입으려니 칠칠치 못한 느낌이 들어서 그다지 반응이 좋지 않았다. 나도 처음 셔츠를 그대로 내어 입었을 때는 자꾸 신경이 쓰여서 불편했다. 그러나 그 뒤로는 셔츠를 내어 있는 방식이 주류가 되었다.

체크 셔츠를 입은 여자는 어릴 적부터 습관이 되어서 셔츠 자락을 늘 안에 넣어 입었을 테고, 결국 '오버 블라우스'는 한 번도 입어보지 못했을 것이다. 성실하고 꼼꼼한 성격이 옷차림에도 묻어나온다.

또 다른 사람은 연분홍 맨투맨 티에 파란 후드 재킷을 걸쳤다. 하의는 베이지색 면바지에 검은색 운동화를 신었다. 손에는 나일론 손가방을 들었다.

이 모습도 90년대 패션이다.

70년대까지는 소위 '평상복'이라고 하면 셔츠에 바지, 블라우스에 치마를 뜻했다. 겉옷은 재킷이나 점퍼를 주로 입었고 아이는 운동화를, 어른은 가죽 신발을 신었다.

그러다가 80년대에 들어서면서 안감이 파일직물[19]로 된 맨투맨 티가 크게 인기를 끌면서 이후부터는 평상복, 하면 맨투맨 티나 티셔츠를 뜻하게 되었다. 바람막이 기능을 하는 후드 재킷도 이맘때쯤 널리 보급되면서 겉옷으로 입는 사람이 많아졌다. 운동할 때만 입었던 스니커즈도 평소 즐겨 신게 되었다.

과연, 이 두 사람은 1994년을 살아가던 이들이다.

새삼 그 사실이 가슴에 사무쳤다.

두 사람은 느긋하게 발걸음을 옮기며 다리 위로 향한다.

뭔가 우스꽝스러운 소리라도 했는지 한목소리로 웃기도 한다. 구김살이라고는 없이 환히 웃는 표정이 보인다.

나는 이상한 기분이 들었다.

무척 편안한 모습이다.

불쑥 의구심이 솟구쳤다.

혹시 사람을 잘못 본 것 아닐까. 저 두 사람은 그 두 여자가 아니지 않을까. 그저 지나가는 등산객 아닌가. 그대로 다리 위를 똑바로 지나가 산에 오르는 것 아닐까.

주변 사람들 반응은 어떤가? 그러고 보니 다른 사람들은 이 두 사람에게 신경이나 쓰고 있는 걸까?

---

19 Pile fabric: 벨벳, 우단, 코르덴처럼 표면에 부드러운 보풀이나 고리가 있는 직물_옮긴이

나는 문득 스태프들이 생각나서 주위를 둘러봤다.

그리고 앗, 하고 깜짝 놀랐다.

어느새 웅성대던 군중도 TV 프로그램 스태프들도 자취를 감췄다.

다리 위에는 덩그러니 나만 남았다. 한가로이 지저귀는 새들의 목소리가 저 멀리서 울려 퍼지는 가운데 나 홀로 다리 위에 우두커니 서 있다.

바람이 불어온다. 놀랄 만큼 차가운 바람이.

나도 모르게 몸을 부르르 떨었다. 걸어오는 두 사람은 추위 따위는 전혀 느끼지 못하는 눈치였다. 여전히 생글생글 웃으며 수다 삼매경이다. 물론 나에게는 전혀 신경 쓰지 않는다.

두 사람에게서 잔잔한 뿌듯함이 묻어나왔다.

두 사람은 함께하며 기쁨을 얻는다. 서로 믿고 마음을 헤아린다.

그리고 체념에서 온 평안함을 나눈 덕에 차분한 분위기가 전해졌다.

과연, 이 두 사람은 분명 존재했다.

나는 새삼 그 사실을 실감했다.

각각 한 가정에서 태어나 울고 웃으며, 감기에 걸리거나 다치기도 하고, 부모 속을 썩이기도 하고, 친구와 놀고 싸우며 공부하고, 누군가를 사랑하며, 대학에 들어갔다.

안면을 트고 친해져서 청춘의 한 시절을 같이 보낸 뒤 사회에 나와 일하고, 한집에서 살게 되면서 서로 웃고 위로해주며 오랜 시간을 함께 보냈다.

그 44년 남짓한 세월 동안 멈추지 않고 살아온 두 사람.

헤어스타일은 같지만, 미용실은 달랐을까.

둘 중 한 사람이 먼저 한 머리를 보고는 그 헤어스타일 마음에 든다. 나도 해볼까, 하면서 따라 했을까.

꼼꼼히 바른 화장. 두 사람이 지내던 방에서 경대는 같이 썼을까. 화장품 취향은 분명 다를 테니, 경대 위는 두 사람 몫의 화장품으로 그득했을 것이다.

광고에서 봤을 때랑은 다르게 발색이 좀 아쉬워.

타고난 입술 색이 다르잖아. 광고는 모델이 좋으니까.

2천 엔이나 주고 샀는데, 별로 쓰고 싶지가 않네.

괜찮은 클렌징 제품 없나?

이런 대화를 거울 앞에서 나눴을지도 모른다.

외출하기 전에 서로 옷을 봐주기도 했을까.

난 셔츠를 꺼내 입는 게 영 어색하더라. 다들 그렇게 입고, 백화점 점원도 꺼내서 입어보라고 하는데 아무래도 안 내켜.

하기 싫으면 안 하면 되지.

역시 그 옷 입을 거야? 예전부터 파스텔 색상 좋아했잖아. 특히 핑크.

화려한 핑크는 별로인데, 이 정도로 연한 핑크면 들뜨지도 않고 적당히 차분해지니까. 이 나이에 핑크 입는다는 게 좀 이상하게 보일지는 몰라도.

아냐, 안 그래. 핑크 잘 어울려.

모자는?

쓰고 갈 만한 게 없어. 이 차림에 밀짚모자는 안 어울리기도 하고.

그렇다고 겨울 모자를 쓸 수도 없구.

안 써도 될 것 같은데.

하지만 날씨가 청명하니까 얼굴 탈까 봐 그러지.

선크림 바르고 파운데이션까지 바르면 괜찮지 않아? 난 땀을 잘 흘리는 체질이라 모자 쓰면 머리가 축축해져서 모자 쓰는 거 안 좋아해.

아아, 전에도 얘기했었지.

두 사람이 다가왔다.

추억 이야기라도 하는 건지 한쪽이 "응, 응." 하고 연신 고개를 끄덕인다.

다리 위에 다다른 두 사람. 딱히 그 일을 의식하는 것처럼 보이지도 않았고, 발걸음도 여전히 앞을 향해 걸어갔다.

나는 온몸이 굳어버린 듯 꼼짝을 하지 못했고 숨조차 쉬기 어려웠다.

두 사람은 나를 전혀 의식하지 못했다.

만약 주위에 아까처럼 사람이 잔뜩 몰려있다고 해도 그 사실을 전혀 모르지 않을까. 그만큼 둘만의 세계에 빠져 있다.

한참 전부터 주변 경관에도 눈길조차 주지 않는다. 대화를 주고받으면서 걷기만 할 뿐.

어쩌면 두 사람은 계속 그렇게 생활해왔는지도 모른다. 훨씬 오래전부터 두 사람은 둘만의 세계에서 살아오지 않았을까.

두 사람이 내 앞을 스쳐 지나갔다.

두 사람의 표정은 그야말로 차분했고, '일상'이라는 말 외에는 달리 할 말이 없었다.

역시 잘못 본 것 아닐까?

이 두 사람이 아니지 않을까?

또다시 그러한 의심이 피어올랐다.

저 봐, 이미 두 사람은 다리를 절반이나 건넜잖아.

이대로 다리를 건너서 산길 너머로 멀어지는 두 사람의 뒷모습을 볼 것만 같은 예감이 들었다.

희미한 안도의 한숨이 새어 나왔다.

이 두 사람은 또 다른 두 사람일지도 모른다. 지금까지 수없이 많은 '그 두 사람'이 있었고, 어쩌다 이번의 '그 두 사람'이 그러한 결말을 선택한 것 아닐까.

여기까지 생각이 미쳤을 때.

두 사람이 발걸음을 딱 멈췄다.

내 머릿속에서 '앗' 하고 경고등이 켜지자 반사적으로 몸이 움찔하면서 가슴이 세차게 뛰었다.

두 사람은 허리를 살짝 구부려 자신들이 들고 있던 짐을 내려놓았다.

"기다려!" 하고 외치려고 했지만, 목소리가 나오지 않았다. 적어도 내게는 들리지 않았다.

두 사람은 마주 보며 고개를 살짝 끄덕이더니, 손을 잡고 난간 위로 몸을 쑥 내밀더니 순식간에 자취를 감췄다.

나는 그 자리에서 꼼짝도 하지 못했다. 소리 없이 '기다려'라고 외친 채 발이 묶여버린 것만 같았다.

없다.

다리 위엔 아무도 없다.

이렇게 붙박이가 되어버린 나 이외에는 아무도 없다.
아무 소리도 들리지 않는다.
바람 소리와 한가로운 새들의 노랫소리를 제외하고는 아무
소리도 들리지 않는다.
순식간에 일어난 일이었다.
두 사람이 발걸음을 멈추고 자취를 감추기까지 5초도 걸리
지 않았다.
두 사람이 자신들의 존재를 세상과 단절시키기까지 걸린
시간은 그야말로 찰나에 불과했다.
조금 전까지 웃으며 이야기를 나누고, 더할 나위 없이 차분
한 모습으로 걸어온 두 사람이.
조금 전까지 44년 남짓한 시간을 끊임없이 살아온 두 사
람이.
이토록 맥없이.
이토록 손쉽게.
여전히 세상은 변함없이 돌아간다.
무엇 하나 달라지지 않은 채 그대로다.
나는 온몸에서 힘이 빠져나가 풀썩 그 자리에 주저앉고 말
았다.

돌연 "으악!" 하는 비명이 허공을 갈라 움찔했다.

탁탁탁탁 달려오는 소리.

정신을 차려보니 또다시 주위에 구경꾼들이 몰려들었다. 다들 다리 난간으로 달려가 아래를 내려다보고 있다.

"떨어졌어."

"누가 떨어졌다니까."

"두 사람이 떨어졌어."

"저기야."

"말도 안 돼. 여기서 어떻게."

"인형 아닐까?"

"구급차!"

"지금 불렀어."

TV 프로그램 제작진도 난간 너머로 카메라를 내리 향했다.

살기 서린 흥분과 비명과 고함이 뒤엉켜 마구 날뛴다.

누군가 울부짖는다.

너나 할 것 없이 내게 등을 돌리고 내지르는 소리가 겹쳐서 귓가에서 웅웅거렸다. 이들은 한 덩어리로 뭉쳐서 한 가지 색을 띤 생물로 보였다.

사람들 발 사이에 놓인 배낭과 나일론 가방을 웅크린 채 바라봤다.

없는 듯 있는, 두 여자가 존재했다는 사실의 증거를.

(1)

텅 비었다.

바닥 청소도 잘 되어 있고, 먼지 하나 없이 깨끗하다.

완벽한 원상복구. 임차인이 건물을 비워줄 때의 모범 사례라고 할 만하다.

어딘가 창문이 열려 있다.

때때로 강바람이 살랑 불어왔지만, 쥐 죽은 듯이 조용해서 불과 얼마 전에 많은 사람이 모여 꼼지락거리며 무대를 만들어 스포트라이트를 받은 장소라고는 도무지 믿기지 않았다.

텅 빈 극장.

원래 공장이었고 오랜 기간 생산활동을 했던 곳이다. 극장으로 쓰인 지는 조금밖에 되지 않았다.

이제 이곳은 공장도 극장도 아니다.

그저 한 장소이자 공간일 뿐이고 폐허이기도 하다. 폐기 처분할 날이 다가오고, 밖에서는 이미 준비가 한창이다.

무너뜨리기로 약속된 장소는 어디든 비슷한 공기가 감돈다.

단순히 겉으로 보기에 아무것도 없어서가 아니라 메마르기 이를 데 없는 허무감이 떠돈다. 이미 건물의 혼이 빠져나간 느낌이라고 할까.

문자 그대로 껍데기다.

그래도 분명 이곳에서 내가 쓴 작품, 즉 두 여자의 이야기를 공연했다.

실화를 바탕으로 한 이야기. 실존한 인물을 모델로 삼아 쓴 이야기. 만난 적도 본 적도 없는 두 여자의 이야기. 즉 '허구'의 이야기다.

이러한 허구의 이야기에 어떤 의미가 있을까. 기껏해야 관객의 기억 그리고 연출가와 배우의 기록만 남는 활동일 뿐인데.

애당초 이야기한다는 것, 연기한다는 것, 본다는 것에 어떤 의미가 있을까? 왜 이야기하고프고, 연기하고 싶고, 보고픈 걸까?

소설가의 자기만족일까, 연출가와 배우 등 저마다의 자기과시욕일까? 무섭다는 사실을 알면서도 보고 싶은 관객의 심리 때문일까?

눈을 응시하고 귀를 기울여도 그 답은 보이지도 들리지도 않는다.

텅 빈 극장.

그래도 웬일인지 지금의 나에게는 눈앞에서 '시간'이 움직이는 모습이 보이는 듯하다.

아무도 없는 텅 빈 극장에서도 시간은 흐른다.

희미한 빛줄기만 조금씩 자리를 옮기다가 해가 지기가 무섭게 사라진다.

이렇게 서 있는 내 육체 위에서도 재깍재깍 소리를 내며 시간이 흐르다가 마침내 육신 그 자체마저 사라진다.

결국, 그 사실을 확인하기 위해서였을지도 모른다.

모래 속 한 알 같은 인간으로나마 자신이 한 줌의 시간 동안 역사의 한 귀퉁이에 존재했다는 사실을 확인하고 실감하고 싶어서, 허구를 이야기하고 연기하고 보는 것 아닐까?

사르르 무언가가 눈앞에서 춤을 춘다.

좌우로 살며시 흔들리더니 드디어 바닥에 닿는다.

흰 깃털.

아니, 이것은 희다기보다 잿빛이었다.

한때는 순백의 빛깔을 띠었을지 몰라도 오염된 공기와 탁한 진흙에 찌들어 윤기를 잃고 까슬까슬 보푸라기가 일면서 추레하게 바래버렸다.

사르르, 사르르, 잿빛 깃털이 떨어진다.

처음에 드문드문 떨어졌지만, 어느새 수북이 쌓여간다.

천장을 쳐다보니 천장에서 끝없이 날개가 돋아 함박눈처럼 깃털이 쏟아져 내린다.

아아, 이것은 누구의 날개일까? 누군가의 날개를 뽑아버린 걸까, 아니면 자연스럽게 빠져서 떨어지는 걸까?

수많은 깃털, 잿빛으로 때가 탄 깃털.

어쩌면 이 깃털 하나하나가 '시간'이리라. 또는 '나'이고 '두 여자'이리라.

텅 빈 극장에 깃털이 떨어진다.

깃털이 끊임없이 떨어지고 주변은 더할 나위 없이 고요하고 평안하다.

순식간에 바닥에 잿빛 깃털이 내려 쌓인다.

쏟아지는 깃털이 나를, 두 여자를, 텅 빈 극장을, 이 세상을, 시간을 모두 감쪽같이 지워버린다.

0

1994년 9월 25일 일요일.

나는 휴일이면 늘 그랬듯 해가 중천에 떠서야 눈을 떴다.

평소와 다름없긴 했지만, 눈이 퍼뜩 떠졌다기보다 흐리멍덩한 눈으로 깨어나 한동안 이불 속에서 꾸물댔다.

이미 여름은 지나가고 덥지도 춥지도 않지만, 아직 가을도 아니다.

평일에는 회사에 출근하므로 오전 8시에 일어난다. 지금 다니는 회사는 출근 시간이 9시 30분으로 조금 늦게 시작해서 고마울 따름이지만, 금요일과 토요일에는 작정하고 밤을 새워버리니 토요일과 일요일이면 낮이 다 되도록 늘어지게 잠만 잔다.

그래도 기분은 나쁘지 않았다.

지난주 처음으로 잡지에 단편을 싣기로 했다.

응모한 상에는 떨어졌지만, 올해 4월에 두 번째로 쓴 소설이 단행본으로 나와서 여러 출판사에서 의뢰가 들어오게 되었다.

그중 한 편집자가 아직 단편을 한 번도 써 본 적 없는 내게 잡지에 실을 수 있는 단편을 집필해달라고 의뢰했다.

잡지에 단편이 실리면 원고료가 들어온다. 만약 작품이 팔린다면 시부야(渋谷)의 백화점에서 점찍어둔 비기[20]의 정장을 사려던 참이었다. 직장이 부동산 회사라서 종종 행사가 있는데, 파견직이긴 해도 정장은 필수품이다.

단편의 소재는 이리저리 망설이면서 후보를 추렸다. 이도 저도 아닌 상태에서 고민을 거듭하다가 문득 어릴 때 읽어보고서 무척 좋아했던 미국의 SF 소설이 떠올랐다.

그 책은 지구에 불시착한 우주인들이 태생과 능력을 숨긴 채 잠자코 지구인과 교류하며 살아가는 이야기였다.

그 소설을 오마주해서 특수한 능력을 갖춘 종족이 우리나라에서 몰래 살아간다는 설정으로 이야기를 펼쳐보기로 했다.

처음으로 쓰는 단편이라서 무척 긴장했다. 어떻게 쓰면 좋을까? 과연 한 작품을 제대로 끝맺을 수 있을까? 그런 불안

---

20 일본의 패션 기업 ビギ(BIGI)의 제품을 가리킴_옮긴이

이 컸다.

막상 써 보니 장면들이 하나씩 계속 떠올라 생각보다 수월하게 작업이 진행된 덕분에, 끝마쳤을 때는 자신감을 얻었다는 점이 무엇보다 뿌듯했다.

워드프로세서로 작성한 원고를 보내자 담당 편집자도 무척 마음에 든다면서 이 설정을 시리즈로 만들어보지 않겠느냐고 제안했다. 물론 처음 써 본 단편이라서 여러모로 손을 봐야 하지만, 바로 다음 작품을 써보라고 해서 앞으로도 쓸 기회가 생긴 게 무척 기뻤다.

다른 원고가 여러 가지로 겹쳐 있었기 때문에, 첫 단편이 12월호에나 게재될 것 같다는 말에 마음이 놓였다.

하여튼 이것으로 일이 끊기지는 않겠구나, 하는 생각이 들었다.

처음 써본 장편으로 데뷔했지만, 아직 헤매는 상태다.

앞으로 무엇을 쓰면 좋을까? 계속 쓸 수는 있을까?

최근 몇 년 동안 그 답을 확실히 알지 못했기 때문에, 잡지에 단편이 팔리고 앞으로도 시리즈물을 쓸 지면을 얻었다는 사실에 말 그대로 눈앞이 환해지는 느낌을 받았다.

어젯밤에도 다음에는 어떤 에피소드를 쓸지, 이것저것 메모하고 이 책 저 책 들춰보다가 그만 밤을 새워버렸다.

드디어 침대에서 일어나 창문을 열고 이불을 개서 벽장에 넣었다.

물을 끓이고 현관문에 놓인 신문을 가져왔다.

방 하나에 부엌이 따로 있는 맨션은 이미 공간이 부족해서 고다쓰 겸용 테이블을 서너 평 되는 방 중앙에 두었다.

이 겸용 테이블로 생활에 필요한 모든 것을 해결하고는 있지만, 어떻게 해서든 글쓰기 전용 책상을 가지고 싶어서 조그맣기는 해도 의자와 세트로 나온 목제 책상을 샀다. 지금은 식사와 다른 작업은 고다쓰 겸용 테이블을 쓰고, 원고를 쓸 때는 글쓰기 전용 책상을 쓰기로 정해두었다.

인스턴트커피와 햄 토스트.

휴일이면 늘 먹는 아침 겸 점심 메뉴다.

커피를 홀짝이면서 신문을 펼친다.

평소처럼 먼저 제목부터 좌악 훑어보고 순서대로 기사를 읽는다.

페이지를 넘긴다.

도쿄판 페이지.

그리고 그 페이지의 구석에 시선이 쏠렸다.

1

평온한 아침이었다.

어딘지 휴일 특유의 느긋한 공기가 감돈다.

바깥도 조용하고 평소처럼 아등바등 애쓰지 않아도 되는데다 연휴 첫날이라 기분이 한껏 들떴다.

이날 아침에도 두 사람은 누구랄 것도 없이 같은 시간에 일어났다.

"잘 잤어?"

"잘 잤지."

가볍게 인사를 주고받고 교대로 화장실과 세면대를 쓴 뒤, 익숙한 손놀림으로 아침을 준비했다.

평소와 다른 점은 전혀 없다.

굳이 입 밖으로 꺼내지는 않았지만, 두 사람은 이 사실이 만족스러웠다.

다만 여느 때와는 달리 두 사람의 아침 식사에 늘 나오는 과일과 채소를 준비하지 않았다.

연휴 중에는 쓰레기 회수도 하지 않기 때문에 음식물 쓰레기가 나오지 않도록 하려는 이유에서였다.

음식물 쓰레기는 연휴 전 마지막으로 소각할 쓰레기 회수하는 날에 모두 내놓았다.

인스턴트 스프와 티백을 우린 홍차.

두 사람은 테이블을 사이에 두고 마주 보고 앉아 아무 말 없이 각자의 음료를 홀짝인다.

조금 어두운 아침의 부엌.

두런두런 나누는 대화.

"그럭저럭 나쁘지 않은 날씨네."

"응. 비만 안 맞으면 돼."

햄 토스트와 삶은 달걀.

오븐 토스터에 막 넣으려던 참에 "앗, 햄 두 장이 붙었네."라는 말이 불쑥 나왔다.

삶은 달걀을 까던 다른 한 사람이 작게 웃는다.

"붙어도 괜찮아. 안 남는 게 좋잖아."

"그러네. 그럼 전부 써버린다."

냉장고를 열어서 진공 팩에 남아 있던 햄을 토스터 위에 올린다.

햄과 토스터는 먹으면 없어지고 달걀도 껍질뿐이라면 그렇게 빨리 썩지는 않을 테니 소각할 쓰레기에 버려도 별 탈 없을 것이다.

어쨌든 음식물 쓰레기를 나오지 않도록 하자고 두 사람은 합의했다.

예외라면 단지 테이블 위에 놓인 꽃 한 송이려나.

깔끔한 테이블에 덩그러니 놓인 조그만 유리 화병에 노란 거베라가 한 송이 꽂혀있다. 아직 빛깔도 곱고 줄기도 쭉 뻗어 있다.

식사는 이미 다 마쳤다.

접시의 빵부스러기를 쓰레기통에 버리고 개수대로 갔다.

설거지도 금방 끝났다.

한 사람이 작은 화병을 들어 물을 바꿔주고는 천천히 테이블에 내려놓았다. 거베라 줄기를 비스듬히 잘라 살며시 화병에 다시 꽂았다.

"길게 잘랐으니까 연휴 끝날 때까지는 버틸 것 같아."

"그러게."

테이블 위에는 화병만 남았다.

두 사람은 물끄러미 노란 거베라를 살펴본다. 그 외에 아무것도 없는 테이블을.

아마 둘 다 같은 생각을 하는 것이리라.

결국, 유서는 쓰지 않았다.

둘 다 아무것도 남기지 않기로 했다.

"슬슬 가볼까."

시계를 보더니 한 사람이 말했다.

"그래."

아침에 일어났을 때부터 이미 외출 준비를 마친 상태였다.

늘 하던 대로 화장을 했다.

거울을 보면서 입 모양을 따라 립스틱을 바르고 티슈로 살짝 눌러준다.

"문단속, 잘했지."

"가스 밸브 잠갔어?"

집 안을 향해 손가락으로 가리키면서 확인한다.

"있잖아."

문득 생각난 듯, 한 사람이 고개를 든다.

"뭐?"

배낭을 든 사람이 되묻는다.

"현관 열쇠, 어떻게 할까? 잠그고 갈까? 아니면 열어둘까?"

두 사람은 얼굴을 마주 봤다.

"글쎄. 어차피 누군가 열 테니까 열어두자는 말이야?"

"맞아."

"그런데 문 열어두었다가 도둑이라도 들면 이야기가 복잡해지지 않을까?"

"그것도 그러네. 도둑 들면 그쪽도 조사해야 하니까."

"어차피 집주인이 들어올 테고, 집주인이 열쇠를 가지고 있으니까 잠가놔도 금방 열고 들어올 거야."

"그래, 그럼 잠그고 가자."

두 사람은 불을 끄고 현관에서 신발을 신었다.

"두꺼비집은?"

현관 위를 올려다봤다.

"내리고 가야지."

한 사람이 손을 뻗어 차단기를 내렸다.

지금까지 조용한 줄로만 알았던 방이 비로소 아무 소리도 들리지 않았다.

"음, 그러고 보니 냉장고 소리가 꽤 시끄러웠구나."

"그러게."

그렇게 대답한 여자는 벌써 문을 열고 밖으로 나와 있었다. 이제는 집 안을 돌아볼 일도 없다.

다른 한 사람은 여전히 어두컴컴한 방안을 바라보고 있다. 그곳에 뭔가 잊고 온 것은 없는지 살펴보듯.

방안은 정적에 휩싸여 아무런 기척도 없다.

마치 무슨 유적 같다.

테이블 위의 노란 거베라 꽃잎이 산뜻한 자태를 뽐냈지만, 이마저도 이미 화석으로 보였다.

여자는 살그머니 밖으로 나와 조용히 문을 닫았다.

이 방을 잠그는 일은 이게 마지막이다.

그러한 감회에 젖어서 그런 건지, 여자는 무척 천천히 열쇠를 돌렸다.

문이 잠긴 집.

여자는 현관문을 등지고 조금 떨어진 곳에 있는 다른 한 사람에게 눈길을 보냈다.

구름 사이로 밝은 햇살이 내리쬐어 주변이 환히 밝아진다.

"날씨 좋다."

살짝 떨어진 곳에 있던 여자가 살짝 웃었다.

대학 시절과 조금도 다르지 않은 그 웃는 얼굴을 보고 깜짝 놀랐다. 아니, 거기 서 있는 사람은 대학 시절의 그 학생이었다.

"진짜."

덩달아 여자는 희미하게 웃었다.

문득 두 사람은 누군가 부르는 소리를 듣기라도 한 듯 하늘을 쳐다보고는 눈이 부셔 실눈을 떴다.

HAI NO GEKIJYO
Copyright © 2021 by Riku Onda
All rights reserved.
Original Japanese edition published in 2021 by Kawade Shobo Shinsha, Publishers
Korean translation rights arranged with Kawade Shobo Shinsha, Publishers
through Eric Yang Agency Co., Seoul.
Korean translation rights © 2022 by Vega Books, Inc.

잿빛 극장

초판 1쇄 인쇄 2022년 1월 13일
초판 1쇄 발행 2022년 1월 27일

지은이 온다 리쿠
옮긴이 김은하
펴낸이 권기대

펴낸곳 ㈜베가북스 **출판등록** 2021년 6월 18일 제2021-000108호
주소 (07261) 서울특별시 영등포구 양산로17길 12, 후민타워 6~7층 주식회사 베가북스
주문·문의 전화 (02)322-7241 팩스 (02)322-7242

ISBN 979-11-6821-013-4 (03830)

* 책값은 뒤표지에 있습니다.
* 잘못된 책은 구입하신 서점에서 바꾸어 드립니다.
* 좋은 책을 만드는 것은 바로 독자 여러분입니다.
  (주)베가북스는 독자 의견에 항상 귀를 기울입니다. (주)베가북스의 문은 항상 열려 있습니다.
  원고 투고 또는 문의사항은 vega7241@naver.com으로 보내주시기 바랍니다.
* (주)베가북스에 대한 더 많은 정보가 필요하신 분은 홈페이지를 방문해주시기 바랍니다.

vegabooks@naver.com www.vegabooks.co.kr
 http://blog.naver.com/vegabooks vegabooks VegaBooksCo